곧 시간의 문이 열립니다

곧 시간의 문이 열립니다

코카브

김소윤 장편소설

자음과모음

차례

프롤로그 7

I
형호 씨가 언제부터 이런 사람이었어? 13

II
아내의 방은 말이 없고 47

III
헨젤의 조약돌 97

IV
코카브 4T의 베타님 115

V
나는 때로 네가 되고 171

VI
이유 같은 걸 따질 이유는 없는 일 217

VII
시간의 문이 곧 열립니다 267

에필로그 291

작가의 말 299

프롤로그

단풍나무 잎처럼 작고 여린 손바닥 하나가 유리창에 와 닿았다가, 체온의 희미한 흔적을 남기고 멀어진다. 여인은 못내 아쉬운 듯 유리창의 반대편을 매만졌다. 그렇게도 작은 손을, 매일 밤 쥐고 잠들었었다. 잠시라도 놓칠라치면 감쪽같이 알아채고 와앙 울음을 터뜨리던 아이. 농도 짙은 밤이 주변을 감쌀 때만이라도, 어둡고 고요했던 엄마의 방을 기억하고 싶었던 것이리라. 여인은 유리창에 남은 차가운 외로움을 더듬는다. 이제 아이는 손을 뻗을 수도, 그것을 잡을 수도 없다. 더 이상 이 세계에 존재치 않는 것이다.

"그 보세요. 잊지 못하실 거라고 했잖아요."

마주 앉아 있던 풍채 좋은 여인이 말한다.

그걸 모르지는 않아요. 음울한 눈을 가진 여인은 말을 가라앉히며 유리창에서 얼굴을 뗴었다.

"우리는 늘 상실한 것들을 그리워하지요. 충족된 것에 대한 불만과 비슷한 빈도로 말예요. 하지만 상실한 것에 대한 고통은 무엇과도 비할 수 없어요. 만약 그 고통을 덜 수만 있다면, 내 모든 것을 맞바꿔도 좋다…… 할 만큼."

마주 앉은 이는 말솜씨가 좋다. 여인은 그 점을 상기하려고 애썼다. 그래도 그녀는 늘 집요하게 여인의 아픈 곳을 파고들었다.

"이런 기도가 대체 무엇을 바꿀 수 있답니까? 그래, 집사님은 이곳에서 뭔가를 얻기는 하셨나요?"

여인에게 그녀가 처음 건넨 말이었다. 왠지 그 말이 여인의 마음을 후비듯 찔러왔다.

나는 이곳에서 무엇을 하고 있는 걸까. 이 눈물은 어디로 흘러 무엇이 될까.

"네, 저도 물론 신앙인입니다. 하지만 가장 무서운 것이 뭔 줄 아세요? 그저 누군가의 의지만을 기다린다는 것입니다. 인간은 계속해서 나약해져가지요."

여인은 그녀에게 까닭 모를 비난을 받을 때마다 입술을 꼭 깨물었다.

이 사람은 믿음이 없는 자다. 사탄의 유혹이다.

그러나 집에 돌아가 텅 빈 거실을 바라보면, 그녀의 말은 귓가에 집요한 벌처럼 맴돌았다.

"우리에게는 믿음이 아니라 과학이 있습니다. 아는 만큼 보이고 보이는 만큼 믿는 것이 과학임을 전제할 때, 그곳은 생의 이면에 놓인 비밀을 알고 또 확인할 수 있는 유일한 곳입니다. 자, 생각해보세요. 집사님 눈앞에 문 하나가 있습니다. 그 문을 밀고 나아가면, 집사님이 영영 잃어버린 어떤 한 순간이, 영원한 찰나가 되어 머물러 있는 것입니다."

모래사막에 빗물이 스미듯 여인의 마음 어느 틈엔가 딱딱한 앙금이 남기 시작했다. 그것은 덩어리진 모양을 하고 이리저리 흩어지다가 문득문득 여인의 마음을 사방으로 찢어놓았다.

마침내 여인은 짐을 꾸렸다. 그들이 가진 것이 과학이든 우상이든 상관없었다. 그들이 만든 것이 설사 핵폭탄이나 괴물이라도, 그것을 쫓아가야 한다고 여인은 생각하고 있었다. 그곳과 이곳 사이에 가로놓인 검은 강을 걷어낼 수만 있다면, 여인은 무엇이라도 할 것이었다.

짐을 싸다 그녀는 문득 상자 하나를 발견하였다. 우거지처럼 말라붙은 옛 시간들을 오롯이 투영시키는 낡은 상자.

여인은 고개를 돌려 거실을 본다. 수년간 해도 달도 뜨지 않았던, 막막한 곳. 생명이나 희망은 더더욱 없었던 곳. 내가 찾아올 수 있는 것은 무엇일까, 여인은 생각한다. 그러곤 다시 상자를 장롱 속에 집어넣으며 생각했다. 또한 무엇이 내게로 찾아올 수 있을까.

열어둔 창문 사이로 짙은 풀 냄새가 흘러들었다. 아마도 그곳엔 붉은 목단이 지천일 것이다. 그러나 여인은 그것을 내려다보지 않았다. 그것을 보면, 꼭 뛰어내리고 싶어졌던 것이다.

모든 존재는 상대와의 관계에서 기인한다. 어쩌다 내 모든 생의 관계는 함몰(陷沒)되어버렸을까? 나는 정말 살아 있는가?

— 아내의 일기 중

1

 비 내리는 소리가 들렸다. 오랫동안 흐르지 못한 샘물이 터지듯 적요하면서도 시원스러운 빗소리였다. 설핏 잠이 들었다가 깬 후 한참이나 그 소리에 귀를 기울였다. 청춘의 감흥을 불러오는 듯한 분위기에 젖어서라고 스스로를 변명했으나 기실은 혹 그 빗소리에 섞여 있을 아내의 발자국 소리를 기다리고 있었던 것이다. 몇 시나 되었을까, 핸드폰의 액정을 터치하자 0시 12분이라는 숫자가 뜬다. 며칠간 뿌연 안개처럼 흐릿하던 머릿속이 일시에 맑아졌다.
 아내는 이제, 돌아오지 않을 것이다.
 가슴에 오래도록 얹어두었던 돌이 굴러떨어지는 듯하기도 하고 출렁이는 파도 위에 몸을 맡긴 듯 멀미가 나는 듯하기도 했다.

　회사를 사직한 후, 4년이 넘도록 아내는 거의 외출을 하지 않았다. 특히 저녁에는 더욱 그러했다. 아이의 사고가 저녁 무렵 일어난 것이기 때문이기도 했고, 그때 하필 그녀는 회사에서 야근을, 나는 동료들과 술잔을 기울이고 있었기 때문이기도 했다. 그런 아내가 처음 집을 비웠을 때, 친정에나 갔으려니 하면서 애써 모른 척했다. 소재 따위를 일일이 챙기기에 우리는 이미 너무 먼 거리에 있었던 것이다. 그러나 마음속 깊이 불안이 싹트고 있었음을 인정한다. 이런 적은 없었다. 그 일이 있었을 때조차 이렇게 나를 내버려둔 적은 없었다는 뜻이다. 늘 나의 끼니를 챙겨야 하고 옷가지며 약 등을 바지런히 가져다주어야 하는 성격이었다. 그런데 문득 그녀가 사라져버린 것이다. 아무런 말 한마디 없이.
　나는 며칠간 보란 듯이 완벽한 일상을 보냈다. 아침을 챙겨 먹고 와이셔츠를 다려 입었으며 저녁이면 돌아와 간단한 요리를 해서 티브이를 보며 맛있게 먹었다. 토요일이 되자 혼자서 등산을 다녀왔고 샤워를 하며 속옷을 빨아 방 안에 걸어놓기도 했다. 거실엔 초여름 내를 함빡 품은 바람이 살랑살랑 밀려왔고, 집 안을 어지르거나 빨랫거리를 늘어놓을 존재도 없었다. 명쾌하고 깔끔한 시간이었다.
　그러나 어둠이 그 시간들을 뒤덮고 한밤의 침묵이 내려앉자, 내가 홀로 남았음을 인정하지 않을 수 없었던 것이다.

비가 점차 거세졌다. 베란다 밖에 자라난 커다란 느릅나무 가지가 창문을 두들겨대고 있었다. 소파에 길게 누우며 차라리 잘됐다고 생각해보았다.

이제는 피차 지긋지긋해질 만했다. 같은 공간 안에서 눈조차 마주치지 않는 두 남녀가 한 치의 오차도 없이 반듯하게 살아간다는 자체가 악몽이었다. 아내의 우울하고 생기 없는 눈동자와 비쩍 마른 양 볼을 보는 일도 끔찍했고, 그 웃음 한 점, 눈물 한 방울 없는 무미한 행동을 지켜보는 일도 지겨웠다. 더구나 각방을 쓴 지도 4년째이고 마주 보고 숟가락을 부딪친 것도 2년은 넘은 듯하다.

누가 이런 우리를 부부라고 부를 수 있을 것인가. 상대에 대한 호기심이나 갈망, 혹은 미움이나 원망 한 점 없이 감히 부부라 칭할 수는 없다. 어쩌면 우리는 진즉 헤어졌어야 했다.

오랫동안 망설이다 아내의 핸드폰 번호를 누른 것은, 그 사실을 확인하기 위함이었다. 불명확한 부재나 갈등으로 서로를 괴롭히느니 확실한 결론을 내리자는 것이다. 또한 어차피 결론이 난 바에는, 그 시간이 새벽이건 아침이건 우리에겐 중요치 않을 것이다. 연결음이 들리는 동안, 잠시였지만 왠지 시원한 기분이 들었다. 이제야말로 실타래처럼 뒤엉켜 버려져 있던 그 무언가가 끝나는 것이다.

그러나 전화를 받은 것은 장모님이었다. 아내가 받을 것이라고만 믿고 있던 내가 난처해하자, 그녀는 오히려 어리둥절한 목소리로 되묻는다.

— 은희, 집에 없나?

대답을 피해 갈 방법이 없었다.

"집사람, 그곳에 없나요? 그럼 왜 핸드폰이……."

— 지난주에 왔다가 놓고 갔는데, 곧 찾으러 온다며 그냥 두라 해서…… 아니, 그런데 이 시간에 은희가 없나? 어디에 갔어?

불안이 그녀를 잠식하기 전, 나는 서둘러 말을 돌렸다.

"엊그제 여행을 갔거든요. 오늘쯤 친정에 들렀을 줄 알았어요. 밤늦게 죄송합니다."

— 혼자 여행을 갔단 말인가? 핸드폰도 없이?

그녀는 내 말을 미심쩍어하면서도 순순히 전화를 끊었다. 딸에 대한 근심이 깊은 장인이 깰까 봐 조바심이 난 모양이었다. 나는 수화기를 내려놓고 골똘히 생각했다. 친정이 아니라면 어디로 갔을까. 친구? 사촌동생 연? 그곳이 어디든 그녀 역시 결론을 내렸음이 분명했다. 거세지는 비바람에 창문을 다시 한 번 여미며, 나는 고개를 끄덕였다. 차라리 잘된 일이라고. 때로는 어쩔 수 없는 일도 있는 것이라고. 인연이 여기까지라면 말이다.

깊은 밤과 함께, 성급한 확신과 불안, 두려움과 분노가 흘러갔다. 계속해서 눈을 감고 있었고, 이불을 덮거나 베개를 올리거나 하며 잠이 들기 위한 갖은 노력을 해보았지만, 쉬 망각의 시간 속으로 빨려 들어가지는 못했다. 얼마쯤 흘렀을까. 나는 마침내 결연한 마음으로 아내의 방으로 향했다. 아내가 쓴 후로 거의 들어가본 적이 없는 곳이다. 본래 그곳은 아들의 방이었다.

아내가 벽지를 바꾸고 커튼도 바꿔 달았지만 천장에 그대로 남은 형광 별자리나 바닥의 사인펜 낙서 등은 이 방의 진짜 주인을 말해주고 있었다.

아들이 떠난 후, 아내는 이곳으로 거처를 옮겼다. 처음엔 아들이 쓰던 침대나 책상 등 털끝 하나라도 건드리지 말라는 듯 씩씩대더니 얼마 지나지 않아 못 견디겠다며 모든 것을 바꿔버렸다. 그리고 다니던 직장도 그만두고 하루 종일 틀어박혀 성경을 보거나 음악을 듣고 책을 읽었던 것이다.

퇴근하고 돌아오면, 거실은 사람이 살지 않는 듯 서늘한 고요가 깔려 있고 그녀는 자신의 방에서 잠시 유령 같은 얼굴을 내밀었다. 식탁에는 내가 먹을 식사만 준비되어 있었으므로 그녀가 무엇을 먹고 지내는지 알 수 없었다. 싱크대는 늘 깨끗하게 정돈되어 있고 물기 없이 말라 있었다. 아마도 아내는 거의 먹지 않았던 것 같다. 해가 갈수록 볼썽사나우리만큼 말라갔으므로.

문득, 나는 내가 몇 해 만에 아내에 대해 생각하고 있음을 깨달았다. 그것은 진흙이 가라앉은 웅덩이를 뒤흔들듯 놀라운 일이었다. 더 이상 아내에 대해, 아니 우리에 대해 깊은 생각 따위는 하고 싶지 않았으므로 언제나 거리를 두고 있었던 것이다. 저기에 저 사람이 있다. 그리고 여기에 내가 있다. 저 사람을 가리켜 아내라 일컫는다. 그리고 나를 일컬어 남편이라 한다. 그러나 그뿐, 삶의 한편을 내어주거나 그 삶 한편을 디디고 서서 공집합을 만드는 일은 없다. 물 위에 뜬 기름처럼 절대적으로 다른 삶인 것이다.

그러나 한 공간에 살아가는 두 개의 존재가 그 한쪽이 설사 말 못하는 식물일지라도 조금의 관심도 두지 않는다는 것은, 얼마나 어처구니없는 일인가. 그럼에도 우리는 분명 그러했다. 그러했기에 서로의 무심함에 대한 원망도 불만도 없이, 다만 공허한 시선을 엇갈려왔던 것이다.

방은 깨끗했다. 그리고 쓸쓸했다. 먼지조차도 가라앉을 수 없을 것 같은 그 고독에 나는 차마 발소리를 내는 것조차 무안하게 느껴졌다. 아내는 이 방에서 무엇을 만나고 있었을까. 저 먼 곳의 전지전능하신 분? 아니면 아들?

한쪽에 자리한 책장엔 아들의 동화책과 위인전기, 식물도감이나 백과사전 등이 아직 꽂혀 있었다. 저런 지루한 것들도 한 번씩 읽어보았을까? 4년이라는 칩거의 시간이면 충분히 그럴 법도 하다.

아내가 사들인 듯한 책들도 꽤 되었다. 두껍고 얇은 여러 종류의 성경책들 한 묶음을 비롯하여, 여류 작가들의 소설집, 익히 알려진 대하 장편소설, 에세이들이나 외국 작가의 작품들…… 그리고 책장 끝 편에 『로즈웰 파일』과 『UFO의 비밀』이라는 엉뚱한 책들도 있다.
　UFO?
　나도 모르게 실소하며, 헌책방을 좋아하는 아내가 우연히 집어 든 책들이려니 생각하였다. 책장에서 돌아서다 책상 위 작은 메모 하나를 발견했다.

　　시간은 기다려주지 않는다.
　　그러나 그 문을 찾아 되돌아갈 수는 있다.

　분명 아내의 글씨였다. 그러나 무슨 뜻으로 이런 메모를 했는지 알 수 없다. 어디에선가 옮겨놓은 문구인지도 모른다.
　쪼그려 앉아 서랍을 뒤졌다. 아내의 행방에 대한 단서나 수첩 같은 것이 있을지도 모른다고 생각한 것이다. 그러나 서랍에는 쓰다 만 연필이나 각종 색깔의 펜, 혹은 자주 다녔던 식당의 명함 따위가 아무렇게나 뒤섞여 있을 뿐이다. 다른 서랍을 열어보았다. 노트 한 권과 차마 버리지 못한 듯한 몇 장의 사진들. 아들의 것이었다. 나는 애써 무심한 척 눈을 돌리며 노트를 집어 들었다. 무언가를 적으려다 만 듯한 흔적이 첫 장에 남아 있을 뿐, 다른 장은 깨끗하게 비어 있다.
　마지막 서랍을 열며, 만약 여기에도 아무런 정보가 없다면 어떻게 해야 할지 현실적인 고민이 스쳐갔다. 아내는 분명 여행을 떠났거나 친구를 만났거나 하리라 생각하지만, 그렇다 해도 남편인 내가 아무런 조치도 취하지 않는 것은 합당치 않을 것이다. 그러나 막상 실종 신고 그 네 음절의 단어를 떠올리자, 기가 막혀 코웃음이 터졌다. 애들 장난도 아니고 이게 무슨 짓인가 싶기도 했다. 돌아오지 않으리라는 사실을 인식한 순간 느꼈던 뜬금없던 현기증도 사라져버렸다. 이는 우리가 보내온 시간들에 대한, 그리고 지나치리만큼 성실했던 자신의 삶에 대한 그녀만의 시위였다. 새삼 분개감이 일었다. 괜한 오기도 떠올랐다. 반드시 실종 신고를 해서, 돌아온 아내의 얼굴이 붉어지는 꼴을 보고 싶기도 했다. 그것이 내가 또한 그녀에게 보여줄 시위의 일종일 것이었다.

지레 넘겨짚은 모든 망상을 뒤집고, 모서리가 해지도록 낡고 두툼한 일기장 한 권이 나왔다. 털썩 바닥에 주저앉아 일기장을 열었다. 첫 장을 넘기자 2001년 9월의 날짜가 나온다. 벌써 10년도 더 된 일이었다. 언젠가 함께 놀이공원에 다녀왔던 이야기가 적혀 있다. 밑에는 아들이 꽃밭 사이에서 웃고 있는 사진도 붙어 있었다. 나도 모르게 미간을 찌푸렸다. 그때를 기억한다는 것은 내게는 아직 고통이다.

일기는 2008년 4월에서 그쳐 몇 페이지가량 비어 있었다. 그날은, 동현의 사고일이었다. 날카로운 손톱이나 갈퀴에 가슴을 긁힌 듯한 고통이 지나갔다. 무언가 목을 죄는 듯 숨이 막혀오기도 했다.

나는 눈을 감고 호흡을 천천히 했다. 의사는 이러한 현상이 심해지면 특정한 기억에 대한 공황장애를 갖게 될지도 모른다고 말했었다. 아내는 무엇 때문에 이런 일기장을 아직도 가지고 있단 말인가. 씨근거리며 일기장을 뒤적이다, 다시 이어진 일기를 발견했다. 2010년 8월로 시작되어, 아내가 사라지기 며칠 전으로 끝나는 수십 장의 분량이었다. 성급한 마음에 마지막 장을 먼저 펼친다.

우리는 평면적인 세계에 살고 있다. 그리고 이 세계가 전부일 거라 믿으며 살아가고 있다. 마치 오랫동안 인류가 땅의 끝에 도달하면 절벽처럼 아득한 나락으로 떨어질 것이라 믿어왔듯. 그러나 지구가 둥글다는 주장을 사실로 확인했던 콜럼버스의 환희를, 우리는 기억한다. 그리고 평면적인 시간의 흐름이 실은 둥근 공처럼 거꾸로 연결되어 있다는 우리의 주장을 사실로 확인하게 되리라고 믿는다. 곧 그날이 다가올 것이다. 하델 박사가 이곳에서 동참하게 될 것이라는 소식도 들었다. 그가, 우리 코카브의 일원을 예언의 문으로 이끌 것이다. 그리고 그때가 되면, 나도 다시 찾을 수 있을 테지. 잃어버린 모든 시간을.

잠시 내 눈을 의심했다. 내가 보고 있는 글귀를 제대로 인지한 것인지도 자문해보았다. 하델 박사? 코카브? 최근 내가 알고 있던 아내는, 아니 스쳐갔던 아내는, 살아 움직인다는 것이 신기할 만큼 무감(無感)한 존재였다. 온전한 생기를 앗아간 것이 무엇인지 알기에 그녀를 이해하려 했지만, 이해하는 만큼 견딜 수 없는 일이기도 했다. 그런 그녀가 이토록 열정적인 태도로 확신하고 있는 것이 무얼까? 오래 전 보았던 영화를 다시 들여다본 듯 생경한 기분에 사로잡혔다. 아무리, 아내가 이렇게까지 낯설 수 있는가.

연의 얼굴을 생각해보았다. 아들의 죽음 후에 유일하게 아내가 의지하던 사촌이자 친구인 그녀였다. 그러나 작년 겨울 집에 온 연과 나는 크게 싸우고 여태 화해를 하지 못한 상태였다. 나의 무관심을 탓하는 연에게 부아가 났던 것이다. 그 뒤 연은 내가 없을 때에만 집에 왔다. 그저 그러려니 했던 무심함이 새삼 씁쓸해진다.

그렇다면 그녀의 친구들은 어떨까?

친구들이나 만나겠거니 했던 생각과 달리, 아내가 만날 만한 친구의 얼굴이 떠오르지 않았다. 고교 시절 친구였다는 선화나 대학 때의 동기였던 은정, 수빈, 윤진 같은 친구들과는 적어도 내가 아는 한 연락이 없었다. 그렇다면? 나는 한참 만에야 미란이라는 친구의 이름을 기억해냈다. 왜 그녀를 잊고 있었을까? 어린 시절 친구로 결혼 후에도 종종 만나던 아내의 절친. 나는 시계를 힐끗 보고는 다시 한 번 서랍과 책장을 뒤졌다. 미란의 전화번호나 주소가 있을까 싶었던 것이다.

한참 만에야 책장 귀퉁이에서 미란의 이름으로 온 편지를 발견했다. 발송 날짜는 2년이 훨씬 지나 있었고, 봉투는 비어 있었다. 다시 한 번 봉투의 겉을 살폈다. 하얀 규격 봉투에 떨리는 글씨체로 적힌 윤미란이라는 이름. 아래에는 위쪽보다 더 힘주어 쓴 듯한 아내의 이름 최은희가 적혀 있었다. 무언가 어둡고 절박한 느낌을 주는 글씨였다.

나는 잠시 이상한 기분에 사로잡혀 그것을 내려다보다 아내가 오래도록 쓰던 작은 전화번호부를 떠올렸다. 핸드폰을 사용하기 전의 일이었다. 빨간 가죽으로 된 작은 수첩. 자신의 물건에 곧잘 집착하던 아내는 그것을 버리지 않았을 것이다. 목표가 생기자 속도가 붙었다. 아내의 옛 물건이나 잡동사니 등이 들어 있을 만한 상자를 찾아 붙박이장을 열었다. 그리고 알게 되었다. 아내가 아주 멀리, 장시간의 부재를 목적으로 집을 나섰다는 것을. 아내의 여름 옷가지는 물론 겨울용 외투들마저 비어 있었던 것이다. 나는 덜컹거리는 기차처럼 불안한 몸짓으로 아내의 장을 뒤졌다. 작은 상자 하나를 찾아낸 것은 한참 만이었다.

영화나 연극 등의 오래된 티켓들과 아기자기하기는 하지만 쓸모는 없어 보이는 문구용 소품 따위가 들어 있는 상자였다. 그러나 그 안에 담겨 있는 소품들의 소소함에 비해, 그 상자가 주는 느낌은 무겁도록 불길했다.

그 속에서 전화번호부와 함께 책 한 권을 꺼내 들었다.『헨젤과 그레텔』, 표지는 물론 속지도 많이 닳아버린 오래된 그림책이었다. 뒷장을 열어보니 시립도서관의 마크가 찍혀 있고 도서 대출 기록 카드가 꽂혀 있었다. 서너 명의 이름 끝에 김은희라는 이름이 씌어 있다. 김은희? 나는 최은희가 아닌 김은희라 적힌 카드를 여러 번 다시 보았다. 무엇 때문에 이름도 잘못 기재된 이 책을 여태까지 지니고 있었을까……. 왠지 모를 초조함이 스며들었다. 거칠게 수첩을 뒤적였다. 그리고 다시 한 번 놀랄 수밖에 없었다. 그곳에 적힌 이름이라곤 단 세 개뿐이었던 것이다. 나, 윤미란, 그리고 연. 다른 페이지를 찢어버린 걸까? 나는 실밥 몇 개가 떨어져 있는 수첩을 살피다 서둘러 전화기를 들었다. 깊은 밤이라는 사실도 접어둔 채였다.

― 여보세요.

전화를 받은 목소리는 나른했고, 잠에서 깨어난 듯 가라앉아 있었다.

"밤늦은 시간에 정말 죄송합니다. 저는 최은희의 남편인 한형호라고 하는데요, 혹시 미란 씨 되시나요……?"

― 미란이요?

여자의 목소리가 칼날이 선 듯 예민해졌다.

"너무 시간이 늦었지요? 급하게 물어볼 게 있어서 그만……."

― 미란이 제삿날이 내일모레예요. 벌써 2년 전에 죽은 애를 왜 찾는데요.

그녀는 누가 엿듣기라도 하는 것처럼 목소리를 낮추었다. 당황한 내가 대답을 찾지 못한 사이 그녀는 재빠르게 말했다.

― 은희 남편분이라니 상황은 대충 알 텐데 그러네요. 아무튼 이런 깊은 밤에 망자를 논하는 건 예의가 아니니 밝은 날 다시 얘기합시다.

전화는 끊겼다. 그러나 나는 전화기를 내려놓지 못하고 뚜뚜 하는 신호음을 듣고 있어야 했다. 손이 희미하게 떨렸다.

어떻게 그걸 잊고 있었을까. 미란은 이미 죽은 사람이었다. 어느 날 퇴근해 돌아오니 검은 상복을 입은 아내가 홀로 술에 취해 있었다. 누구에겐지 모를 말을 중얼거리던 아내.

"미란이가 죽었어요. 미란이가…… 자살을 했다고요."

계속되는 외부 출장으로 피곤해 있던 나였다. 새삼스러운 아내의 말에 귀 기울여줄 너그러움도 없었다. 무엇보다도 우울증과 알코올 중독에 시달렸던 아내의 친구에게는 엄격한 잣대를 세우고 보던 나였다.

"그만 자지그래."

차가운 내 말에, 아내는 한참이나 내 얼굴을 들여다보았다. 그 눈이 너무 깊고 캄캄해 왠지 섬뜩하기까지 했다.

무관심은 때론 동정심이나 연민마저 잃게 만든다. 또한 잔인함이란 그 방관에서 기인하는 것이다. 나는 어쩌자고 아내의 절친한 친구의 죽음 앞에 그토록 무례했던가. 또한 그 사실을 어떻게 잊고 있었을까. 차가운 소름이 어깻죽지에서 손끝으로 이어졌다. 기실 나는, 잊지는 않았을 것이다. 다만 아내에 관한 것이라면 그것이 무엇이든 망각이란 이름에 던져놓고 모른 척해왔던 것이다. 새삼 아내에게, 그리고 아내의 친구 미란에게 미안해졌다. 결혼 전, 나도 몇 번인가 만나 술잔을 기울였던 그녀였다. 아들의 장례식에서 지나치리만큼 오열을 해 오히려 주변의 눈치가 보이던 그녀.

덜 여문 감이라도 깨문 듯 입안이 떫었다. 동시에 가슴 한편에 왠지 모를 두려움이 피어올랐다. 그때 아내는 아들이 죽은 후에도 하지 않았던 술까지 가까이했었다. 얼마 지나자 다시 방에 틀어박혔지만, 아내에게는 아들의 죽음만큼이나 가슴 아픈 일이었을 것이다.

나는 인정할 수밖에 없었다. 내가 아내에게 있어 냉정한 남편이었음을. 그것이 나의 실상이든 아니든 그녀와의 관계에 있어서만큼은 분명히 그러했다. 일부러 그렇게 되고자 했던 것은 아니었다. 어느 누가 일상에서의 불행을 감히 바랄 수 있으랴. 그러나 조금씩 균열되어가던 그 무언가가, 아들의 죽음으로 완전히 무너져버렸다. 그것을 혹자는 잠시의 권태라든지 사랑은 노력이며 오래 참는 것이라든지 따위의 훈계로도 설명할 수 있겠으나, 나에게 있어서 그것은 일상적이고 피상적이 되어버려 그 가치가 무엇인지 알 수조차 없는 불명확한 존재였다. 도무지 내가 그것에 대해 확신했던 날들이 있었을까 의심할 만큼.

그렇게 되자 아내와 마주 대하는 것이 아들의 죽음을 상기하는 것보다 고통스러운 일이 되었다. 가슴을 할퀴는 정도가 아니라 생살에 대못을 가져다 쾅쾅 박는 듯 아들과 아내의 부재를 동시에 확인해야 했기 때문이다.

나는 아내가 남긴 몇 가지 물건들을 멍청히 끌어안은 채 소파에 털썩 주저앉았다.

부부란, 서로의 내면을 들여다보는 혹은 반영하는 하나의 거울이다. 내가 그러했던 만큼, 아내 역시 숱한 상념의 전쟁과 고통의 시간들이 내면을 지나쳤을 것이다. 그리고 그 시간을 지나온 그녀는 더 이상 내가 알던 아내가 아닐 것이다. 내가 그녀가 알고 있던 남편이 아니듯. 내가 모르는 사이 그녀에게는 얼마나 많은 일들이 있었던 것일까. 가만히 생각해보니, 데면데면 바라보던 그 야윈 뺨이, 그 눈동자가 무언가 말을 하고 있었던 것 같기도 하다. 고독이었을까? 문득, 우수수 하고 마음속 무언가가 휩쓸려 내리고, 그 자리에 휑한 구멍이 고개를 내미는 듯했다.

지금, 아내는 어디에 있는 것일까.

2

아침 내내 머리의 양편을 콕콕 쪼는 두통이 이어졌다. 자는 둥 마는 둥 밤을 지새운 때문이었다. 출근하기 전 아스피린을 찾아보았지만 어디에 있는지 알 수가 없었다. 간혹 두통에 시달리던 나를 위해 아스피린을 탁자 위에 올려놔주었던 아내였으니 집 안 어딘가에 있음이 분명했지만, 오래도록 집안 살림을 챙겨보지 못한 나로선 알 턱이 없었던 것이다.

어찌 됐든 출근을 서두르며 얼마간의 휴가를 낼 작정을 하고 있었다. 처가에도 찾아가보고, 그녀의 다른 친구들도 찾아볼 수 있는 대로 찾아볼 생각이다. 밤새 물처럼 흐르던 빗소리 속에서 일기장을 읽으며 그 사실 하나만을 다짐하였다. 그것은 어떠한 결론을 성급히 내리기에 앞서, 먼저 아내를 만나봐야 한다는 당위이자 의무로서의 다짐이었다.

멀리 대진건설의 번쩍이는 사옥이 머리를 내밀고 있었다. 작년 내내 지어 올해 입주한 새 건물이었다. 그간의 승승장구를 드러내듯 거대한 규모의 건물은 파리도 낙상할 듯 매끄러운 유리 벽면으로 장식되어 있었다. 사실 나 같은 이가 건설업계에서 손꼽히는 대진건설에 입사한 것은 감히 생각지도 못할 일이었다. 지방대학 졸업과 B급 정도의 성적, 도무지 오르지 않는 토익 점수를 가지고는 이력서조차 읽히지 않을 게 뻔했기 때문이다. 몇 해의 취업 전쟁 끝에 대진건설에 합격할 수 있었던 것은, 아내의 아이디어를 바탕으로 한 포트폴리오 덕분이었다. 막 어린이집에 들어간 아이가 아빠 축하해, 하고 귀여운 입을 오물거리고, 아내와 함께 신이 나 인근 초등학교 운동장을 우당탕 달리기도 했던 날들. 나는 어쩔 수 없이 쓴웃음을 지었다. 그러한 날이 우리에게도 있었다.

더 되짚어보면, 아내와 처음 만났던 핑크빛의 찬란한 날들도 있었다. 지금은 도저히 손발이 간지러워 되새겨볼 수도 없는, 치기 어리고 감상적이던 시절. 아내는 나보다 두 살이나 연상인 데다 공무원이라는 탄탄한 직업을 가진 누나였고, 나는 아내가 근무하는 동 주민센터에 발령을 받아 간 공익 근무 요원이었다. 방황하던 시절을 접고 뒤늦게 입대한 나의 나이도 이미 스물넷이기는 했지만, 하나의 직책을 가지고 책임감 있는 태도로 인감도장을 찍어 누르거나 지문을 대조해 신분증을 발급하는 일 등을 척척 해내던 아내에게는 완전한 어른으로서의 무언가가 확실히 있었다. 그것은 또한 거리감을 뜻하는 것이기도 했다.

그럼에도 우리가 차차 가까워진 것은, 젊음 그 한 가지 이유에서였다. 어떤 이유에서도 훼손될 수 없는 젊은이들만의 벅찬 심장을 가지고 있다는 공통점이 있었던 것이다. 우리는 사람들의 우려나 근심을 뒤로하며 공익 근무를 마치자마자 결혼을 했다. 뱃속에 아들이 자라고 있었던 것도 이유였지만, 그보다도 우리는 자신이 있었다. 보란 듯 멋들어진 삶을 만들어낼 자신 말이다. 그런 우리가 불행해진다든지 서로를 소름 끼치는 방관 속에 두리라고는 조금도 예측할 수 없었던 시절이었다.

"과장님, 아시잖아요. 오늘 끝자리 3번은 안 돼요."

운이 좋지 않다. 기업 이미지 제고를 위한 5부제를 잊고 왔던 것이다. 회사 근처엔 주차를 할 만한 적당한 장소가 없다. 몇 번을 뱅뱅 돈 끝에야 10분은 족히 걸어야 할 갓길에 주차를 했다. 아침의 서늘함을 밀어낸 태양은 벌써부터 이른 무더위를 뿜어댄다. 나는 회사의 정책을 투덜거리며 대진건설이라는 로고가 반짝거리는 사옥을 향해 걸었다. 사옥 앞에는 며칠째 농성 중인 우민동 주민들이 아침 식사 대신 컵라면을 먹고 있었다. 바삐 움직이는 직원들 사이로 숨어 외면하려 했으나, 그들은 단번에 나를 알아보았다.

"대진건설은 감정가를 다시 책정하고, 무뢰배 같은 용역을 철수시켜라!"

등 뒤에서 고함 소리가 들려왔다. 벌써 2주째 사장과의 면담을 요구하고 있는 그들이 이 사업의 담당인 나를 놓칠 리 없는 것이다. 사실 면담을 성사시키는 것이야 어렵지 않겠지만, 과연 그들과 대면한 사장의 반응이 어떠할지 자신이 없었다. 내게로 떨어질 불호령은 물론이거니와 그들에게도 더 깊은 상처를 줄 수 있는 불 같은 성미의 소유자였기 때문이다. 불도저 정신, 그것이 그가 전체 회의에서 늘 강조하던 단어였다.

더구나 내겐 적이 많았다. 회사에 헌신하며 모든 열정을 쏟아 온 내게 질투와 시기를 한다는 건 말이 안 되지만, 그들은 그러했다. 낙하산이라느니 지방대 출신이라느니 기획개발팀에 어울리지 않는 위인이라느니, 그렇고 그런 이야기였다. 나는 물론 개의치 않았지만, 만약 이번 보상 문제를 매끄럽게 처리하지 못한다면 괜한 트집을 잡힐 수 있다. 그래서 나 또한 버티고 있는 중이었다. 그들이, 우리가 제시한 보상금을 들고 순순히 물러나주기를. 그리고 하루빨리 새로운 거주지를 찾아 떠나주기를. 그러하기에 질이 별로인 줄 알면서도 전임자가 추천한 용역 회사의 발주를 승인하였던 것이다.

쓸쓸한 얼굴을 감추며 로비에 들어서다 안 부장을 마주쳤다. 언제 봐도 세련된 옷차림과 빛나는 안경테가 멀리에서도 그녀를 알아보게 한다. 또한 그녀는 아내를 아끼는 학교 선배이기도 하며, 내가 대진건설의 입사 시험을 치르도록 권유해준 분이기도 했다.

"은희는 잘 있지?"

엘리베이터에 오르자마자 그녀는 기다렸다는 듯 질문을 던졌다. 나는 눈을 피하며 기계적으로 고개를 끄덕였다.

"얼마 전에 은희가 이상한 소리를 해서 내내 신경이 쓰였거든."

내심 놀랐지만 승강기에는 우리만 있는 것이 아니었다. 나의 대답이 없자, 그녀도 애써 예사로운 말들을 이어갔다.

"별일 없겠지. 늙으니 걱정만 늘어. 그나저나 요즘 머리 좀 아프겠어. 저이들 사정도 딱하지만, 방법이 없으니……. 어떤 건설 회사가 아파트 지을 땅값을 그리 후하게 쳐주겠냔 말이야."

그녀는 짧은 미소를 지으며 몇몇의 사람들과 6층에서 내렸다. 나는 8층에서 내렸어야 했으나, 그녀를 따라 내리고 말았다.

"한 과장, 왜?"

의아해하던 그녀는 잠시 나를 바라보았다. 그러고는 곧 짧은 한숨을 내쉬고 복도 끝 창가로 향했다. 그녀는 동전 몇 개를 집어넣어 커피 두 잔을 뽑는다. 나는 커피 한 잔을 말 없이 받아 들고 머뭇거렸다. 어떻게 얘기를 꺼내야 할지 알 수 없었던 것이다.

"은희 때문에 그러지?"

그녀가 먼저 아내의 이야기를 꺼냈다. 그리고 이내 눈을 가늘게 모으고 말하는 것이었다.

"혹시 어디 갔어?"

고개를 크게 끄덕였다. 망둥이가 뛰듯 가슴이 펄떡거렸다. 초연한 척하던 내가 우스울 지경이었다.

"역시……."

그녀는 한참이나 말이 없다.

"부장님, 아내가 무슨 말을 하던가요? 사실, 며칠째 아내에게서 연락이 없어요. 친정에도 없고요."

그녀의 눈이 날카로워졌고, 나는 비난의 화살이 꽂힌 듯 얼굴을 붉혔다.

"그런데도 아직 못 찾았단 말이야?"

찾아볼 생각조차 하지 않았다는 말은 하지 못했다.

"은희도 그렇지만, 한 과장도 잘못이 있어. 은희는 오랫동안 무언가에 쫓기는 것 같았어. 몇 달 전부터는 우리 몇몇이서 함께하던 성경 모임에도 일절 발길을 끊었고, 내 전화조차 피하더군. 언젠가 인근에 사는 후배 하나가 찾아가니 자신은 몹시 바쁘다고, 잃어버린 시간을 찾겠다는 둥 그런 이상한 말을 늘어놓았다는 거야. 그리고 주님은 아무것도 모르신다고, 곧 아들을 만날 거라고 속삭였대."

몸이 흔들리는 것 같았다. 실은 내 머리가 흔들린 것이었다. 설마, 아내가 미치기라도 했단 말인가. 창문으로 불어 들어온 바람이 소름이 돋은 팔을 쓸며 지나갔다.

"그런데…… 그게 정말로 확고하고 절실했다지. 제정신이 아니라고 하기에는 말이야. 그때 한 과장에게 물어볼까 하다가 실례일 것 같아 그만두었는데…… 또 한 과장이 잘하려니 믿은 거지."

믿은 거지, 라는 말에 그녀는 힘을 주었다. 연애 시절 아내의 주변 사람들 중 우리를 지지해준 유일한 사람이었다. 모두들 아내에게 정신 차리라고 충고 아닌 충고를 했고, 취업을 준비하는 동안에는 나에게 아내의 등골이나 빼먹는 위인이란 식의 눈총을 주곤 했었다. 그런데도 그녀는 유일하게 우리를 믿어주고 용기를 주었으며 때론 밥을 사주거나 취업 정보를 알려주기도 했던 것이다. 그것을 잘 알고 있는 나이기에 그녀 앞에서 할 말이 없었다.

"한 과장도 물론 힘들었겠지만, 여자들이란 보기보다 섬세하고 복잡한 족속이거든. 때론 강철처럼 단단하다가도 작은 바람에도 쉽게 부서져버릴 수 있는……. 그 좋은 직장까지 그만둔 걸 보면 알잖아. 나도 뭐 지켜만 보았으니, 이런 말 할 자격은 없지만 말이야."

그녀는 어두운 얼굴로 찻잔을 입에 갖다 댔다. 나도 커피를 한 모금 꿀꺽 마셨다. 유난히 쓰고 진하게 느껴진다. 아들을 만나러 간다니. 이미 4년 전에 죽은 아들을 무슨 수로 만난단 말인가. 나는 점점 더 궁지에 몰리는 느낌이었다. 여행을 갔다든가, 나에게 진절머리를 내는 쪽이 나았다. 무거운 걸음으로 사무실에 돌아왔다. 그녀는 실종 신고를 해야 한다고 성화였지만, 아직 그러기엔 일렀다. 더 알아봐야 한다. 내 아내에 대해…….

3일 정도의 휴가를 냈다. 부장은 짜증스러운 얼굴을 했지만, 고개를 끄덕여주었다.
"그래, 어쩌면 자네가 없는 것이 버티기에 더 좋을 거야. 담당자가 부재라는데 어쩔 거야. 자네도 그런 꿍꿍이인지 모르겠지만 말이야."
씨익 웃는 그의 오른쪽 볼에 흉터처럼 깊은 보조개가 드러났다. 나는 고개를 조아리고 나오며 쓰게 웃었다. 회사에 헌신해 일해오는 동안 나는 너무 많은 것을 알아버린 모양이었다. 그런 사람으로 못 박힐 만큼. 그렇게 되기 위해 노력했으니, 어쩔 수 없다. 그것이 이 사회에서의 유일한 성공의 길이기 때문이다. 유약하지 않고 복잡한 생각을 하지 않으며, 앞만 보며 달린다……. 불도저.
나는 내 동년배의 주임을 불러 휴가를 알렸다. 그의 얼굴에도 짜증이 어린다. 내가 없으면 그가 볶이는 것이 당연한 일이었다. 미안한 마음에 이것저것 챙겨 일러주었지만, 그는 여전히 심술궂은 얼굴로 고개만 주억거린다. 나는 왠지 그에게가 아니라 아내에게 화가 솟았다.

도대체 어디에 갔단 말인가. 이러한 무분별한 행동으로 인해 내가 공적으로나 사적으로 시달릴 것을 생각지 못했단 말인가? 어쩌면 내가 아내를 찾으려 하는 것은 그것을 따져 묻고 싶은 것이다. 제발 그 자리에나 제대로 있든가 아니면 영원히 내 삶에서 사라져 달라고 말이다.

……아니다. 그것은 진심이 아니다. 나는 제멋대로 퍼부은 저주를 취소하고 눈을 감았다. 내일, 혹은 모레, 아내를 찾을 것이다. 그러면 어떤 식으로든 결말을 내릴 수 있다.

곪아버린 상처는 한 번은 도려내지 않으면 안 된다. 그 후에야 오히려 말간 얼굴로 새로운 시작을 할 수 있는 것이다. 나는 마음을 다스리며 깊은 숨을 내쉬었다.

휴가를 가기 전 급한 일들을 처리하느라 컴퓨터와 씨름을 했다. 그러나 마음이 먼저 달려갈수록 일은 터덕거리기만 하는 것이다. 거기다 바람이라도 쐴 요량으로 사무실을 나섰다가 하필 남 과장을 마주치고 말았다. 역시 몹쓸 운이 한데로 굴러 오는 날이었다. 그는 내가 명문대 출신인 자신보다 먼저 승진을 한 것은 뒷배가 있기 때문이라고 믿는 인간이었다. 형식적인 인사만을 건넨 채 지나가려는 내게, 그가 으르렁거리듯 말한다.

"오랜만이네, 한 과장. 일이 꼬인다더니, 참말로 안색이 좋질 않은데?"

그저 모른 척 지나치는 것이 상책이다. 그러나 그를 지나치려던 순간, 내 목덜미라도 잡듯 내뱉는 것이었다.

"제수씨 말이야. 외로운 거 같은데…… 지난주에 전화를 했더란 말이지. 우리가 한때는 좀 친했었나? 집사람들이랑 야유회도 다니고 말이야. 그때만 해도 제수씨가 꽤 괜찮았지. 흐흐."

그의 끈끈한 목소리에 역겨움이 솟았지만, 아내가 전화를 했었다고 하질 않는가. 나는 불쾌함을 억누른 채 물었다.

"아내가 뭐라던가요?"

내가 애써 침착한 얼굴로 묻자, 그는 오히려 당황한 듯했다.

"응? ……그저, 뭐, 〈연합신문〉의 사회부에 어떤 기자를 아느냐고 묻더군."

오랫동안 홍보 업무를 맡아온 그였으므로 언론 쪽 인맥이 넓었다.

"〈연합신문〉은 왜요?"

"그걸 낸들 아나. 어쨌든 옛정도 있고 해서, 내가 알아봐서 전화번호를 하나 줬지. 고맙다고 하는 목소리가 예나 지금이나 곱더라고. 허허."

그는 다른 때와 달리 내 안색조차 변하지 않음이 이상한 모양이었다. 공허한 웃음 뒤 쓴 얼굴을 하다가 다른 직원 무리에 섞여 사라져버린다.

〈연합신문〉 사회부 기자라…… 어쩌면 그는 무언가를 알고 있을지 모른다. 내가 그를 쫓아 홍보실로 들어서자, 사람들이 의아하게 바라보았다. 평소의 천적 같은 관계를 알고 있었던 것이다. 남 과장이 떨떠름한 얼굴로 이럴 때만 적극적이군, 하고 중얼거리며 기자의 번호를 건네주었다. 이강식, 〈연합신문〉 사회부 차장이라는 설명도 덧붙여서였다.

사무실로 돌아와 〈연합신문〉의 최근 기사를 샅샅이 훑어보았다. 특별한 기사가 있을까 싶었던 것이다. 한참 후에야 낯익은 이름을 발견하고 나는 잠시 얼빠진 기분이 되었다. 그것은 이강식 기자가 쓴 기사로, 'UFO와 미래의 비밀을 밝힌다, 하델 박사 귀국 예정'이란 제목의 기사였다. 하델 박사. 분명 아내의 일기에서 본 이름이었다. 기사 내용은 길지 않았고, 사진도 없었다. 그러나 이해할 수 없는 내용을 확신하듯 늘어놓고 있었다.

오는 8월경 귀국이 예정되어 있는 하델 박사는 스웨덴의 저명한 천체물리학자이자 미래학자로서, UFO와 외계의 생명체에 대한 논문과 아인슈타인의 상대성이론을 재정립한 연구에 두각을 나타내온 인물이다. 그는 세계적으로 붐을 일으킨 코카브(히브리어로 '별'을 뜻함) 연구학회의 실질적인 수장으로서, 그의 이번 귀국은 국내 코카브 회원들과 많은 시민들에게 새로운 학문의 지평을 열어줄 기회로 여겨진다.

나는 고개를 흔들며 의자에 풀썩 기댔다. UFO? 외계 생명체? 매일 성경을 읽고 기도회며 예배에 빠지지 않고 참석하는 아내가 그런 것에 관심이 있다는 말인가? 코카브란 정체 모를 학회의 일원이 되어?

넥타이 같은 것으로 목을 죄는 듯한 기분이 들었다. 와이셔츠의 단추 한 개를 푼 후 다시 이강식의 번호를 들었다. 물론 아내가 그에게 꼭 전화를 했으리라는 보장은 없다. 그러나 이것도 지푸라기라면 지푸라기였다. 나는 전화번호를 꾹꾹 눌렀다.

— 이 기자님요? 기자님은 지금 해외 출장 중이신데요, 다음 주에나 오실 거예요.

수화기를 던지듯 내려놓았다. 하필 해외 출장이라니…… 되는 일이 없다. 몇 해째 계속해 그러했듯이.

"부장님이 찾으세요."

부속실에서의 전화였다.

부장의 지시대로, 나는 휴가를 떠나기 전 마지막 협상을 위해 우민동 농성 현장을 찾았다. 그들은 붉은 페인트칠의 질감이 두드러진 피켓을 든 채 행진을 준비하고 있었다.

"대표와 잠깐 이야기 좀 했으면 합니다."

회피만 하던 내가 다가와 말을 꺼내자 동네에서 반장을 도맡았다던 이가 걸어 나왔다.

"저리로 가시지요."

나는 그를 이끌고 현장의 한구석에 섰다.

"사장님께서 이번 주에는 해외 출장 등의 문제로 자리를 비우시니, 다음 주에 면담을 잡아드리겠습니다. 그 사이에 저희도 감정업체와 다시 한 번 이야기를 해볼 거고요, 물론 여러분들께서 선정하신 업체와의 논의도 이루어질 것입니다. 어차피 이렇게 해본들 여러분들도 피곤하고 저희 회사 이미지도 나빠지고, 서로가 좋을 게 없질 않습니까."

그의 검붉은 얼굴이 찌푸려졌다.

"웃기지 마쇼. 사장이 제정신이 박힌 놈이면 이제까지 얼굴도 안 내밀었을라고? 우리도 똑같이 할 테니, 그런 번지르르한 말 집어치우시오."

물론 내 말은 거짓이었다. 사장의 출장은 없었고 다음 주에도 면담은 되지 않을 것이다. 하지만 수십 년간 반복되어온 재개발 문제가 이러한 농성으로 해결될 일은 아니었다. 괜히 사장이 불도저를 운운하겠는가. 그는 이런 일에는 관심조차 없었다. 그 땅에 지어질 아파트가 얼마만큼의 수익을 내줄 것인지라면 몰라도 말이다. 그러니 그 밑의 직원인 나 역시 달래고 협박하고 지칠 때까지 기다릴 수밖에 없었다. 종내 용역 직원들의 무력행사로 종결되더라도 말이다. 그리고 그것이 옳지 않다는 사실은 그저 생각이지, 나 같은 사람 하나가 바꿀 수 있는 일은 아니었다.

"당신, 무엇 때문에 여기 와 그런 말을 하는 거지? 어차피 면담을 해줄 인간이 아니라는 걸 우리가 모를까 봐?"

젊은 청년 하나가 반장을 밀치고 나와 내게 매서운 눈초리를 했다.

"맞습니다. 이런 말은 들을 가치도 없습니다."

덩달아 따라온 사내가 반장에게 말하며 손을 휘저었다.

"그만 가보세요. 공식적인 협상이 아니면 이런 대화는 의미도 없으니까요."

그들의 말이 틀리지 않았으므로 등줄기에 식은땀이 흘렀다. 이러다간 내일부터의 휴가도 취소될지 몰랐다. 나는 반장을 붙들고 다시 한 번 간곡히 말했다.

"제가 이렇게 개인적으로 찾아온 것은, 공식적으로는 아니지만 사장의 의지가 조금은 있기 때문 아니겠습니까. 저도 담당자로서 재감정 건에 대해서만은 적극적으로 나서볼 테니 얼마간의 시간을 주세요."

그는 조금은 흔들리는 모양이었다. 내 말이 그럴듯해서가 아니라, 그것이 진심이기를 너무도 원하기 때문일 것이다. 그러나 그것은 전혀 계획에 없는 말이었다. 부장은 그저 그들을 얼마간만이라도 조용히 하게 한 후 떠나라는 지시였다. 담배라도 욱여넣은 듯 입 안이 텁텁했다. 그래도 일단 휴가는 가야 했다. 그가 나서서 몇몇을 모아 수군거리더니 다시 다가와 말했다.

"철수는 어렵소. 다만 행진이나 소란스러운 일은 당분간 자제하겠으니, 당신이 한 말에 반드시 책임을 지길 바랍니다."

고개를 끄덕이고 돌아섰다. 거짓에 기대를 거는 그들에 대한 연민과 자책감, 될 대로 되라는 자포자기의 심경이 뒤섞였다. 시작되려던 행진이 중단되자, 부장은 흡족한 얼굴을 했다.

"그래, 그 정도 책임감은 자네에게 있는 줄 알았지. 무슨 일이 있는지는 모르겠지만 빨리 다녀와서 이 일을 마무리 짓게. 어차피 이 바닥에 재감정 따위는 없는 줄 저들도 알고 있을 테지."

왠지 나는 그를 마주 볼 수가 없었다. 궐을 떠나지 않으려는 간신처럼 고개만 주억거릴 뿐이었다.

— 형호 씨가 언제부터 이런 사람이었어?

언젠가 아내가 싸늘한 눈빛으로 던지던 말이 떠올랐다. 아마도 5, 6년 전쯤 흑석골의 개발을 두고 한 말이었을 것이다. 그때 나는 끝내 땅을 팔려 하지 않던 집주인을 회유하기 위해 치사한 방법을 썼었다. 인근의 모든 길을 막아버렸던 것이다. 상사의 아이디어였다. 그래도 그 일을 직접 처리한 것은 나였다.

— 그럼, 회사를 그만둬야 속이 시원하겠어? 누굴 위해 이 고생을 하는데 그따위 소리야?

도리어 큰소리를 쳤던가. 이번 일을 두고는 또 아내는 무슨 말을 할까? 아니, 오히려 비난은 상대에 애착이 있을 때 가능한 것이다.

그녀는 말 따위는 하지 않을 것이다. 그저 캄캄한 눈으로 나를 바라볼 뿐.

8시쯤 퇴근을 했다. 일단 처가부터 가볼 요량이었다. 차 키를 꽂고 시동을 걸려던 순간, 뭔가 이상하다는 것을 깨달았다. 내려 보니 앞바퀴 두 개가 모두 찢어져 있다. 누군가 날카로운 것으로 베어낸 듯 숨을 모두 토해낸 채였다. 빌어먹을, 나는 발로 휠을 걸어찼다. 당연히 내 발만 아팠다. 시위자 중 한 명인지도 모른다. 나의 은밀한 협상에 불만을 품던 청년과 사내…… 내 말이 거짓임을 알았을 것이다. 붉어지는 얼굴을 흔들며 보험 회사에 전화를 걸었다.

담배 한 대를 피우며 보험 회사 직원을 기다리노라니 처량하기 그지없다. 내 나이 마흔이다. 물고 빨고 해도 시원찮을 만큼 소중했던 아들은 4년 전에 죽었고, 아내는 빈껍데기처럼 살아오다 이제는 어디로 갔는지도 알 수가 없다. 사랑하는 여인과의 삶만을 꿈꾸던 순수했던 청년은 사랑도 열정도 잃은 채, 비열하게 하루하루 살아갈 뿐이었다.

인생은 모든 것을 얻기 위해서가 아니라 하나씩 잃어가기 위해 살아가는 것이라고 왜 아무도 말해주지 않았을까.

쿨럭쿨럭, 밭은기침이 터졌다. 나는 가슴을 쓸며 피우던 담배를 비벼 껐다. 아들의 죽음 이후 지나친 흡연은 곧 폐의 이상을 가져왔었다. 의사는 여타의 불안한 정신 상태를 지적하며 절대 금연을 권했다. 그리고 1년여에 걸쳐 겨우 끊는 데 성공했던 것이다. 어쩌면 그즈음부터 아내와의 대화가 없어졌던 것 같다. 나는 삶을 위한 세계에, 그녀는 죽음을 위한 세계에 닿아 있었다는 뜻이다. 그러한 우리였기에 이토록 멀어질 수밖에 없었을까?

II
아내의 방은 말이 없고

살아 있다는 것은, 사랑한다는 것이다. 그리고 사랑한다는 것은 사랑을 받는다는 것이다. 사랑하지 않고 사랑받지 못하는 모든 존재는 죽은 것이며, 더 이상의 생성은 없다. 서서히 소멸되는 것이다. 눈이 내릴 때의 사각거림이나 빗방울의 신선함, 저녁 무렵의 아득한 그리움과 엄마! 라고 불릴 때의 떨림까지…….

가끔 아들의 꿈을 꾼다. 꿈속에서 아들은 웃고 있다. 나도 웃고 있다. 심지어 메마른 나뭇가지처럼 변해버린 남편마저. 그리고 꿈에서 깨어나면 나는 울고 있다. 베개를 축축이 적실 만큼 흥건한 내 눈물을 더듬으며 나는 다시 한 번 운다. 그리고 기도의 손을 그러모은다.

주여, 당신은 어찌하여 나를 버리셨나이까.

주여, 당신은 어찌하여 당신의 축복을 되돌리셨나이까.

골백번 외쳐 물어도 대답 없는 통곡이, 오늘도 계속된다.

― 아내의 일기 중

3

 장모님은 들어오라는 말도 없이 한참이나 문을 붙들고 서 계셨다. 유령이라도 본 얼굴이었다. 누워 있었던 듯 머리 한편이 헝클어지고 급하게 걸친 카디건의 한 귀퉁이는 말려 올라가 있다. 얼굴도 예전의 혈색은 찾아볼 수 없게 창백했다. 아내처럼 장모님 역시 혈기를 느끼게 할 만한 즐거움은 모두 잃어버린 것이다.
 "한, 서방 아닌가."
 그녀는 낯선 이름을 굴리듯 한, 이라고 띄어서 말했다. 나는 머쓱하게 고개를 숙이며 들고 간 술을 내밀었다. 그러고 보니 혼자서 처가를 찾은 것은 처음이었다. 아내와 함께 간 것 또한 재작년 추석

이후로 없었다. 이는 두 분 역시 우리의 고통을 이해하는 듯 한 번도 방문을 재촉하지 않았던 때문이기도 했다.

그러나 오랜만에 찾은 처가는 시간이 지나지 않은 것처럼 모든 것이 똑같다. 선반 위의 늙은 호박 두어 개와 장인께서 만드셨다는 나무로 깎은 솟대가 한쪽 벽면에 연이어 서 있고, 베란다 쪽에는 몇 가지 더 늘어난 듯한 동양란 화분들이 이마를 맞대고 옹기종기 앉아 있었다. 무엇보다도 장식장 속의 인삼주라든지 양주 같은 오래된 술들과 낡아빠진 조그만 장식물들이 현재의 시간을 의심케 했다. 그만큼 두 분의 생활에 변화가 없었던 탓일 것이다. 그에 비하면 우리 집은 모습부터 냄새, 질감과 깊이마저 완전히 변해버렸다. 아이의 책과 장난감들이 버려지고, 맛있는 냄새가 사라지고, 웃음소리나 다정한 포옹, 인사, 대화…… 모든 것이 사라져가는 변화였다.

"아버지는 지금 모임이 있어서."

차라리 마음이 놓인다. 장모님 하나만으로도 대하기가 버거웠던 것이다.

그러는 사이 장모님은 주방으로 달려가 무언가 분주하다. 저녁은 먹고 왔다고 말해보았지만, 통하지 않는다. 이래서 사위는 백년 손님인 모양이었다. 장모님을 기다리는 사이 집 안을 둘러본다. 언젠가 아내가 꼭 바꿔주고 싶다던 소파가 아직 그대로였다. 언제였을까. 여보, 우리 엄마는 꼭 그 소파만 고집한다. 닳아빠진 그런 게 뭐가 좋다고……. 그때의 아내는 아직 얼굴에 생의 빛이 가득하던 때이다. 지금의 메말라버린 아내의 얼굴처럼, 이 소파 역시 더 낡아지고 반들반들해져 거저라도 누가 가져갈 것 같지 않다. 그때 나는 무슨 대답을 했던가…….

"은희는, 아직인 거야? 무슨 여행을 혼자 떠나나그래."

밥상을 내오며 장모님은 마치 자신의 부덕함이라도 탓하는 양 혀를 크게 차며 말했다.

"시장할 텐데 어여 먹게. 내 이것이 돌아오면 혼을 내야겠어. 한 서방이 착하니 그걸 모르구서……."

우리네 어머니들은 늘 자신의 자식부터 탓하는 것으로 겸손을 표하는 버릇이 있음을 안다. 우리 부부의 실상을 안다면 그리 말씀하시지는 못할 것이다. 일단 식사부터 했다. 차마 말이 나오지 않았던 것이다. 그런데 아무리 봐도 장모님의 표정은, 정말로 아내의 행방을 모르는 얼굴이다. 나도 모르게 한숨이 새어 나왔는지 장모님이 눈을 크게 떴다.

"무슨 일 있나? 혹시 은희한테…… 아니, 일단 먹고 얘기하세."

그녀는 나의 대답을 듣기가 두렵다는 듯 말을 돌렸다. 밥이 목으로 잘 넘겨지지 않는 힘든 식사였다. 한 숟가락을 뜰 때마다, 아내의 얼굴이 겹쳐졌다. 장모님의 눈빛 때문이다. 내 밥알에 아내가 숨어 있기라도 하듯 뚫어져라 보고 있다.

"장모님, 사실은요."

숟가락을 내려놓으며, 마침내 나는 결심을 하고 말을 꺼냈다. 그녀가 순순히 고개를 끄덕여 보였다. 칠순이 가까워오는 나이를 입증하듯이 양쪽 눈꼬리가 처지고 눈꺼풀이 내려앉았으나 처음 만났던 날처럼 여전히 다정해 보이는 눈매였다. 하지만 또한 4년 전 그 날 이후로 나를 제대로 보지 못한 슬픈 눈이었다. 누구의 잘못이 아닌데도 그러했다. 단지 이곳 외가에 놀러 왔다가 돌아가는 길, 사고를 당했다는 이유만으로 말이다.

"동현이 엄마가……."

장모님 앞에서 아내를 지칭하는 말을 찾기가 쉽지 않았다. 어쩔 수 없이 나는 그 오래된 이름으로 부를 수밖에 없었다. 하지만 그것은 실수였다. 장모님은 갑자기 코끝과 두 눈이 붉어진 채 눈물을 글썽거린다.

"장모님."

"에구, 미안하네. 그 이름을 들으니…… 늙은이 주책이지, 주책."

그러곤 눈물을 훔치느라 기다란 치마 끝을 올린다. 직접 만드신 듯 바느질이 고운 치마였다. 치마 끝이 이내 눈물로 젖어들었고 나는 차마 더 바라볼 수가 없어 고개를 돌린다. 그 애의 짧은 생애에 비해 남은 이들의 상처는 너무 크다. 나는 남은 한숨을 내쉬고 재빠르게 이야기를 마친다.

"집사람이 집을 나갔어요. 벌써 닷새째예요."

"뭐?"

장모님은 허망한 얼굴로 어딘가를 노려보다가 현기증이 나는 듯 소파 한쪽에 이마를 기댔다.

"은희가…… 어딜 갔단 말인가."

"걱정하실까 봐 어제는 말씀 못 드렸고요. 너무 걱정 마세요. 제가 곧 찾을 거예요."

"신고는 했나? 아니지…… 신고는 할 필요가 없지. 그 애는 곧 돌아올 거야."

그러면서도, 장모님은 불안한 눈을 굴리며 머릿속에 가능성 있는 모든 장소를 떠올리고 있었다. 어디선가 본 듯한 모습이다. 아내가 종종 보이던 표정. 동현이가 늦게 오거나 학원을 결석했다고 하면 이 녀석이, 하고 중얼거리면서도, 자신만은 찾을 수 있다는 듯 자신감과 불안이 뒤섞인 그런 얼굴을 하곤 했다.

"그래서 말인데요, 장모님."

장모님은 아내의 행방에 대한 추측에 골몰하느라 건성으로 고개를 끄덕였다.

"혹시 집사람 저한테 뭐 숨기는 거 없었나요?"

아내의 실종 이후 나는 의심이 늘었다. 아내가 내가 알고 있던 아내가 아닌 것 같은 이상한 기분이 드는 것이다. 아니, 내가 알았던 아내였더라도 4년이란 방황은 사람을 뒤바꿔놓기 충분하다. 그 4년 동안의 아내에 대해서라도 말해주길 바랐다. 엄마라는 존재는 아무리 자식이 결혼해 자식을 낳고 낳은 그 자식이 결혼할 때가 되어도 자식에 대한 걱정과 관심을 거둘 수 없는 법이니까. 아내처럼 죽은 자식에 대해서조차 마찬가지고 말이다. 장모님의 눈빛이 흔들렸다. 나는 다시 한 번 간곡히 말한다.

"말해주세요, 무엇이든. 그래야 아내를 찾는 데 도움이 돼요. 혹시라도 나중에 신고할 때도 마찬가지고요."

"자네가 꼭 알아야겠나? ······어찌 생각하면 옛날 일들이기도 할 텐데······."

희미한 두려움이 그녀의 목소리에 묻어 있었다.

"옛날 일이 아니에요. 그 사람, 지금 어디 있는지 장모님도 모르시고 저도 모르잖아요."

한참이나 장모님은 말이 없었다. 무언가를 고민하는 듯 눈썹을 모았다가 입술을 떨었다 불안한 모습이었다. 그러더니 결심이라도 한 듯, 실은 말이야······ 하고 입을 열었다. 이야기는 생각했던 것보다 길고 놀라웠다. 내가 생각한 것은 그녀가 요즘 무엇을 화제로 삼았다든가 어떤 불만을 품었다든가 어떤 사람들을 만났는가에 관한 것이었다. 하지만 장모님은 아마도 평생 그 생각에만 매달려왔던 것처럼, 느닷없이 아내의 출생에 대해 이야기한 것이다.

"내가 어느 기도원을 다녔어. 숙모님 한 분이 소개해주신······. 첫아이를 뱃속에서 잃고 몇 해나 아이가 없었던 때였지. 어느 날, 해가 진 후에 그곳에서 빠져나오다가 길을 잃었다네. 때마침 인근에 살던 보호소 아이가 길을 알려주었지. 그게 은희였어. 어두워서 얼굴은 잘 기억나지 않았지만 우리만의 사연이 있었으니 곧 찾아낼 수 있었고, 여러모로 인연이라 생각하고 입양을 했던 거야. 그때가 여섯 살인가 되었었지. 그리고 우리 집에 오고 얼마 후엔가, 계단에서 넘어져 머리를 살짝 다쳤는데, 희한하게 아이가 전의 기억이 없는 듯하더라고. 이런 것도 행운이다 싶어, 우리도 어린 시절의 이야기는 두루뭉술하게 지나쳐온 거야."

이야기가 그렇게 흘러갔을 때만 해도, 낯선 이야기가 황망한 중에도 아내 자신이 기억을 못했다는 데에야 얼마쯤은 고개를 끄덕이고 있었다. 그러나…….

"우리는 은희가 그 일을 완전히 모르는 줄 알았어. 부분기억상실증이라든가 하는 것 말이네. 그런데…… 지난주 불쑥 찾아와 그 아이가 하는 말이, 왜 꼭 자기였냐고 묻더라고. 만약 자기가 길을 가르쳐주지 않았다면 입양을 하지 않았을 거냐고. 가만히 이야기를 들어보니 이제까지 한 번도 기억을 잃은 적이 없었던 거야."

찬물이라도 뒤집어쓴 듯 서늘한 기분이 들었다. 출생의 문제 때문이 아니었다. 그녀가 그 사실을 알고 있었음에도 애써 모른 체해왔으며, 햇수로만 무려 열여섯 해를 함께해온 내게도 비슷한 눈치라도 준 적이 없었기 때문이었다.

나 역시 부모를 일찍 잃었다. 나이 차가 큰 형님 내외가 나의 후원자가 되어주셨으나 부모의 빈자리는 무엇으로도 메울 수 없는 것이다. 아내는 나의 그 점에 늘 연민하였고 천착하였으며 위로하기를 마다하지 않았다. 그런 아내가 자신의 이야기만은 내게 숨긴 이유를 알 수 없었다.

"은희는 내 대답은 듣지도 않고 곧 돌아가버렸어. 그때 내가 붙잡았어야 했는데……."

장모는 후회하는 눈빛으로 이야기했다.

"그 사람이, 친부모에 대해 알았나요? 아니, 장모님은 알고 계신가요?"

한참 만에야 나는 간신히 물었다. 스물대여섯 살의 아름다운 웃음을 지어 보이던 아내의 얼굴이 떠올랐다. 세상의 어떤 어둠이나 상처도 감히 범접할 수 없으리라 믿고 있는 듯한 맑은 얼굴이었다. 그 얼굴은 어떤 얼굴이었을까?

"그건 잘 몰라. 당시 보호소에서도 알려주지 않았고, 우리도 묻지 않았어. 편견이 생길지 모른다는 생각도 들었고……."

아내는 그 친부모를 찾아서 간 것은 아닐까? 장모님의 말에 따르면 아내는 집을 나가기 바로 전날 처가를 찾았다. 그리고 우연인지 무엇인지 핸드폰도 두고 사라져버린 것이다. 그녀가 이제 와 자신의 출생에 대한 기억을 드러낸 것은 어떤 뜻일지 나는 곰곰이 생각해보았다.

"내가 그 아이와 더 많은 이야기를 해야 했는데, 어린 가슴에 얼마나 맘고생이 컸겠어. 거기다 동현이까지……. 내가 죄인이지."

장모님은 눈물을 훔치며 말했다.

"키워주신 은혜가 더 큰 거죠. 다 큰 어른이 이제 와 그런 게 무슨 대수인가요. 너무 걱정 마세요. 곧 찾을 테니까요."

그렇게 말하면서도 나는 내 말이 얼마나 공허한지 알고 있었다. 당사자인 아내가 그리 생각하지 않는 이상 아무 소용 없는 위로다. 더구나 장모님의 자책이 아예 틀리지도 않았다. 양부모가 기억을 잊었겠거니 하고 서투른 기대로 보내온 시간 동안 아내는 혼자서 무슨 생각을 했을 것인가. 어쩌면 양부모를 위해 그녀는 연기를 계속했던 것은 아닐까. 가슴 한편이 쿡쿡 쑤셔왔다. 심장이 빨리 뛰는 것도 같았다. 무엇보다도, 묘한 원망이 들었다. 적어도 나를 만난 이상, 나를 사랑한다고 생각했던 이상은, 내게도 말을 해줬어야 하지 않는가. 지금 우리의 모습이 어떻든 간에 그때의 우리는 진정한 반려자로서 약속을 했던 것이다. 불현듯 그녀가 처음 내게로 관심을 보였던 날이 부모님의 제삿날이었음을 깨달았다. 형호 씨, 그럼 부모님이 벌써…… 하고 두 눈에 가득했던 연민. 모두의 반대를 무릅쓰고 나와의 가정을 꾸리려 애썼던 것은 혹 그랬기 때문이었을까. 모르는 이야기다. 분명 내가 주인공이라고 생각했던 이야기였으나, 나도 모르는 이야기가 더 많은 이야기다. 잠시 가라앉았던 두통이 와다다 공사라도 시작하듯 다시 시작되었다. 문득, 아내의 상자 안에 들어 있던 낡은 동화책 한 권이 떠올랐다. 김은희…… 그것이 아내의 본래 이름이었던 것이다.

텅 빈 집으로 돌아왔다. 아무 일도 없었던 것처럼 아내가 나타나지 않을까 기대했으나 그런 일은 없다. 구두를 벗어놓고, 아내의 방문 앞에 섰다. 문의 양 귀퉁이 필름지가 벗겨져 둥글게 말려 있었다. 아들이 여섯 살 때인가 이사를 왔는데, 오자마자 문고리가 고장 나서 한 번 뜯어 고쳤던 문이다. 그때 아들이 하필 방 안에 있었는데, 문이 열리질 않으니 한바탕 난리가 났었다. 문이 열리자마자 얼마나 부둥켜안고 울었던가. 혈관 어딘가가 가로막힌 듯 가슴이 저려왔다. 아들이 한참 오락에 빠져 있던 때도 있었다. 퇴근을 해 문을 열면 아들 녀석은 오락에 빠져 있고, 꿀밤을 맞고서야 일어나 인사를 한다. 쟤 때문에 큰일이야, 벌써부터 오락만 하고, 아내가 잔소리를 하면, 아들은 쳇, 엄마는 만날 저 소리, 투덜거리며 다시 오락 앞으로 기어들어갔다. 다 그러면서 크는 거지. 저녁 먹기 전까지만 해라. 내가 호쾌하게 말하면 아들은 눈을 찡긋해 보였다. 고맙다는 뜻이었을 것이다. 영원히 계속되리라 생각했던 일상. 아내는 저녁상을 차리며 여자들은 왜 직장 생활에 양육에 혼자만 동동 굴러야 하냐고 투덜거리고, 나는 소파에 드러누워 티브이 채널을 돌리곤 했던 나날들. 허공에서 발을 헛디딘 듯 몸이 휘청거렸다. 다시는 돌아오지 않을 시간인 것이다.

냉장고에서 소주 한 병을 꺼내 왔다. 아내가 마시고 남긴 듯 반쯤 남아 있다. 잔에 소주를 따르자, 어디선가 아내의 손이 쑤욱 나와 그 작고 빨갛던 입술에 흘려 넣는 듯하다. 지금처럼, 눈 밑에 한 움큼의 그늘을 달고, 양 볼은 바짝 말라 푹 꺼진 잿빛 눈동자의 여인이 아니라, 반짝이는 아이섀도 밑의 까만 눈망울과 세상의 모든 어둠을 밝힐 듯 붉게 빛나는 양 볼을 지닌 아름다운 아가씨다. 누나였고, 엄연한 사회인이었으나 내게는 한 여자로만 보였던, 아내. 누가 아내에게서 삶을 빼앗아버렸던가. 나는 아니다. 나는 아닌 것이다. 굳이 따지자면, 아들의 죽음을 견디지 못한, 그 자신의 나약함이다. 똑같은 고통을 받은 나도 이렇게 멀쩡하지 않은가. 살아 있기 위해 발버둥치지 않는가. 그래, 출생의 아픔, 그것을 홀로 감당해야 했을 고통을 모르지 않는다. 그러나 이제 벌써 마흔인 우리다. 그런 어린 시절의 이야기가 이제 와 무슨 그리 큰 상처란 말인가. 우리는 어른이란 말이다. 어떤 고통도 슬픔도 진실로는 아프지 않아야 하는, 어른. 나는 소주를 마시고, 따르고, 또 마셨다. 오늘은 술이라도 취해야 잠이 올 것 같았다. 그러나 아내보다도 주량이 약한 나는 곧 눈앞의 병이 흔들린다. 짧은 주량이라는 것도 사회생활에서는 약점이다. 그래서 나는 어떤 자리에서든 술을 잘 마시는 척하는 것이다. 방법도 여러 가지다. 사람들 먼저 술 먹이기, 재떨이에 털어 넣기, 마신 척하고 흘리기, 되도록 자리를 오래 비우기……. 나는 삐죽삐죽 웃었다. 참으로 복된 종자다. 살아남기 위해서라면 무엇이라도 해낼 복된 종자. 아들놈이 떠난 뒤에도 실신을 반복하다 입원까지 했던 아내와 달리 나는 멀쩡하게 출근을 했다. 사람들이 많은 위로를 건넬 때에도 고개만 끄덕였다. 내가 강하다고 생각했다. 강해져야만 한다고 생각했다. 한 여자를 책임질 수 없는 나약한 놈으로 비치던 것이 싫었고, 형님에 의지해 없는 학비를 만들어내는 것을 봐야 하는 것도 싫었다. 아니, 그것은 핑계다. 어쩌면 나는 원래 이렇게 야망으로 들끓는 놈이었을지 모른다. 그런 내가, 아내도 아들도 싫었던 거다. 그래서 나를 떠나버린 것이다. 머리를 탁자에 그대로 기댄 채 눈을 감았다.

꿈일까, 환상일까.

우리는 교회에 앉아 기도를 하고 있다. 나와 내 가정, 내가 아는 사람들, 아는 사람들의 아는 사람들…… 모두 모두가 행복하길 바라는 더할 수 없이 착한 기도였다. 그러다 고개를 든다. 우리의 앞에 한 남자가 서 있다. 누구지? 하는 순간 남자의 몸이 스르륵 줄어들어 열 살 정도의 아이로 변한다. 가슴팍에서 붉은 피가 흐르고 있었다. 아빠…… 아빠……. 고통스러운 듯 부르는 이는 바로 동현이었다. 아이에게로 다가가려 할수록 내 발은 더욱 멀어진다. 말소리조차 나오지 않는다. 그만…… 그만! 그러나 발버둥 칠수록 밤은 수렁처럼 깊어질 뿐이었다.

4

숨이 막혔다. 커튼을 걷고 창문을 밀쳤다. 창밖의 세상 속엔 햇살이 태연스러운 얼굴로 춤추고 있었다. 아이를 업은 할머니나 유모차를 미는 여인…… 한가롭고 평화로워 보이는 아침이었다. 나는 밤새 계속된 꿈을 되새기며 피식 웃었다. 이제 교회 따위엔 가지 않는다. 신은 죽었다고 했던 니체의 말은 조금도 틀리지 않았다. 아내를 따라 처음 교회에 다닌 후 나는 나름대로 얼마나 큰 사랑과 희생을 신에게 바쳐왔던가. 그의 진리대로라면, 이 세상에 부정한 것은 하나도 없었으며 이해할 수 없던 부모의 갑작스러운 사고마저 숨겨진 의도가 있었으리라 믿게 하였다. 시간이 지날수록 처음의 열정은 식었지만, 여전히 가슴속 깊이 그러한 믿음은 가지고 있었기에 주말이면 아들 녀석과 함께 교회를 찾았고 꼬박꼬박 헌금을 했으며 인사 기록 카드에 종교는 기독교라고 또박또박 적어 넣은 것이다. 그러나 그런 내게 신이 되돌려준 것은 무엇이던가. 고작 저 순전한 영혼의 죽음뿐이다. 열 살짜리의 아이에게 죽음이 필요한 의도란 것은 대체 무엇이란 말인가. 마치 아들이라도 돌려줄 것처럼 전보다도 더 뜨겁게 기도하고 울던 아내와 달리 나는 더 이상 신을 이해하고 싶지도, 용서하고 싶지도 않았다. 그는 우리를 버린 것이다. 이제 다시는 신을 믿고 기대는 일은 없을 것이다. 동현이를 돌려줄 수 없는 한 말이다.

    그럼에도 불구하고 교회를 찾기로 한 것은, 아내의 행방을 알 만한 이가 그곳에 있기 때문이었다. 전도사 내외. 그들은 근 10년 가까이 아내와 친분을 가져온 이들이었다. 옷장을 열어 티셔츠를 찾았다. 어깨에 푸른 마감을 한 하얀 셔츠다. 오래된 냄새 없이 산뜻

했다. 여름을 대비해 아내가 준비해둔 것이리라. 생각해보면, 더 없이 이상한 일이다. 아내는 4년의 칩거 동안 지독한 우울과 의욕 상실에 시달렸지만, 유독 나에 관한 것은 빠짐없이 챙겼다. 내가 쓰는 샴푸나 드라이어, 면도기, 내가 좋아하는 소재의 옷가지들……. 태양이나 달이 늘 그 자리에 있듯 당연히 생각했던 일상이었다. 문득 그것이 그녀가 살아 있기 위해 발악하듯 매달렸던 마지막 희망은 아니었을까 섬뜩한 생각이 들었다. 몇 해 만에 신은 운동화 밑바닥이 낯선 감촉으로 까끌까끌했다.

"하도 오랜만에 뵈니 처음엔 못 알아봤지 뭡니까."

전도사는 웃으며 손을 내밀었다. 둥근 얼굴 속에 작은 눈이 가늘어지며 하나 가득 피어나는 웃음은, 의심할 수 없이 진실해 보인다. 나는 어색함을 누르며 멋쩍게 웃었다. 그의 뒤편으로 그가 지내는 작은 단칸방의 관사가 보였다. 버려두었던 방을 개조해 그의 부부가 수년째 쓰고 있었다.

"그런데 인상이 많이 달라지셨어요. 건강은 괜찮으신가요?"

사람들에게 종종 듣는 소리였다. 머리는 마흔이란 나이에 어울리지 않게 하얗게 세어버렸고, 눈가의 주름은 깊어졌다. 담배를 끊었는데도 얼굴은 더욱 검어져간다. 내가 마른손으로 얼굴을 매만지자 그는 걱정스러운 얼굴을 가까이 했다.

"교회에는 왜 안 나오세요. 그럴 때일수록 더욱 주님을 만나셔야지요."

그는 나에게 새삼스러운 전도까지 할 모양이었다.

"다른 게 아니라 여쭤보고 싶은 게 있어서 찾았습니다."

무례하리만큼 냉정하게 말을 자르자, 그도 머쓱한 얼굴을 했다. 내게 교회를 다시 나오라고 했던 사람들을, 나는 몇 년 사이에 모두 버렸다. 나의 배신감과 분노를 이해하지 못한다면, 그들 모두는 자신의 구원만을 바라는 이기주의자였다. 다시 교회에 나가야 한다고 붙들던 아내 또한······.

"저희 집사람 말입니다. 혹시 요즘 달라 보이지 않던가요? 교회에서 무슨 일은 없었나요?"

그는 잠시 갸웃거리다가 의아한 얼굴로 되물었다.

"최 집사님이오? 글쎄요······ 지난 주일날이 집사님 식당 봉사 날이었는데 안 나오셔서 다들 걱정하시긴 했지요. 전화 통화도 안 되고."

"아, 네······."

나는 고개를 주억거리며 발부리에 차이는 돌을 툭툭 찼다. 그의 집 앞은 주차장으로 쓰이는 돌밭이었다. 부부는 매일 조금씩 이 돌을 골라내고 있다고 했다. 그래 봤자 돌무더기가 돌밭이 되는 수준이었을 뿐 꽃이 피어날 초지가 되기는 불가능했는데도, 부부는 몇 해째 그 일을 계속해오고 있는 것이다. 내가 머뭇거리자 그는 양손을 불룩한 배 위에 올린 채 나의 말을 기다렸다. 섣부른 충고나 이야기를 꺼내지도 않았다. 많아야 나보다 한두 살 많을 또래의 사내. 그 침착한 태도가 어쩐지 부러워졌다. 삶의 모든 것을 컨트롤하고 있는 사람의 여유. 그에게도 어떤 종류이든 고난은 있었을 것이다. 그는 그러한 길을 모두 지나온 것일까? 과연 그 길을 모두 지나 평화로움에만 이른다는 것은 가능한 것일까? 나는 새삼 그의 깎은 듯 매끄러운 턱과 선량한 눈동자를 들여다보았다. 그러고는 계획하지 않았던 말을 꺼내고 말았다.

"혹시 그간 아내에 대해 아는 게 있으시면 모두 말씀해주세요. 저는…… 지난 몇 해 동안의 아내에 대해 전혀 알지 못합니다."

그의 얼굴에 잠시 당혹감이 일렁이다 잠잠해졌다.

"집사님에게 무슨 일이 있으신 겁니까?"

나는 어떻게 설명해야 할지 막막해져 입술을 잘근잘근 깨물었다. 그가 그런 나의 난처함을 이해하듯 시선을 피하며 고개를 몇 번 끄덕였다.

"어쩌면……이라고 생각은 했는데."

"마음 짚이는 데가 있으신가요?"

그가 고개를 들어 나를 보았다. 선량하던 눈동자는 의혹과 불안이 섞여 탁해져 있었다.

"이런 말씀이 어떨지 모르겠습니다만…… 얼마간, 집사님이 이상했습니다."

"이상했다니요?"

아내가 이상했다는 것을 모르지 않으면서도 나는 되묻고 있었다. 다른 이들의 눈에 비친 그녀가 어떠했는지 알고 싶었던 것이다.

"집사님답지 않았거든요. 아시다시피, 집사님은 다정하고 밝은 성격이셨습니다. 어떤 활동이든 최선을 다해 따라주시는……. 그때의 일이 있은 후 말이 적어지셨지만 그만큼 기도하는 시간이 늘었기에 그 또한 자연스럽게 받아들였습니다. 그런데……."

"그런데요?"

성급한 내 질문에도 그는 천천히 걸어 돌밭 한 귀퉁이 나지막한 담 위에 걸터앉는다. 그를 따라 나도 앉을 수밖에 없었다. 그늘이 한 줌 흩어져 시원한 바람이 불어오는 곳이었다.

"요즘, 교회에 희한한 사람들이 생겨났어요. 이걸 종교라고 해야 할지, 과학이라고 해야 할지……. 하지만 어떤 신념도 주님의 진리 이상의 맹신이 되어서는 안 된다는 것이 우리 종교계의 입장이니 그들을 일종의 사이비 종교라 보는 시각도 있습니다."

가슴이 방망이질 치듯 두근거렸다. UFO와 외계 생명체를 연구하는 하델 박사, 그가 이끄는 코카브라는 이름이 떠올랐던 것이다. 그토록 전파력이 넓은 학회였던가?

"물론 종교라는 건 우리 시각일 뿐이고, 그들은 순수한 과학 학회라 말하고 있지요. 우주의 원리와 미래의 상관성을 연구한다는 명목 아래 말이죠. 문제는 그들의 포교 방식에 있습니다. 그들은 매우 은밀히 상대를 포섭하고, 알 수 없는 단서를 주거나 세뇌의 방법을 쓴다고 들었어요. 그것이 굉장한 파급력을 가지고 있다는 것이 더욱 이상스러운 일입니다만."

"그들의 주장은 뭐죠? 종교가 아니라면 무엇을 위한 포교란 말입니까?"

나는 따지듯 물었다.

"그들은 다른 사이비 종교처럼 종말이나 특정인의 우상화를 꾀하지는 않습니다. 그 박사라는 인물을 따르기는 하지만, 그것은 순수하게 그의 이론을 따르는 것이라고 들었으니까요. 하지만 사람들의 집념은 때론 엉뚱한 방향으로 흐르는 듯합니다. 그들이 맹신하는 대상은 과학의 이론으로 탄생했다는 시간의 역행성이니까요."

"시간의 역행성이라니요?"

그가 잠시 말을 멈추고 생각하듯 미간을 찌푸렸다.

"저도 자세한 것은 잘 모릅니다. 다만…… 그들은 그것을 시간의 문이라 부르더군요."

문득 아내의 책상 위에 놓여 있던 메모가 떠올랐다.

시간은 기다려주지 않는다.
그러나 그 문을 찾아 되돌아갈 수는 있다.

시간은 기다려주지 않으나 그 문을 찾아 되돌아간다는 것. 곧 시간의 문을 찾겠다는 것이 아니던가. 분명한 사실을 확인하자 가슴이 쿵 하고 내려앉는 듯했다.

"그럼…… 아내는, 지금 그들과 함께하고 있는 걸까요?"

그에게 물으면서도, 내 머릿속은 아내의 알 수 없는 내용의 일기들과 다른 잔해들로 복잡해져 있었다.

"실은 저희 교회에 그 학회 소속이라는 회원이 있었습니다. 교회 입장에서는 과학적 믿음을 가지고 있다 해서 이단이라 추방할 수도 없고, 다만 관심을 가지고 지켜보고 있었거든요. 그런데 구역 식구가 아니면 깊은 교제를 잘 나누지 않던 최 집사님이 최근 두어 달 사이 그 자매님과 지나치리만큼 친밀히 지냈던 것입니다. 늘 같이 있고 어딘가에 함께 가고, 그런 일이 없던 최 집사님이 제정신이 아닌 듯 웃어댔다고도 하고, 심지어 어느 날인가는 최 집사님이 학회를 옹호하며 열변을 토했다는 거예요."

황망할 뿐이었다. 아내는 내 불신과 냉대에도 오히려 더 천착하였던 신을 저버리고 한 과학자의 괴상한 이론에 빠져들었던 것일까?

"문제는, 각처에 흩어져 있던 그들이 어디론가 모이고 있다는 것입니다."

"모인다고요?"

"네. 정확한 이유는 알 수 없습니다만, 다른 교회에 있던 회원들도 더 이상 모습을 드러내지 않는 데다 집에서의 가출 신고도 잇따르고 있답니다."

"……그들이 모두 모이는 것이군요. 정말로."

내가 힘 없이 대꾸하자, 그는 위로하듯 말했다.

"……큰일은 없을 거예요. 최 집사님은 강한 사람입니다. 그렇기 때문에 오히려 아드님 일을 견디기 어려웠던 것이지요. 소망과 신념이 강할수록 실족(失足)을 두려워하는 법이니까요. 저는 집사님을 믿습니다. 가슴속 깊은 믿음이 있는 분입니다. 다시 한 번 손을 붙잡아주시고 믿음을 되살려주세요. 그분께는 어쩌면…… 그 사랑이 가장 필요할 것입니다."

나는 그의 반듯하게 다려진 바짓단을 내려다보고 있었다. 그의 말대로, 아내를 찾을 수 있을 것이다. 내가 생각한 것 이상의 테두리를 벗어날 그녀가 아닐 것이라고 믿고도 싶다. 그러나…… 정말로 나는 그 손을 붙잡을 수 있을 것인지 자신이 없었다. 더구나 사랑이라니…… 수십 년 만에 다시 펼쳐본 연애편지처럼 무안한 기분이 들었다. 그러나 우리의 문제는 아내를 찾은 다음이었다. 나는 다만, 아내가 엉뚱한 과학 논리를 종교처럼 맹신해 온몸과 정신을 내맡긴 것만은 아니기를 간절히 바랐다.

교회를 떠나 인근의 아파트 벤치에 한참 동안이나 앉아 있었다. 여름을 맞는 나무들은 짙은 쪽빛으로 물들고 진하게 풍겨 오는 풀향기 속에는 아내가 좋아하던 라일락 향기가 섞여 있는 듯싶다. 그늘 한 점 없이 맑고 더운 날이었다. 그래도 나는 마치 먹구름을 드리운 하늘 아래 혼자 주저앉은 기분이었다. 내내 아내를 모른 체해

온 주제에 이제 와 찾겠다고 동분서주하는 꼴도 우습고, 그래도 명색이 남편인 나에게 연락 한 번 주지 않는 아내도 기막혔다. 그렇게 자신만의 진리를 좇아나갈 것이라면 차라리 우리의 관계부터 끝냈으면 좋았을 것이다. 나도 이렇게 찾아다닐 필요 없이, 서로 깨끗하게 남남으로 신경 쓰지 않고 지낼 수 있으니 말이다. 원망 섞인 불평을 하며 무릎 위에 놓인 아내의 물건들을 내려다보았다. 전도사가 전해준 것들이었다.

— 집사님이 마지막으로 오신 날 놓고 가신 것들이에요. 평소엔 소지품을 챙기는 데 꼼꼼하신 분인데…… 늘 가지고 다니시던 손수건도 그렇고, 성경책도 소예배실에 그대로 두고 가셨네요.

손수건…… 늘 가지고 다녔다는 전도사의 증언과 달리 나는 그것이 생경했다. 나보다도 그가 아내에 대해 더 잘 알고 있는 모양이었다. 성경책을 뒤적였다. 집에 있는 것들과 다를 바 없는 것이었다. 메모가 있다거나 단서가 될 만한 점도 없었다. 손수건 역시 마찬가지였다. 여성스러운 디자인이 아니라 유아들이 많이 쓰는 가제 손수건이라는 점이 특이할 뿐이었다. 아내는 어디에서 이런 손수건을 얻었을까. 아들이 어릴 때에야 집 안에 흔히 돌아다니던 것이었지만, 차차 사라져 눈에 뜨인 적이 없었다. 연한 분홍빛의 면포에 아무렇게나 수놓은 듯한 하얀색의 알파벳들이 뒤섞여 있는 손수건. 나는 멍하니 그것을 내려다보며, 어쩔 수 없이 동현이를 생각했다. 어릴 때 유난히 침을 많이 흘려 턱 밑이 발갛게 부풀곤 했던 아이. 조금 큰 뒤에는 침으로 비눗방울 부는 것을 좋아하기도 했었다. 하지 마라 하면 더 큰 풍선을 만들던 개구진 아이. 그러나 이제는, 그 얼굴을 볼 수도 목소리를 들을 수도 없다. 마치 처음부터 존재하지 않았던 것처럼……. 사고를 낸 것은 낡은 오토바이를 몰던 정신지체 3급의 자장면 배달원이었다. 상황을 제대로 알지도 못하는 듯한 사내의 까맣게 타들어간 얼굴과 구부정한 노모의 하염없는 눈물 앞에 무슨 말을 할 수 있었으랴. 무엇으로도 보상할 수 없는 죽음 앞에서 사과 따위는 큰 의미도 없었던 것이다. 사내는 그 뒤로 몇 번 더 우리를 찾아왔다. 노모와 함께였다. 노모가 주섬주섬 싸 온 곶감을 내어놓던 날, 나는 더 이상 찾아오지 않아도 된다고 했다. 그저 열심히 사시면 된다고. 용서라고 생각했겠지만, 사실은 더 이상 그들을 보고 싶지 않았을 뿐이었다. 볼 때마다 분통 터지는 억울함을 해갈할 수 없었기 때문이었다. 대체 누구를 원망해야 한단 말인가. 오토바이를 피하지 못한 아들을? 가난과 삶에 찌든 저 사내와 노모를? 그것도 아니라면 낡은 주제에 폐기되지도 않고 돌아다니던 오토바이인가? 유일하게 원망할 수 있는 대상이 있다면, 그것은 신뿐이었다.

잠시 눈을 감았다가 떴다. 멈추어 있던 나뭇가지가 살랑거리고, 어디선가 바람이 불어온다. 등에 축축하게 맺혔던 땀방울이 식고 있었다.

간혹, 뜻하지 않은 우연이 예견된 필연처럼 다가오는 순간이 있다. 그 순간이 그러했다. 탁한 시야 속에 손수건의 알파벳이 묘하게도 하나의 글자를 이루는 느낌이 들었던 것이다. 아무렇게나 흩어져 있던 몸을 바로 하고 하나의 단어를 이루는 듯한……. 눈을 비비고 다시 본다. K—A—N—G—W—O—N. 강원? 내 눈이 왜 이러지 하는 순간, 그것이 의도를 가진 자수임을 깨달았다. 하얀색 실로 손수건 전체에 불특정하게 배열해놓은 것이었다. 본래부터 있던 무늬가 아니었다. 그렇다면 손수건에 자수를 놓을 사람은 그 주인인 아내밖에 없지 않을까?

강원…… 가슴이 뛰었다. 설마 다른 사내의 이름은 아닐 터였다. 강원도를 의미하는 하나의 표식일지 몰랐다. 아울러 번개처럼 머릿속을 꿰뚫은 것은, 김은희란 이름과 함께 남겨진 아내의 그림책이었다.『헨젤과 그레텔』. 계모를 따라 집을 나설 때마다 집을 찾을 수 있도록 조약돌이나 빵조각을 숲길에 흘렸다는 헨젤의 이야기. 말도 안 되는 이야기라고 마음 한편이 비웃을수록 비현실적인 추측에 매달리는 다른 쪽 마음은 더욱 확고해졌다. 적어도, 내가 아는 아내는 영영 돌아오지 않을 생각으로 무책임하게 떠나버릴 사람은 아니었기 때문이다.

5

수십 번을 다시 읽었다. 어린 시절 으레 읽고 지나쳤던 책이었다. 그런데 이번엔 읽으면 읽을수록 묘한 기분이 들었다. 입양될 때 아내는 여섯 살이었다. 보호소에서 지내며 느꼈을 두려움이나 외로움이 그 책 어딘가에 숨겨져 있는 것만 같았다. 아이들을 내다 버리고 오자던 새어머니의 속삭임을 모두 듣고 있었던 헨젤은 어떤 기분이었을까. 그런 이야기를 대하는 아내는 또 어떤 기분이었을까. 아내는 결코 이 책을 좋아할 수 없었을 것이다. 그런데도 여태껏 가지고 있는 것이다.

무려 1965년도에 발행된 책이었다. 그림은 복사 수준의 열악한 것이었고, 문장 또한 고어가 많았다. 그러나 누런 책장이 풍기는 역사성과 삽화의 투박하고 거친 느낌이 오히려 동화를 현실로 끌어오는 듯한 사실성을 가지고 있다는 것 또한 모순이었다.

한참 만에야 책을 내려놓았다. 오래된 종이 냄새가 여전히 코끝에 남아 있는 기분이었다. 헨젤은 동생 그레텔과 함께 두 번이나 버려졌다. 첫번째는 조약돌을 표식으로 남겨두어 돌아올 수 있었으나 두번째는 흘려둔 빵 조각을 새들이 모두 먹어버려 돌아올 수 없었다. 아내가 내게 남겨놓은, 남겨놓았다고 믿고 싶은 그 표식은 조약돌일까, 빵 조각일까. 초조한 마음이 들었다. 아내는 또 다른 표식을 어디에 두었을까. 나는 가만히 책을 노려보았다. 헨젤 남매는 물론 자신이 모르는 길을 가야 했다. 그러나 아내는, 그렇지 않다. 자신의 의지로 그곳에 간 것이다. 그렇다면 그 길 위에 남겨놓은 표식 또한 자신이 잘 알고 있는 것들이 아닐까? 몇 가지의 키워드가 떠올랐다. 김은희라는 이름이 적힌 대출 카드, 처갓집에 두고 간 핸드폰, 미란의 편지가 담겨 있던 편지 봉투나 일기장, 몇 권의 노트······. 나는 골똘히 생각하며 비슷한 질량의 아득함을 담고 있는 물건들을 만지작거렸다.

내내 우두커니 앉아 있다 늦게야 아내가 자랐다는 보호소로 향한 것은, 오후 무렵 걸려 온 장모님의 전화 때문이었다.

— 출근은 안 한 거야?

간밤의 고뇌를 말해주듯 잔뜩 잠기고 울적한 목소리였다.

"휴가를 냈어요."

— 그래······ 휴가, 잘했네.

잠시 그 말이 비난처럼 들리는 것을 어찌할 수 없었다. 내가 휴가를 내고 쉰 것은 몇 해 만의 일이었다. 아들의 장례가 끝나고도 곧바로 출근을 했던 나인 것이다.

— 은희랑은, 통화 됐나?

아닌 줄 알면서도 그 목소리엔 실낱같은 희망이 담겨 있었다.

"아니요······ 하지만 곧 찾을 수 있을 것 같아요."

— 그래······.

여전히 침울한 목소리였다. 별로 신뢰가 생기지 않는 모양이다.

― 실은 내가 연이와 통화를 해보았어. 자네도 알다시피 은희가 요즘 교회 사람들 아니면 만나는 친구도 없질 않나. 그나마 연이와는 잘 지냈으니 그 애가 조금은 알 것 같아서…….

"연이가 뭐라던가요?"

글쎄 말이야, 하고서 잠시 장모님은 말이 없었다. 울고 있는 것 같기도 했다. 당황한 나는 말씀을 해보시라고 부드럽게 달랬다. 그러자 그녀는 낮은 목소리로 말하는 것이었다.

― 그 애가 아무래도 이상해진 모양이야. 연이에게 어딜 같이 가자고 졸랐다는데, 그러면서 외계인이 어쩌고, 뭐라더라 시간의 문이 있다든가 하는 이상한 소리를 했다는 거야. 그 애한테 대체 무슨 일이 생긴 건가, 나는 너무 무섭네. 하기는, 얼마 전 우리 집에 왔을 때에도 보통 때와는 다르긴 했어. 제 딴에는 숨긴다고 숨겨왔던 기억들을 털어놓는 것도 그렇고, 그 이야기를 하는 눈빛도 왜 그리 담담하던지……. 이제야 말이지만 사실은 내 가슴이 철렁했다네. 거기다 간혹 우리 집에 들르더라도 동현이 이야기는 결코 하지 않던 아이가 그날따라 동현이의 어린 시절 이야기를 즐겁게 하더란 말이야. 세상에, 상상이 되나? 동현이 이야기를 웃으면서 하는 그 애를?

소름이 쭉 끼쳤다. 코카브란 곳에선 대체 아내에게 무슨 짓을 한 것인가. 그녀가 이어 말했다.

— 며칠 전 연이에게 왔다 갔다는데, 그날이 바로 사라진 날이더라고. 그날도 연이에게 어린 시절 이야기를 했다고 하니 혹시 그 보호소를 찾아가지는 않았을까…… 그런 생각도 들고. 내가 오늘이라도 가보려고 하는데…….

나는 장모님을 만류하고 대신 주소를 받아 들었다. 주소랄 것도 없이 파주의 에덴기도원 근처 천사보호소였다는 정보밖에 없었지만, 설사 아무런 정보가 없더라도 가야만 했다. 한 사람과의 인연을 마무리함에 있어 최소한의 매너를 지켜야 한다면, 지금 아내를 제자리에 데려다 놓는 것이 나의 마지막 의무였다.

출발 전 관할 사회복지과에 정확한 위치를 문의하니 담당자는 한참을 헤맸다. 임시 보호소는 모두 사라졌다는 것이다. 그래도 내가 포기하지 않자, 한참 만에야 에덴기도원 인근의 정보를 뒤져 그곳이 지금은 엄마사랑영아원으로 바뀌었다는 것을 알려주었다. 엄마사랑……. 엄마를 잃은 아이들에게 꿈과 희망을 줄 법한 아름다운 이름이었다. 그러나 나에게는 그것이 마치 과자의 집처럼 잔인하게만 느껴졌다. 결코 가질 수 없는 것으로 유혹하고 있는 듯했던 것이다.

5시쯤 파주 시내에 접어들었다. 그러나 영아원은 시내에서도 꽤나 떨어진 외곽이었다. 복지사의 설명대로 산길을 꼬불꼬불 달려

우거진 숲을 지나니 마침내 작은 마을 하나가 나타난다. 외지인을 의아하게 바라보던 한 노인이 내 질문을 받고서야 검붉은 흙이 밴 손가락으로 산언저리를 가리켰다. 그 끝에 십자가가 우뚝 솟은 기도원과 인근의 영아원 현판이 동시에 보였다.

풀이 듬성듬성한 건물 앞에 주차를 했다. 너른 마당에 흩어져 있던 아이들이 일제히 동작을 멈추고 내 쪽을 보았다. 아이들에게도 외지인은 낯선 모양이다. 비슷한 모양의 단발머리를 한 여자아이들과 까맣게 그을린 사내아이들이 열 명 남짓이었다. 그중에서도 바지를 벗고 서 있는 한 사내아이가 눈에 띄었다. 아이의 머쓱해하는 얼굴이, 기억 어딘가의 낯익은 장면과 중첩되었다.

"어떻게 오셨어요?"

건물 뒤편에서 돌아 나온 여자가 놀란 듯 물었다. 손에는 이제 막 빤 바지가 들려 있다. 참고 있던 서러움이 불쑥 솟았다. 아이에게서 본 것은 동현이의 어린 시절이었다. 옷에 실수를 하고 무안해하던 그 자그마한 얼굴. 또한 그 옷을 살랑살랑 빨아 비틀어 짜던 아내의 길고 고왔던 손도…….

"엄마, 이 아저씨 누구예요?"

"엄마 엄마, 내 바지는요?"

긴장한 채 서 있던 아이들이 여자에게 몰려가 무어라 물어댔다. 아이들이 보육 교사에게 엄마라는 호칭을 쓰는지는 몰랐다. 아내도…… 아마 그랬을 것이다. 여섯 살의 여자아이. 자기의 엄마가 아닌 줄 알면서도 엄마라고 부르며 사랑받기 위해 노력했을 모습이 떠올랐다. 다시 또 버림을 받을까 두려워 기억을 잃은 척했던 것일까. 문득 살갗이라도 데인 듯 가슴이 쓰려왔다.

"……아내가 이곳에서 자랐다고 들었습니다. 혹시 요 며칠 사이 들르지 않았는지, 알고 싶은 것들이 있어서 찾아왔습니다."

긴 머리를 어깨에서 느슨하게 묶은 앳된 교사의 눈에 호기심의 빛이 지나갔다.

"따라오세요."

그녀는 나를 건물 안으로 안내했다. 밖의 단조로운 느낌과는 달리 파스텔 톤으로 아기자기하게 꾸며진 내부였다. 아이들은 나를 여전히 힐끗거리며 '오리반'이라 쓰인 방으로 들어갔고, 나는 다른 회색 문의 방으로 안내되었다. 책장과 테이블 두어 개로 이루어져 있는 깔끔한 방이었다. 그녀가 누군가를 부르러 간 사이 입소 안내와 입양에 대한 글을 읽었다. 미혼모나 아이를 키울 수 없는 상황의 부모로부터 친권을 이양받아 입소시켜야 하고, 입양을 원하는 부모는 재산과 가족 사항 등 일정한 조건을 충족해야 한다는 내용이었다. 아내를 이곳에 맡긴 부모는 어떤 이들이었을까. 미혼모? 아니면 이혼한 부부?

"안녕하세요. 이곳의 사무장입니다."

조용하지만 카랑카랑한 목소리가 들려왔다. 목소리만큼이나 깡마른 40대 초반의 여자다. 나는 일어나 정중히 고개를 숙여 보였다.

"네, 안녕하세요."

그녀는 다가와 앉기 전 뒤편의 테이블로 향했다.

"커피를 드시겠어요?"

"아무거나 괜찮습니다."

그러고 보니, 아내에게는 여름이면 언제나 차가운 오미자차를 요구했다. 처음부터 그런 것은 아니었고, 한 살씩 나이를 먹어가면서 체력에 한계를 느꼈던 탓이었다. 내 건강을 챙기는 데 아내도 부지런해져야 한다는 것이 내 지론이었고, 아내는 그런 나를 위해 꾸준히 오미자차를 달이고 꿀물을 준비하고 홍삼을 달였었다. 그러면서도 내가 어디에서든 아무거나 주십시오, 라고 호쾌하게 말하는 남자였음은 부끄러운 일일까.

"아내분에 대해 알고 싶으시다고요."

종이컵 두 개를 내려놓으며 그녀는 왠지 싸늘한 목소리로 말했다.

"네, 제 아내가 이곳에서 자랐다고 들었습니다."

그녀는 안경을 벗어 콧잔등을 문질렀다.

"이곳은 불과 11년 전에 설립되었지요. 선생님의 아내분이 자랄 수 있는 시간은 아닌 것 같은데요."

"이곳이 보호소로 출발해 영아원으로 바뀐 것을 알고 있습니다. 본래 천사보호소가 아니었나요?"

안경을 다시 쓴 그녀가 여전히 무표정한 얼굴로 나를 보았다.

"잘 알고 계시네요. 그렇다면 이야기가 달라지지요. 아내분 성함이 어떻게 되시죠?"

무슨 생각에선지 그녀는 태도를 바꾸어 순순히 말했다.

"최, 은희라고 합니다. 본래의 이름은 김은희라고 알고 있습니다."

"아……."

안다는 말인지 모른다는 말인지 알 수 없는 대답이었다. 그녀의 얼굴에는 아무런 변화도 나타나지 않는다. 그것이 도리어 나는 의심스러웠다. 더 이상 머뭇거리지 않고 빠르게 말했다.

"급한 일입니다. 아내를 만나야 하는데, 지금 연락이 되지 않습니다. 혹시 이곳에 들렀거나 연락이 오지는 않았는지, 아내의 친부모에 대한 정보는 없는지 알고 싶습니다."

그녀는 차를 들어 한 모금 삼킨 후 천천히 대꾸했다.

"이곳에는 세 가지 원칙이 있습니다. 건강, 사랑, 그리고 보안이 그것입니다."

"보안이오?"

되묻는 내 말이 언짢았는지 그녀가 얼굴을 찌푸렸다.

"그 원칙을 어떻게 생각하시든 관계없습니다. 어쨌든 설명드리자면, 그 보안이 뜻하는 것은 여러 가지입니다. 친부모가 먼저 자식을 찾을 수 없다. 본인의 의사에 의해서만 최소한의 기록을 공개한다. 그 본인과 관계된 어떠한 정보도 타인에게 제공하지 않는다……."

그녀의 눈빛에 조롱이 스쳐가는 듯 느껴졌다. 남편인 내가 타인이냐고 따져 묻고 싶었으나, 그래 본들 그녀의 입만 닫히게 할 것이었다. 나는 다시 조근조근 그녀를 설득하였다. 본심을 숨기는 데는 이골이 난 나였던 것이다.

"물론 이곳의 원칙을 존중합니다. 그러나 어떤 사안에도 중요성의 차등은 있지 않습니까. 아내는 지금 위험한 상황에 처해 있을지 몰라요. 물론 그 자신이 그것을 전혀 깨닫지 못한 상태라는 것이 가장 위험한 일이지요. 차라리 아내가 혼자 있다면 불안하지 않을 것입니다. 그러나 아내가 누군가와 함께 있다는 것이 가장 불안한 요소입니다. 늘 위험이란 타인과의 관계를 통해 이빨을 드러내는 법이니까요."

나는 밑도 끝도 없는 이야기를 늘어놓으면서도 내 이야기의 확증을 얻고 있었다. 누군가와 함께 있다는 대목에서 그녀의 안색이 변했던 것이다. 나는 쐐기를 박았다.

"물론 우리 부부에게 문제가 있다는 것을 부정하는 것은 아닙니다. 명색이 남편인데, 아내의 행적을 타인에게 물어야 하는 제 심정은 어떻겠습니까. 그러나 지금 이 자리에서 개개인의 깊숙한 상처까지 모두 설명드릴 수는 없겠지요. 다만 말씀드리고 싶은 것은, 제가 아내를 찾고자 하는 것은 오랜 문제를 해결하기 위함이라는 점입니다. 그리고 그 문제는 아내의 동행자들이 해결해줄 수 없습니다. 엉킨 마음의 실타래는 당사자가 아니면 결코 풀 수 없는 법이니까요."

생각이 복잡한 듯 여자의 얼굴이 어두워지더니 한참 만에야 입술을 깨물며 말했다.

"깊은 이야기는 모릅니다. 그저 며칠 전 이곳에 들른 것은 맞습니다. 한 시간쯤 머물며 주위를 둘러보고, 아이들과 이야기를 나누다가 돌아갔지요."

"어디로 갔습니까?"

나는 허덕거리듯 되물었다.

"알 수 없어요. 선생님이 말씀하신 대로 은희의 곁에 일행 두 명이 있었고, 그들과 함께 이런저런 이야기를 나누다 떠난 것뿐입니다."

여자는 미처 다 하지 못하는 말들을 삼키듯 다시 찻잔에 코를 박았다. 그러나 나는 여자가 보인 빈틈을 놓치지 않았다.

"아내를 잘 알고 계시는군요."

여자의 얼굴에 당황스러움이 지났다.

"무슨 말씀……."

"조금 전 은희라고 부르질 않았습니까?"

"……"

여자의 얼굴이 살짝 붉어졌다가 이내 또 창백해졌다. 그리고 무언가를 생각하듯 미간을 찌푸리다 한숨을 내쉬며 말했다.

"네, 저는 은희와 이곳에서 함께 자란 고아입니다. 그것이 뭐 어떻다고요? 오늘날 우리는 과거 원생이었던 최은희와 이곳의 사무장인 저일 뿐입니다. 당신이 원하는 정보와 사적인 감정과는 아무런 관련이 없다는 뜻입니다. 어쨌든 저는 그만 가보겠습니다. 이곳은 늘 일손이 부족한데다 무엇보다도 더 이상 말씀드릴 게 없으니까요."

단호한 얼굴로 입을 다문 그녀는 벌떡 일어났다. 나는 뜻하지 않은 고백에 당황해 차마 그녀를 붙들 수가 없었다.

"……은희는 이제까지 한 번도 이곳을 찾지 않았어요. 물론 이곳이 그리울 리는 없었을 테지만, 이곳에 남은 친구들까지도 돌아보지 않았던 아이였지요. 이제 와 문득 찾아온 것이 이상하긴 했어요. 모든 것이 잘 해결되길 바랍니다. 은희나 우리는…… 꼭 행복해져야 하는 아이들이니까요. 여기에 있는 다른 많은 아이들처럼."

여자는 문을 반쯤 열어둔 채 돌아보지 않고 말했다. 어느샌가 처음의 싸늘한 느낌은 사라져 있었다.

달칵, 그녀가 문을 닫고 떠난 후 방 안은 적막했다. 간혹 벽면을 통해 아이들의 웅성거림이 아득하게 들려올 뿐이었다. 나는 테이블에 남은 녹차를 단숨에 들이켰다. 아내는 이곳에 왔었다. 아내가 사라진 직후 곧바로 아내를 찾기 시작했더라면, 어쩌면 이곳에서 아내를 만났을지도 모른다. 그랬다면 우리는 평안히 집으로 돌아가거나 그제야말로 법원에 출석해 이혼 수속을 밟고 있었겠지. 어느 쪽이든, 아내를 찾았다는 전제라면, 어느 쪽이라도 좋을 것 같았다.

나는 일어나 내가 앉았던 자리 주변을 살펴보았다. 아내의 옷에서 떨어진 실밥 같은 것이라도 없을까, 단서가 될 만한 것은 없을까, 보푸라기가 잔뜩 일어난 방석을 손으로 매만져보기도 했다. 그러나 어디에도 아내의 흔적은 없었다. 그것이 현실이었다.

해가 지고 있는 건물의 앞마당은 감빛으로 물들어가고 바람결에 흔들리는 그네는 애처로워 보인다. 부서질 듯 내려앉은 오래된 나무 의자에 몸을 기댔다. 텅 빈 집으로 돌아갈 생각을 하니 울적해졌다. 아내가 없는 듯 생활했던 수년 동안, 나는 단 한 번도 아내가 있기 때문에 집에 돌아간다고 생각해본 적이 없었다. 아내는 그저 붙박이장이나 냉장고, 텔레비전처럼 당연히 집에 머무는 존재였고, 그녀가 있으나 없으나 나는 나의 생활을 영위하고 있다고 믿었다.

그러나 인간이란 얼마나 오만한 존재인가. 실상 나는 아내가 있기 때문에 꼬박꼬박 집으로 돌아가 밥을 먹었고, 잠을 잤고, 아침에 눈을 떠 출근을 할 수 있었던 것이다. 어쩌면 우리는 대화를 나눈다거나 안아준다거나 같이 잠드는 일은 없었지만, 그저 같은 공간에 서로의 존재가 있다는 것만으로 나름의 최선을 다하고 있었던 것인지도 모르겠다. 그러하기에 지금 이토록 그 텅 빈 집으로 돌아가고 싶지 않은 것이다. 동현이가 없고, 아내가 없는 그곳.

"괜찮으세요?"

돌아보니 조금 전 나를 안내한 선생이었다. 그녀는 자못 걱정스러운 얼굴을 하고 있었다.

"많이 지쳐 보이시는데요……."

"……괜찮습니다."

늙은 아비라도 살피는 듯한 눈빛이었다. 걱정과 안타까움이 담긴 그 따스한 눈빛이 낯설게 느껴졌다. 누군가에게 그러한 시선을 받은 것이 언제였던가. 또 내가 주었던 때는 언제였던가.

자리에서 일어서다 비틀거리는 나를 그녀는 붙잡아주었다.

"아내분께서는 아마 가평으로 가셨을 거예요."

"네?"

내가 놀라 바라보자, 그녀는 건물 쪽을 힐끔거리며 살폈다. 아이들의 소음과 저녁을 짓는 냄새가 풍겨 올 뿐 사람은 보이지 않았다.

"제가 말씀드렸다는 것은 비밀이고요. 아내분은 두 명의 동행자들과 함께 오셨었고, 자신의 기록을 살피고 건물도 돌아보고, 나중엔 사무장님과 한참 동안 이야기를 나누다 친모가 계시는 가평 쪽의 주소를 받아 가셨어요. 제가 나중에 서류를 찾아보니, 아버지는 미상이고 어머니는 장애인 시설에 계시는 분이더라고요. 출생 후 한 달 만에 친권이 포기되어 이쪽으로 입소되었던 거지요."

"어째서……."

사무장 몰래 이야기를 전해주는 이유가 궁금했다.

"며칠 전, 아내분도 꼭 이 자리에 주저앉아 계셨어요. 무슨 생각을 하시는지 금방이라도 몸이 흩어져버릴 것처럼 투명한 얼굴을 하고서 말예요. 조금 전 선생님 얼굴이 그렇더군요."

바람이 불어와 그녀의 흘러내린 머리칼을 날렸다. 나는 다시 한 번 주위를 둘러봤다. 시간을 거꾸로 계속해 돌리면 이 자리에 아내가 앉아 있는 것이다.

"그리고…… 저도 같은 처지이니까요."

그녀의 얼굴에 흐르던 순진한 앳됨은 사라지고 나이 든 노파처럼 깊은 그늘이 떠올랐다.

"사실은 저도 이곳에서 자란 아이예요. 사무장님은 부임 후로 줄곧 이곳 출신 교사들을 뽑았지요. 자신이 이곳 출신이기 때문이기도 하고 아이들을 가장 잘 돌볼 수 있다고 믿기 때문이라면서요. 하지만 저는 아이들을 사랑해서 돌아온 것은 아니에요. 어찌 생각하면……."

그녀는 말을 멈춘 후 다시 한 번 뒤를 흘끔 돌아보았다. 두려움이 서린 얼굴이었다.

"복수를 위해서였다고 할 수 있겠죠."

"복수요?"

"이곳의 원장은 마녀나 다름없었어요. 우리를 학대하고 곧잘 체벌했죠. 아마 아내분이 자랐을 당시도 마찬가지였을 거예요. 원장이 좋아하던 방식은 피라미드 구조였거든요."

더욱 알 수 없는 말이었다. 내 의문을 이해한다는 듯 그녀는 계속해 말했다.

"원장은 고아들을 빌미로 후원금을 착취하며 우리를 자신의 노예처럼 부려댔어요. 그리고 다른 아이가 또 다른 아이를 학대하도록 시킴으로써 피해자와 가해자를 뒤섞어버렸지요. 제가 있던 당시엔 이미 팔순 노인이었는데, 괄괄한 성미를 당해낼 사람이 없었어요. 함께 이곳을 운영했던 딸들도 마찬가지였고요."

노기를 띤 눈이었다. 당혹스러운 것은 내 쪽이었다. 『헨젤과 그레텔』의 마녀가 떠올랐기 때문이다.

"그러면서 간혹 입양되는 아이에겐 절대적으로 이곳의 비밀을 지키도록 했지요. 그래서…… 아이들은 이곳의 일을 절대로 말하지 않았어요. 남은 아이들을 지켜주지 못한 거예요. 저 역시 마찬가지였고요."

노기 위에 슬픔이 내려앉아 있었다.

"그 원장은 지금……?"

"돌아가셨어요. 온몸에 퍼진 암으로 지독히 고생을 하다 떠나셨죠."

얼핏 미소가 지나간 듯했다. 진흙탕처럼 질척질척하고, 무엇도 명백하지 않은 소용돌이에 휘말린 기분이었다. 환하게 웃던 아내의 맑은 미소나 아이의 바지를 들고 나타났을 때 교사에게서 느껴졌던 순전함이 허망하게 느껴졌다. 진실이란 보이지 않는 곳에 있다.

집으로 돌아오며, 와이퍼 너머로 흐릿해지는 길을 붙잡기 위해 안간힘을 써야 했다. 그 젊은 교사가 친모의 간략한 인적 사항이 적힌 쪽지와 함께 쥐어주었던 붉은 이름표 때문이었다.

— 이곳의 아이들은 모두 이름표를 달고 있었어요. 원장의 지시였죠. 그리고 그녀는 꼭 그 이름표를 바라보며 호명하듯 이름을 불렀어요. 외우는 법은 절대 없었죠. 마치 원칙이라도 되는 것처럼……. 그런데 이상하지요. 사무장님과 한참 말씀을 나누고 나온 아내분께서 저에게 이걸 주시고 가더라고요. 버려달라는 뜻인가 하다가, 혹시나 해서 가지고 있었어요. 그런데 오늘 선생님을 뵈니, 왠지 전해주길 바랐다는 생각이 들었거든요.

그 붉은 바탕에 씌어진 김은희라는 이름이, 그녀가 들려준 이야기만큼이나 낯설고 서러웠다. 다만, 아내가 내게 무언가를 말하고 있는 것만은 확실했다. 비록 정확한 뜻을 아직은 알 수 없지만.

6

아내의 텅 빈 방은 아무런 말을 해주지 않는다. 그래도 나는 그곳에 아내의 메아리라도 남은 듯 방을 떠날 수 없었다. 피곤한 두 눈과 달리 지나치게 생생한 생각들로 두서없는 밤이었다.

아내의 일기장, 손수건, 그림책, 붉은 이름표…… 미란의 편지 봉투. 단서는 있어도 그 뜻이 무언지 알 수 없는 것들이었다. 아내는 무엇 때문에 산란한 흔적들을 남겼던가. 확실한 증표를 남길 수는 없었던가. 만약 그 불분명한 단서의 이유가 자의가 아니라 타의에 의한 것이라면, 어떤 종류든 속박을 당하고 있다는 뜻이 아닐까. 그러나 그런 생각을 하면 단 한 순간도 견딜 수 없는 기분이 되었다. 폐부가 굳어오고 오금이 저리는 혹시, 라는 망상의 덫.

　나는 초조함을 떨치기 위해 부지런히 움직이며 청소를 했다. 밤늦게 청소기를 돌릴 수는 없었지만, 손을 재게 놀리는 것만큼 머릿속을 깨끗하게 해주는 것은 없었다. 그러고 보니 며칠 사이 빨랫감들도 제법 쌓여 있었다. 베란다의 소음 정도는 괜찮겠지. 나는 세탁기 문을 활짝 열어 빨래들을 던져 넣었다.

　드럼세탁기를 돌려보는 것은 처음이었다. 전에 그나마 살림을 거들던 때에는 일명 통돌이라 불리는 작은 세탁기를 썼다. 아내가 사 오겠다고 하는 것을 극구 말려 형님에게 얻었던 것이었다. 그때는 취업하기 전이었고, 아무것도 없는 내게 딸을 주기까지 장인 장모님도 무던히 속이 썩었으므로 나는 혼수를 해오지 말기를 간청했다. 어차피 집도 형님이 마련해준 작은 셋방 하나였다. 그래도 그때 우리는 행복이란 단어를 얼마나 쉽게 입에 올렸던가. 입덧이 심한 아내를 위해 나는 몇 번이고 시장에 다녀오기를 주저하지 않았고, 아내는 입덧에도 불구하고 아침 일찍 일어나 내게 보글거리는 된장찌개를 끓여주던 시절이었다. 그때가 몇 년도였을까. 그런 시절이 있었다는 것조차 잊고 있었다.

　눈에 들어오지도 않는 텔레비전 채널을 몇 개 돌리고 나니 세탁기의 종료 음이 들려왔다. 빨래들을 꺼내 탈탈 털어 하나씩 건조대에 널었다. 열어둔 베란다 창으로 바람이 불어 들고 낮게 켜놓은 불 사이로 작은 날벌레들이 파닥거리는 밤이었다. 나는 마치 아무 일도 일어나지 않은 평화로운 밤을 보내듯 하나하나 정성스럽게 빨래를 널었다. 속옷, 수건, 양말…… 모두 내 것이었다. 그러다 문득 손에 잡힌 것은, 내 것으로 보기엔 지나치게 작은 팬티 한 장이었다. 연분홍 바탕에 빨간 스티치로 꽃문양이 누벼진, 아내의 것이다. 아내의 속옷을 본 것이 언제인지 기억나지 않았기 때문에 나는 그것을 멍하니 바라보았다.

집을 나서기 전, 아내는 이 집에서의 마지막 샤워를 했을 것이다. 빨아서 넣어둘까 아님 그대로 가져갈까 고민을 하다가 마침내 빨래 통에 던져 넣고 집을 나선다. 언젠가 내가 빨래를 돌릴 것이고, 그 순간 그녀의 마지막 족적을 발견하리라 한편 생각하기도 했겠지. 성욕도 애정도 잃어버린 나에 대한 비난이었든 빨기 귀찮은 속옷 한 장 던져 넣은 것뿐이었든, 나는 그것이 아내의 유품이라도 되듯 처연한 기분이 되었다. 애써 덮어두려 할수록 더욱 거세어지는 것. 그것은 자책감과 함께 밀려오는 그리움이었다.

아내의 속옷 속에 손을 한번 넣어보고 싶어 안달하던 젊은 날의 나는 온데간데없이 사라지고, 이제는 말라비틀어진 죽은 나무처럼 우두커니 팬티 한 장을 들고 서 있을 뿐이다.

깊은 숨을 토해내며 베란다에 몸을 기댔다. 불을 밝힌 도시의 거리는 아름답다. 그러나 그 속의 인간들의 군상은 저마다 다른 것이다. 그리고 그 모습은 매일 달라지고 있다. 거부할 수 없는 시간의 속성이었다. 아내는 그래서 코카브 학회를 좇은 것일까. 흐름을 역행할 수 있는 문을 찾아서? 그것이 과연 가능하기나 한 말일까……. 거실에 켜놓은 텔레비전에서 외국 여자 가수의 목소리가 아득하게 들려왔다.

> I remember you say……
> Sometimes it lasts in love……
> But sometimes it hurts instead……

나이 든 여인처럼 깊고도 외로운 여인처럼 서글픈 목소리였다. 가끔은 사랑으로 남고 때로는 상처를 준다. 마치 내게 말을 걸어오는 듯한 노래였다. 잠시 노래에 귀를 기울이다 아내의 팬티를 건조대 한편에 조심히 널었다.

아침이 밝으면 그것은 햇살 냄새를 품고 마를 것이다. 그리고 언젠가는 아내가 입게 될 것이었다.

잔잔한 수면 위를 가로지르듯 요란한 전화벨 소리가 들려온 것은 그때였다. 핸드폰이 아니라 집 전화였다. 나는 깜짝 놀라 수화기를 바라보았다. 벌써 11시가 가까워진 밤이었다. 뛰듯 달려들어 전화기를 들었다.

─ 여보세요.

남자의 목소리였다. 잠시였지만 낭패감이 지나갔다. 아내이길 바라고 있었을까?

"네."

─ 최은희 씨 댁인가요?

"……그렇습니다만."

─ 통화 좀 할 수 있을까요?

아내에게 낯선 이의 전화가 걸려온 것은 수 해 만에 처음이었다.

"실례지만 무슨 일로 찾으시죠?"

─ 아, 혹시 남편분 되시나요?

"그런데요?"

나의 날카로운 대꾸에 상대는 머뭇거렸다.

"무슨 일로 집사람을 찾으시죠?"

─ ……저는 〈연합신문〉의 이강식 기자라고 하는데요.

이강식? 번뜩 놀라 수화기를 고쳐 잡았다.

─ 최은희 씨께서 오늘쯤 전화를 달라고 하셨거든요. 그리고 보니 지금 한국은 밤이겠군요. 이쪽의 시간만 생각하고서…….

"전화를 달라고 했다고요? 이 번호로요? 그게 언제죠?"

말을 자르며 쏟아내는 추궁이 불쾌한지, 그는 낮은 목소리로 대답했다.

─ 지난주였어요. 지인을 통해 제 번호를 받았다며 전화를 걸어

오셨지요.

"그런데요? 아내가 뭐라던가요?"

그는 논쟁을 끝내겠다는 듯 빠르게 말했다.

― UFO에 대한 제 기사에 대해 몇 가지를 묻고, 곧 만나보고 싶다고 하더군요. 그러나 제가 해외 출장 일정이 잡혀 있다 했더니 잠시 망설이다가 오늘쯤 이 번호로 전화를 달라고 했어요. 제가 언제 일정을 마칠 수 있을지 모르겠다고 말씀을 드렸는데도 말이죠. 기자로서 이런 일에 일일이 대꾸하기는 힘든 일이지만, UFO의 일에 대해서는 저도 관심이 있던 사항이었던 데다 구체적인 일시까지 요구하는 것이 특이해 메모를 해두었습니다. 그래서 귀국 전이라도 전화를 먼저 드린 것이고요. 그런데 남편분께서 불쾌해하실 줄은 미처 생각지 못했던 것 같습니다. 그 점 죄송합니다.

가시 박힌 대꾸였다. 그러나 겨우 얻은 힌트를 놓칠 순 없었다.

"그런 것은 아닙니다. 다만 말씀드리지 못할 일들이 있어 예민해져 있었습니다. 기분 상하셨다면 죄송합니다."

― 괜찮아요. 어쨌든 아내분은 안 계신 것 같으니…….

"아니요, 잠시만요."

전화를 끊으려는 그를 다급히 붙들었다.

"아내가 UFO의 무엇에 대해 묻던가요?"

― 네?

그가 무언가 생각에 잠긴 듯 잠시 침묵했다.

"그러지 않아도 이강식 기자님께 전화를 걸었었지요. 초면에 이런 말을 하기는 뭐하지만 실은 아내와 연락이 되지 않습니다. 사라지기 전 기자님과 통화를 했다는 것을 알고, 작은 단서라도 찾고 싶었던 것입니다."

어조를 바꾸어 간절히 말하자 그도 마음이 움직인 모양이었다.

— 아내분은 아마도 코카브에 동참하셨을 거예요.

나는 알고 있던 사실을 다시 한 번 확인하고는 실망스럽게 고개를 끄덕였다.

— 저를 만나려던 것은 아마도 회유를 위해서였을 거고요.

"그럴 리가요. 아내는 그런 일은 못할 사람입니다."

적어도 내 아내는 남을 끌어들일 만큼 맹목적인 사람은 아니다. 그가 웃는 것 같았다.

— 아내분을 잘 모르시는 것 같군요. 하기는 누구도 자기 배우자에 대해 다 안다고 말하지는 못할 겁니다. 다 알 수도 없는 거고요. 어쨌든 아내분은 그곳으로 떠나버리셨군요. 저를 위해 잠시 지체하는 줄 알았는데…… 그렇다면 왜 전화를 하라고 하셨을까…….

그가 중얼거리듯 무어라 덧붙이고 있었지만 잘 들리지 않았다.

"코카브란 곳은 어디에 있습니까? 그곳에서 무엇을 하는 거죠?"

내가 묻자 그가 터지듯 짧은 한숨을 내쉬었다.

— 저도 모릅니다.

"모른다고요?"

아내의 방은 말이 없고

— 저는 다만 UFO 동호회 일원으로 우주의 생명체에 대해서만은 관심이 많은 사람입니다. 그러나 하델 박사의 이론이 정말 일리가 있는지에 대해서는 아직 의심하고 있답니다. 코카브 학회의 주장도 마찬가지고요. 더구나 집단행동으로 가는 것은 옳지 않다고 생각하는 사람 중 하나지요. 그렇다 해도 아내분은 너무 걱정 마십시오. 적어도 다 함께 자살을 하거나 종말론을 외치는 단체는 아니니까요.

자살이니 종말론이니 하는 단어만으로도 가슴이 옥죄어오는 것 같았다.

"이보세요, 언제 귀국하십니까? 저를 좀 만나주세요."

그러나 그는 단호했다.

— 죄송하지만 아내분과의 문제는 부부끼리 해결하셔야 할 것 같습니다. 저는 조사할 게 많거든요.

"부부끼리의 문제가 아니라 혹시 있을지 모르는 사기 사건이라면요?"

— 사기 사건이오?

"그렇지 않습니까. 예로부터 난세에는 영웅도 나지만 혹세무민하는 치들도 꼭 있으니까요."

그가 짧게 웃었다.

— 그러게요. 그럴 수도 있겠지요. 물질은 풍요롭되 정신은 피폐한 요상한 시대이니 말예요. 그러나 사기 사건이라면 더더욱 저는

바쁠 것 같군요. 기자로서의 사명감이 있으니까요.

"제가 도움이 될지 모릅니다."

나는 생각지도 못한 말을 해놓고서 스스로 조금 놀랐다. 내가 도움이 될 수 있다고? 그러나 그는 그 말에 약간 흔들리는 듯 말했다.

— 무언가 단서를 가지고 계십니까?

"당연한 일 아닌가요. 아내가 그곳으로 향했습니다. 이곳은 아내가 살던 곳이고요. 저는 그 단서들을 찾고 있는 중입니다."

— 그럼 회합 장소를 알고 있다는 뜻입니까?

"알고 있지는 않지만 그 주소를 꿰어 맞출 수 있을 것 같습니다."

잠시 침묵이 흘렀다. 그러나 오래가지 않았다.

— 한국 시간으로 내일 오전에 귀국할 겁니다. 오후에 시간이 어떠신지요.

이번에는 내가 물었다.

"이건 당신의 개인적인 관심인가요, 기자로서의 사명인가요?"

잠시 머뭇거리던 그가 확신 어린 목소리로 말했다.

— 두 가지 다라고 해두지요. 저에게도 그들에 동참할 수 있는 요인이 충분하니까요. 한편으로는 그들의 말이 사실이길 바라기도 하고요. 그 요인은 전화를 받으신 선생님께도 충분할 겁니다. 아내분께서는 그랬기 때문에 단서를 남기신 것이겠지요.

전화를 끊은 후 나는 어리둥절했다. 나에게도 그 요인이 충분하다고? 아무렴 내가 과학적 이론을 미끼로 한 맹목적 회합에 함께할 수 있을 거라 생각하는 것일까? 그러나 기가 막히면서도 마음 한편 뜨끔한 느낌을 지울 수 없었다. 여전히 잠은 오지 않고, 고요한 어둠 속에 요란한 상념들만이 허둥거리는 밤이었다. 아마도 아내를 찾기 전까지 나의 밤이란 계속 그러할 것이었다.

III 헨젤의 조약돌

한때 여름을 끔찍이도 싫어한 때가 있었다. 여름만 되면 뜨거웠던 머리칼과 진득한 땀방울, 그리고 낫지 않는 상처투성이의 발이 진저리나게 가렵곤 했으니까.
이제는 좋아하는 계절도, 싫어하는 계절도 없다. 그저 시간이란 굽이치는 강물처럼 아래로 아래로 흐르는 것이고, 결코 되돌릴 수도 그 구멍을 봉합할 수도 없는, 잔인한 것이므로.
하지만…… 생각하면 할수록 이상한 것은 이토록 무책임한 세계를 신께서 창조한 까닭이다. 나는 그 답을 얻기 위해 닳도록 성경책을 읽고 있지만, 어쩌면 죽음에 이르러서도 답을 얻지 못할 것을 알기에 때로 들끓는 가슴속의 그 무엇을 감당하기 어렵다.
어딘가에 답이 있기는 있을까? 성경이 아니라면, 어디에……?

— 아내의 일기 중

7

"형님이라고 불러도 될까요? 혼자서 막막했는데 동행자가 생기니 반갑네요."

이 기자는 깐깐하던 목소리와는 달리 명랑한 인상에 천진한 미소의 소유자였다. 더구나 30대 중반은 됐으리라 생각했던 것과 달리 그는 겨우 서른이 된 사내였고, 다짜고짜 형님이라 칭하는 친화적인 성격 또한 의외였다. 그러나 무엇보다도, 그가 마치 사설탐정이라도 되듯 기자다운 통찰력을 가지고 있음이 내겐 다행스러운 일이었다.

우리는 서로 다르면서 또한 같은 하나의 목적을 위해 의기투합

했다. 회합 장소의 주소를 파악하기 위해 애쓴 것이다. 그의 설명대로라면, 그들은 매우 조심스러운 점조직을 가지고 있으며 외부적인 활동을 대행하는 과학 학회까지도 비밀스러운 요소들이 많다고 했다. 그런 그들이 자신들의 회합 장소를 쉽사리 공개할 리도 없었고, 쉽게 타인을 받아들일 리도 없었다. 또한 학회 등에 몰래 잠입하려던 기자들이 번번이 퇴출된 것은 그들의 정보력이 만만치 않다는 반증이었다.

그는 아내가 남긴 키워드들이 주소를 상징하고 있을 것이라고 확신했다. 어쩌면 아무런 증표도 아닐 수 있지 않느냐고 의혹하자 이는 분명 그녀가 남긴 초청장이란다. 이어 그는 조심스러운 태도로 말했다.

"그간 사라진 이들 대부분이 코카브 회원 본인이거나 그 본인과 연관된 이들이었어요. 만약 초청이 아니라면, 납치밖에 없지요."

굳어진 내 얼굴을 보고 그는 말을 그쳤지만, 나는 아내가 납치되었을지도 모른다는 1퍼센트의 가능성으로 괴로웠다.

"하지만 회원 본인은 납치일 리 없지 않습니까. 제가 말한 건 주변인들이니 너무 걱정 마세요."

그래도 마음은 개운치 않았다. 어떤 경우에 있어서는 무력을 행사할 가능성도 다분해 보였기 때문이다.

어쨌든 우리가 주목한 첫번째 단서는 당연히 가평에 있는 아내의 친모였다. 아내가 보호소에 이어 그곳을 방문했을 가능성이 높았다. 그러나 직접 방문하기에 앞서 확인 차 전화를 걸었을 때 간호사의 대답은 우리를 맥 빠지게 했다.

— 죄송합니다만 이윤화 씨는 지금 건강 상태가 좋지 못하세요. 어제 호흡 곤란 증상이 있으셔서 중환자실로 격리되셨고, 호전되기 전까지는 면회가 불가합니다.

혹시 최근 다른 면회인이 있지는 않았냐는 질문에 대해서도 낮은 어조로 대꾸하였다.

— 안타깝게도 이윤화 씨께는 최근 수년간 찾으신 분이 한 분도 없으셨어요. 환자가 그리 많지 않은 요양소라서 저도 잘 알고 있는 사실입니다.

장모가 되었을 수도 있는 분이었다. 아내가 방문하지 않았다는 실망스러운 소식뿐 아니라 그녀가 외롭고 쓸쓸하게 생의 마지막을 보내고 있다는 사실에 초연한 마음이 될 수는 없었다.

그러나 이 기자는 다른 단서로의 회전이 빨랐다. 그곳에는 가지 않았음이 분명하니 남아 있는 것들 중 가장 의심스러운 것은 역시 친구 미란의 빈 편지 봉투라는 것이다.

"봉투 안의 편지는 어디로 가버렸을까요? 형님의 설명대로라면 이 편지를 쓴 윤미란이란 친구는 2년 전 사망했고, 비슷한 시기에 날아온 편지가 이것이었어요. 그렇다면 그 친구의 마지막 편지이거나 그 비슷한 것일 확률이 높질 않습니까? 그런 친구의 편지를 버렸다고는 볼 수 없을 것이고…… 아내분이 가지고 있거나 다른 곳에 두었을 것 같은데. 그렇다면 그 편지 또한 중요한 키워드가 될 수 있다는 의미겠죠."

합당한 추리였으므로 나는 내키지 않음에도 불구하고 그의 권유대로 미란의 전화번호를 다시 한 번 누르는 수밖에 없었다. 그녀의 언니와 통화를 하기 위해서였다. 그러고 보니 나는 편지에 대해서는 물론 미란과 아내가 어떤 친구인지조차 알지 못하고 있었다. 그러나 내 우둔한 질문에 대해 미란의 언니는 첫날과 마찬가지로 잔뜩 신경을 곤두세웠다.

— 이것 봐요, 당신은 정말 은희에 대해 아는 게 없나요? 둘이 같은 보호소에 있었다는 건 알고 있나요?

솔직한 대답을 할 수밖에 없었다.

"몰랐습니다."

그런 내가 그녀는 이해되지 않는 모양이었다.

— 하기는 지난번 미란이가 죽은 것도 모르고 전화할 때 짐작하긴 했어요. 이제야 은희의 방황이 이해되긴 하네요. 나를 자주 찾은 것도.

공격적인 말에 불쾌해진 내가 수화기에서 귀를 떼고 이 기자를 바라보았지만 그저 고개를 끄덕일 뿐이었다. 나는 그녀에게 다시 한 번 부탁할 수밖에 없었다.

"네, 저는 아내에 대해 아는 게 없었습니다. 그걸 이제야 알았어요. 그러니 혹시 두 사람 사이의 이야기나 미란 씨가 아내에게 남긴 편지에 대해서 아는 게 있다면 말해주세요. 아내를 위해서입니다."

그녀는 잠시 망설이는 듯하더니 이내 낮게 말했다.

― 이곳의 주소를 불러주지요. 기다릴게요.

멀지 않은 곳이었다. 우리는 지체하지 않고 곧장 그녀에게로 출발했다.

Y대 근처라고는 했으나 그녀의 집은 Y대 뒤편 조악한 주택들이 오밀조밀하게 모여 있는 오르막 동네에 있었다. 오래된 한옥이었고, 대문 위에는 엄지손톱만 한 거미가 집을 짓고 늘어서 있었다. 무속인 집인가 보군요, 담벼락에 걸린 노랗고 빨간 몇 개의 연등을 가리키며 이 기자가 속닥였고, 나 역시 섬찟한 기분이 든 것은 사실이었다. 열려 있는 대문을 밀고 들어서자 하얗게 화장을 한 젊은 남자가 우리를 작은 방으로 안내했다. 신모님을 기다리라는 말을 남겼기 때문에 우리는 그녀가 무녀라는 것을 인정하지 않을 수 없었다.

방은 커다란 불상과 붉은 줄들로 혼란하게 꾸며져 있었다. 과일 등속과 제기, 한자로 씌어진 책들과 딸랑이와 같은 무속 도구들이 어지러운 그곳에 이 기자마저 없었다면 줄행랑을 쳤을지도 모른다.

"두 분 얼굴이 창백한 걸 보니 이 방이 무서웠나 보네요. 하기는, 보통 사람들은 이런 곳에서 잡념이 많이 드는 법이죠."

소리 없이 들어선 그녀가 놀리듯 웃었다. 역시 화장이 진한 얼굴은 눈썹과 눈매가 유난히 짙었다. 우리는 어쩐지 머쓱해져 어색한 미소만 지었다.

"이곳까지 오시라고 해서 미안해요. 전해드릴 것도 있고 해서요."

"미란 씨 일은 안됐습니다. 지난번 연거푸 실례했던 일 죄송하고요."

내가 먼저 고개를 숙여 사과하자 그녀는 고개를 흔들었다.

"아니에요. 요즘은 제가 좀 날카로워져 있어서요."

그녀는 여전히 웃는 얼굴로 이야기했지만 그녀가 방의 풍경과 어우러져 풍기는 팽팽한 긴장감을 덜어낼 수는 없었다.

"……사실은 은희가 집을 떠날 것이란 걸 알고 있었어요."

몸을 자연스레 테이블에 기대며 그녀는 말하고 있었다. 하얀 명주에 붉은 주단을 덧댄 기다란 신복(神服)이 자연스레 굴곡을 이루며 바닥에 흐트러졌다.

"……신통력으로 말입니까?"

호기심 많은 이 기자가 성급히 나서며 묻자 뜻밖에도 그녀는 하하하, 호방한 웃음을 터뜨렸다.

"미안하지만 그 정도로 신통력 있는 무당은 못 되네요. 은희가 미리 말해주었기 때문입니다."

이번엔 내가 따지듯 물었다.

"아내가요? 아내가 미리 말을 해줬다고요? 언제요?"

그녀가 내 얼굴을 물끄러미 바라보더니 고개를 기울이며 말했다.

"이런 남편인데, 왜 그랬을까요."

"무슨 뜻입니까?"

문득 쓸쓸함이 그녀의 얼굴에 가득했다. 그것은 마치 아내의 마음속을 꿰뚫어 보는 듯 연민과 상처가 가득한 얼굴이었다.

"은희는 외로워했어요, 너무나. 오래전 내가 내림굿을 받을 때 찾아와 그토록 눈물 흘리며 만류하던 아이가 도리어 나를 찾아와 기도를 부탁했으니……."

아닌 척했지만 아찔한 마음을 주체할 수 없었다. 아내가 무속인에게 기도를 부탁하다니……. 그것은 나를 포함한 누구에게나 있을 수 있는 일이지만 아내에게는 있을 수 없는 일이었다. 특히 최근 몇 년간의 아내는 그토록이나 광적으로 교회에 매달렸던 이가 아니던가. 무속인에게 기도를 부탁했다는 것은 아내 역시 나만큼이나 깊은 배신감을 느꼈다는 것이다. 그리고 이어졌을, 다만 살아갈 수만 있다면 무엇이든 붙잡고 싶을 만큼 크고 깊은 좌절…… 그 분노와 비슷한 마음을 나는 너무나 잘 알고 있었다. 그리고 마지막 지푸라기가 내게는 지독한 냉정함이었다면 아내에게는 무속이나 코카브와 같은 또 다른 종류의 믿음이었던 것이다.

"무엇을 위한…… 기도였습니까?"

나는 다시 한 번 확인코자 질문을 던졌다. 그녀는 잠시 망설이다가 이내 마음을 먹은 듯 일어서 벽면에 매달린 작은 서랍장에서 종잇조각 하나를 들고 왔다. 그것을 내게 내밀었으므로 우리는 그것이 작은 전표임을 알 수 있었다.

"무슨 전표죠?"

이 기자가 물었다. 그녀가 내 눈치를 살피며 조심스레 말했다.

"이건 우리 신단에서 모시는 제사를 위한 기부금 전표입니다."

"기부금요?"

나도 모르게 미간이 찌푸려졌다. 맹목적인 믿음 중 가장 큰 해악은 재산을 바치는 것이라고 생각하고 있는 사람 중 하나였던 것이다.

"아들의 명복을 비는 제사였나요?"

이 기자가 조용히 묻자 그녀는 고개를 흔들었다.

"이건 은희의 아들만을 위한 제사는 아니었고······."

또 내 얼굴을 살피던 그녀가 혀를 차는 소리를 내며 다시 말을 이었다.

"제가 자살한 영혼들을 위한 108번제를 준비 중이거든요."

"무슨 영혼들요?"

내 목소리가 날카롭게 높아졌다. 예상했다는 듯 그녀는 눈을 지그시 감았다.

"그게 무슨 말입니까? 자살, 이라니······ 자살을 할 영혼이란 뜻입니까, 자살을 한 영혼이란 뜻입니까?"

나는 다그치듯 그녀 앞으로 다가앉으며 물었다.

"은희는 동현이가 혹시······ 자살을 하려던 것은 아니었을까 의심했었어요."

하, 나는 곁의 이 기자를 의식하지 못한 채 깊이 탄식했다. 그리고 경악했다.

"……기막히군요. 사고로 죽은 애를 자살이라니……."

아내가 무슨 생각을 하고 있었는지 이제야 알 것 같았다. 그것은 늪처럼 빠져드는 지독한 망상이었다. 정신질환으로 따지면 과대망상. 의사를 만나봐야 하는 사람은 내가 아니라 아내였다. 그런 아내를 쫓는 이런 일들이 불현듯 우스꽝스럽게 느껴졌다. 계속해 이어진 황당무계한 짓거리에도 신물이 났다. 이게 무슨 짓인가. 처가로, 파주로, 이젠 무당집까지. 자리에서 벌떡 일어섰다.

"형님……."

이 기자가 내 옷을 붙들었지만 나는 더 이상 혼란에 빠지고 싶지 않았다.

"됐습니다, 됐어요. 이쯤이면 충분합니다. 나는 이제 상관없어요. 아내가 어디서 무슨 짓을 하든지 무슨 소리를 하든지, 미쳐서 날뛰다 정신병원에 가든지 떼로 몰려가 죽든지 상관하지 않겠어요. 대체 나와 무슨 상관이란 말입니까. 어차피 이제 남남일 텐데요."

생각할수록 어처구니가 없었다. 이게 무슨 미친 짓이란 말인가? 아내는 정신이 나간 것이다. 그리고 더 이상은 그 광란의 짓거리에 동참하지 않을 요량이었다. 그러나 곧 이어진 여자의 호령에 나는 그만 주저앉을 수밖에 없었다.

"이러니 은희가 제정신이 아니지! 그 정도의 인내도 못하나요? 도무지 참을 수 없는 거예요? 어째서, 왜, 이런 의문은 들질 않나요? 동현이가 자살했다고 의심한 것은 그 아이의 일기장 때문이었다고요. 학교에 내는 형식적인 일기장 말고, 자신만이 아는 비밀 일기장 말이에요."

일기장? 나는 그녀의 입술을 바라보면서도 무슨 소리인가 싶었다. 어딘가에 아들의 일기장도 있었던 것일까?

"그 일기장에는 학교에서 있었던 일들이 빼곡히 적혀 있었고, 대부분은 열 살짜리 아이가 감당하기 어려운 괴로움이었다고 들었어요. 그리고 죽음에 대해 고민하는 내용들이 많았다는 거예요. 견딜 수 없던 은희는 곧 그 일기장을 불태워버리고 말았지만, 매일 밤 아들의 목소리가 들리는 것 같다고, 내내 말해왔어요. 매우 고통스러워했죠. 만약 그 죽음이 단순한 사고가 아니라 반쯤은 자살이었다면, 동현이는 천국에도 가지 못하는 게 아니냐면서요. 자살한 영혼은 결코 천국에 갈 수 없다는 종교적 이유에서였지요. 하필 그때쯤 미란이도 죽고 말았어요. 웬일인지 그 무렵 둘은 왕래를 하지 않고 있었고 저도 통 만나지 못했었는데, 미란이 죽고 난 후에야 바짝 말라버린 은희가 찾아와 기도를 드리기 시작한 거예요. 자기가 믿고 있는 신이 죽은 아들과 미란을 돌봐주시지 않을까 두려워하면서 말예요."

나는 멍하니 그녀의 이야기를 듣고 있었다.

"나는 비록 신을 모시는 몸이지만 미란이나 은희에게 그러한 믿음을 강요한 적이 전혀 없었던지라 너무나 뜻밖이었어요. 미란이가 간혹 제게서 부적을 가져갈 때면 경멸의 눈을 하던 아이였으니까요. 오죽하면 그럴까 싶어 저도 은희를 위해 성심으로 기도를 올리곤 했죠. 그러다 얼마간은 찾아오지 않았는데, 며칠 전에 검은색 정장을 차려입은 그 아이가 온 거예요."

"동행자는 없었나요?"

어느새 수첩을 빼 들고 있던 이 기자가 물었다. 그녀는 고개를 저었다.

"모르겠어요. 여기에 들어온 것은 그 아이뿐이었고, 무언가 다급해 보였어요. 오자마자 제게 제사를 언제 드릴 거냐고 묻더군요. 그래서 신력을 모으고 있다 하였더니, 문득 108번제가 어떻겠냐고 하더군요. 아시겠지만 무속이란 불교의 한 지파이기도 해서 많은 부분이 비슷하지요. 108배와 또 다른 의미에서 108번제가 행해지는 이유이기도 하고요. 저는 108번제까지는 생각하지 않았기 때문에 별로 탐탁치 않아 했어요. 그러자 그 아이가 전표까지 써 들고 와 이름을 쓰더니 꼭 108번제를 드려달라더군요. 자신의 마지막 부탁이라고. 왜 마지막이냐고 물으니 머뭇거리며 주위를 살피고는 어딘가로 잠시 떠날 것 같다고 속닥였어요. 그리고 곧장 이곳을 떠났어요. 한 시간 뒤 제 계좌로 108번제에 대한 금액이 송금되었고요."

나는 질문할 말도 찾지 못하고 그녀 얼굴만 바라보고 있었다.

"그런데 그 아이, 떠나면서 하는 말이, 자신은 이제야말로 진정한 진리를 발견한 것 같다고, 곧 내게도 소개해주겠다더군요. 나는 그저 웃었어요. 농이라도 하는 줄 알았지요. 하지만 다시 보니 그 아이는 진심이더군요. 어쩌면 그간의 무거운 멍에를 벗을 수 있는 유일한 길이라고 생각한 것인지도 몰라요. 그동안 그 아이는 모든 것이 자신의 탓이라고 생각하고 있었거든요. 무속인이란 첫째로는 사람의 마음을 위로할 수 있어야 한다고 생각했는데도, 실력이 없었던 모양인지 그 짐을 덜어주지 못한 것이 한스러워요. 하기는 동생마저도 보냈으니……."

나는 그녀가 하는 말들이 비수처럼 가슴에 박혀 아무런 생각을 할 수가 없었다. 동현이, 아내……. 나는 과연 이 가정 안에서 어떤 의미였던가, 새삼 지독한 자책이 일었다. 물론 아내의 추측을 믿을 수는 없었다. 동현이가 그랬을 리가 없다. 그러나 0.01퍼센트의 가능성이라도 더듬어보는 일은 그야말로 내게는 생살을 가르는 듯한 고통이었다. 더구나 아이가 학교생활을 힘들어하는 줄은 꿈에도 몰랐다. 기억 속의 동현은 언제나 밝고 순수한 아이일 뿐이었다. 세상의 괴로움 따위는 모르는. 그것이 내가 보고 있던 허상이었다.

침묵을 깬 것은 이 기자였다.

"그런데…… 미란 씨와 최은희 씨가 보호소 친구였다는 건 무슨 말씀입니까? 그런데 어떻게 동생이 될 수 있죠?"

그녀의 얼굴에 회한이 떠올랐다. 깊은 한숨도 터져 나왔다. 그래도 쉽게 입을 떼지 못하고 머뭇거렸다.

"……미란이, 가엾은 것. 그 아이가 내 친동생이 아니란 건 짐작했겠죠? 은희가 먼저 입양되어 보호소를 떠나고, 몇 년 뒤에 미란도 우리 집에 오게 되었어요. 무려 열 살이나 되어서 다른 집에 입양되어 가는 상황, 이해되세요? 우리 아버지란 인간은 지독한 사람이었거든요. 필요한 인력이 있으면 그런 식으로 수급하는 사람이었어요. 일찌감치 집을 떠난 나는 둘째 치고 미란의 고생은 지독했죠. 보호소에서도 고생을 했다고 들었는데…… 불행이 왜 그 아이에게만 닥치는 것인지. 그래도 미란에겐 은희의 집이 가깝다는 것이 유일한 버팀목이었어요. 은희 또한 마치 과거의 일을 기억 못하는 듯 굴면서도 속으론 괴로워했으니 두 사람이 서로 의지할 수밖에 없는 상황이었던 거죠. 어쨌든 아버지가 죽고 난 뒤에야 미란은 자유를 누릴 수 있었고, 웬일인지 그처럼 좋은 사람을 만나 결혼까지 하게 되었지만 사람의 내면이란 그리 쉽사리 치료되지는 않는가 봐요. 과거의 악몽을 벗어나지 못하고 우울증에 시달리다 죽고 말았으니……. 미란이 장례식에서 눈 하나 깜빡하지 않고 영정 사진을 올려다보던 은희 얼굴을 잊을 수가 없네요. 그 깊은 절망을 우리는…… 짐작할 수 없을 거예요."

"혹시 미란 씨가 은희 씨에게 보낸 편지에 대해 아시는 건 없나요?"

무어라 할 말을 찾지 못하는 나와는 달리 이 기자는 계속해 질문을 던졌다.

"둘 사이에 편지가 수도 없이 오갔으니 죽기 전 은희에게 편지 한 통 안 남겼을 리는 없겠죠. 그 당시 둘은 연락을 하거나 만나진 않았지만 늘 생각하고 있었으니까요."

"그토록 가깝던 두 사람이 왜 연락을 끊은 거죠?"

잠시 복잡한 상념들을 접어두며 내가 물었다. 그녀는 설명하기 어렵다는 듯 이마를 들어 올리며 눈썹을 찌푸렸다.

"모르겠어요. 동현이 1주기에 다녀온 후 미란은 한동안 무섭도록 음울했으니까요. 생각해보면 그때부터 은희를 만나지 않은 것 같아요."

"하지만 미란 씨가 동현의 장례식에 와 오열하던 것을 저는 기억합니다. 그럴 만한 일이 없질 않나요?"

아무렇지 않은 척 발음하긴 했지만 동현의 장례식이라는 단어가 여전히 가슴을 찔러왔다.

"그게 저도 이상했지만 대답해주지 않으니 알 도리가 없었지요. 단순히 싸웠다기보다 마치 상처받은 짐승처럼 무섭게 침묵했으니 무언가 둘만의 일이 있었을 수도 있겠죠. 어쨌든 그 편지를 찾고 싶다면 역시 본인에게 물을 수밖에 없을 것 같네요."

집으로 돌아오며 나는 섬뜩한 기분을 떨칠 수가 없었다. 언젠가 아내는 책 한 권을 내밀며 말했었다.

— 자기야, 여기 이 구절 좀 봐. 사랑이란 상대의 역사를 알아가는 것이래. 우리도 그런가?

그때 나는 무슨 대답을 했던지 기억이 흐릿했다. 심드렁한 얼굴로 서로의 몸을 알면 다 아는 거지, 하고 웃었던가…….

　주변을 둘러보았다. 사람들은 여전히 바쁘고 도로 위의 차들은 성급했다. 골목길의 이끼는 짙었고 발에 차이는 돌부리는 단단했다. 그러나 나는 의심스러웠다. 내가 내딛고 있는 땅은 분명한 현실일까? 곁에 있던 이 기자가 이런저런 말들을 건네고 있었지만 나에게는 아무것도 들리지 않았다. 그저 집으로 돌아가 창문을 틀어막고 이불을 둘러쓰고 아주 깊고 긴 잠을 자고 싶을 뿐이다. 깨어지지 않는 꿈. 그리고 그 꿈에서 만나고 싶은 세상은 이 현실과는 전혀 다른 곳이다. 내가 머물고 있으나 결코 머물고 싶지 않은 곳. 어쩌면 아내가 찾고 있는 시간의 문이란 것도 그런 것일까? 그저 모든 것으로부터 분리되어 허공에 뜬 비눗방울처럼 펑 하고 터져버리고 싶은.

　그때 정말로 그 비눗방울을 터트리듯 날카로운 이 기자의 목소리가 들려왔다.

　"아아! 왜 그 생각을 못했을까요? 붉은 이름표…… 그리고 108이라는 숫자!"

　그제야 현실감이 돌아온 내가 의아한 얼굴로 그를 돌아보았다. 나보다 10센티미터 정도 키가 큰 그의 얼굴에 득의만만한 미소가 떠올라 있었다.

IV 코카브 4T의 베타님

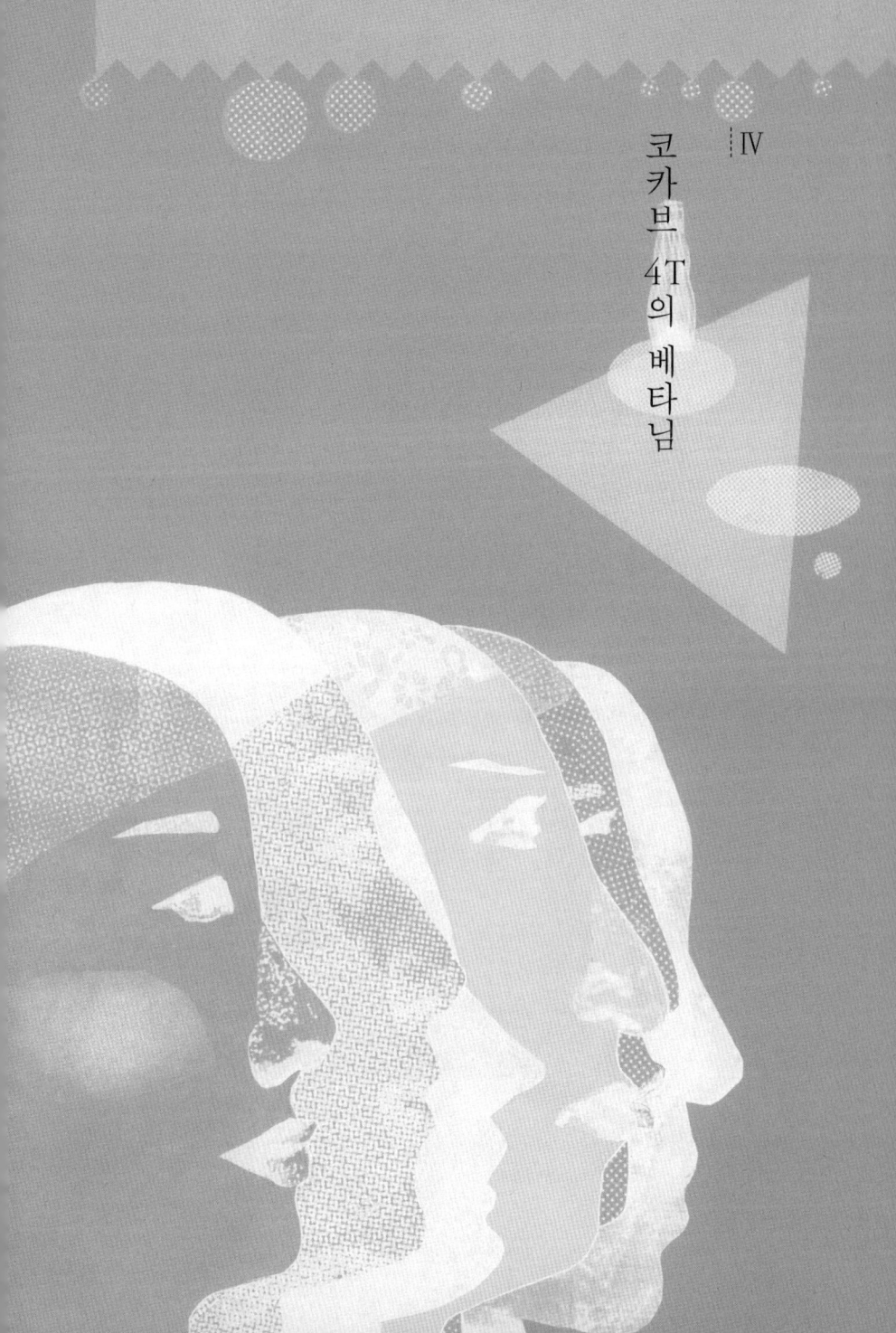

미란을 만난 지가 오래된 듯하다. 그립고 허전하면서 어딘가 모르게 시원한 마음도 있다. 그런 내 마음을 오랫동안 들여다보았다. 나는 어떤 이유로 미란이 가진 이야기를 증오하는가. 그러나 내가 증오하는 것은 실은 미란에게 비치는 내 이야기라는 것을 모르지 않는다. 그렇기 때문에 나는 남편을 미워할 수가 없다. 그는 나와 꼭 같은 이유로 나를 미워하고 있으므로. 나를 통해 보는 자신의 이야기를 견딜 수 없는 것이다.
언젠가 미란이 말했었다. 우리는 결코 행복해지지 못할 것이라고. 나는 그 말이 끔찍하게 싫었다. 그래서 발버둥을 쳤던 것인지도 모르겠다. 미란에게 그토록 무서운 말들을 쏟아냈던 것도…… 그러나,
우리는 결국 행복해지지 못했다.

— 아내의 일기 중

8

 살아가며 누구나 비밀 한 가지 정도는 가지게 된다고 한다. 나에게도 비밀이 있다. 관자놀이에 보기 흉한 흉터가 하나 있다는 것이라든가, 형수님이 숨겨둔 가욋돈을 털어 부산으로 놀러 간 적이 있다는 것, 혹은 아내보다도 먼저 만났던 여자가 두서넛은 되었다는 것, 그보다 더 깊은 비밀을 따져보자면 취업 준비를 하는 동안 아내 몰래 룸살롱에 몇 번 간 적이 있었다는 정도…….
 그런데 이제 새로운 비밀이 생겼다. 대한민국의 40세, 대기업 계열의 건설 회사 과장으로 일하고 있는 내가, 코카브 회원이 되는 것이다.

이 기자는 아내가 남겨두고 갔던 이름표의 색깔에 주목하고 있었다. 붉을 홍(紅). 혹시 의미가 있을지 모른다고 이름 석 자도 분리해서 생각하였다. 무엇보다 중요한 것은 108이라는 숫자였다.

"왜 굳이 108번제를 부탁했을까요. 물론 그 신단에서 108번제가 큰 의미를 가지고 있다는 것을 인정하지만, 코카브와 함께 움직이는 중에 다급히 108번제를 부탁하고, 직접 손으로 쓴 전표까지 남겼다는 것은…… 왠지 의심스럽거든요."

그리고 그는 생각에 집중하느라 땀이 솟은 이마를 닦으며 작은 글씨를 새겨 넣은 종잇조각을 보여줬다. 이동하는 중에 적어놓은 것이었다.

홍금, 홍은, 홍희, 금홍, 은홍, 희홍…….

"이게 뭐죠?"
내가 다시 물었을 때, 그는 싱긋 웃어 보였다.
"일일이 검색을 해보았습니다. 강원도에 혹 그런 비슷한 이름을 가진 곳이 있나 하고. 그랬더니 우연히도 홍은리와 금홍면 두 곳이 발견되더군요. 두 곳의 번지수를 뒤져보았더니 홍은리에만 108번지가 있었어요. 위성사진상 그 번지는 그저 산으로 나타났지만, 평평한 분지가 펼쳐지는 걸로 봐서 위성 업데이트 후에 어떤 건물을 지었을 가능성도 있을 것 같더라고요. 그래서 곧 건축물대장을 열

람해보았습니다. 역시나 그곳에 꽤나 규모가 큰 건물 서너 동이 들어서 있었어요. 1년도 채 되지 않은 새 건물들이었단 말입니다. 이게 뭘 뜻하겠습니까?"

내가 어리벙벙한 얼굴을 하자 그는 어깨를 세게 쳤다.

"코카브예요."

그는 역시 기자였다. 그 밖에도 신흥 종교의 양태에 관한 많은 자료들을 털썩털썩 꺼내놓으며 나를 설득했다.

"일본의 옴진리교와 같이 과거 우리나라에도 백백교나 오대양교와 같은 신흥 종교 집단이 문제를 일으킨 적이 있었지요. 코카브는 학회라는 타이틀을 걸고 과학 집회라고 말하고 있지만 진실은 누구도 모르는 법이 아닙니까. 믿음 자체가 진실이 되어버리는 경우도 많고요."

그리고 그는 백백교나 오대양교가 종국엔 신도들의 죽음과 살인으로 마무리된 것까지 곁들여 이야기해주었다.

"백백교는 이 교파의 실질적인 업무를 맡은 전용해가 간부와 신도 400여 명을 살해하고 도주하다 시체로 발견되며 끝이 난 종교입니다. 이 교파는 본래 동학의 한 지파였는데, 후에는 전용해를 신의 아들로 받들게 되었지요. 교리대로라면 세상의 끝이 멀지 않아 불 심판과 물 심판을 받게 되는데, 이때 살아남기 위해서는 피난소를 찾아야 한다고 했다더군요. 그리고 전국에 임시 분소를 설치하고, 재산을 헌납한 신도들에게 움막 생활을 하게 했다는 겁니다. 심지어 딸과 아내까지 바쳐야 했는데도 그 짓을 고분고분 따른 사람들이 수천이었다니 황당해 보이지만, 그들은 나름대로 진심이었던 겁니다. 결국 전용해의 머리는 악의 표본으로 오랫동안 국과수에 보관되기도 했지만요."

창백해진 내 얼굴을 보면서도 그는 이야기를 마쳐야겠다는 듯이 이어 말했다.

"오대양교는 더해요. 오대양이란 공예품 회사는 실은 종교 집단이었는데, 모든 직원들이 합숙을 하며 군대보다 더한 조직 생활을 했답니다. 1987년에야 대표 박순자와 맹신도 수십 명이 집단 변사체로 발견되며 그 실체가 드러나 모두를 놀라게 했었지요. 그 죽음의 이유에 대해 정치권의 결탁, 구세력과 신세력 간의 싸움 등 다양한 설이 있지만 역시 가장 유력한 것은 믿음의 이유겠지요."

그는 자신의 이야기가 가지고 있는 잔혹함에 숨을 몰아쉬며 또한 말했다.

"물론 코카브가 그런 단체라고는 절대 생각지 않습니다. 하지만 어디에나 맹신하는 이들은 있는 법이고, 이번의 집회가 단기의 집회가 아니라 장기적인 집회임을 염두에 두었을 때 우주진리교나 옴진리교처럼 외계의 생명체나 이론을 바탕으로 신흥 종교로 발전할 가능성이 있다는 겁니다."

그쯤에서 나는 두 손을 들고 말았다. 사실 내가 입회를 꺼려한 것은 두려워서가 아니었다. 그곳에서 만나게 될 아내의 또 다른 모습이 생각만으로도 아찔한 것이었다. 그러나 그곳이 아니면 단 한 번이라도 그녀를 설득할 수 있겠는가. 일단은 부딪혀보자는 심정이었다. 그것이 내가 그녀에게 무심했던 날들에 대해 조금이나마 속죄가 된다면 말이다.

곧바로 회사로 전화해 내가 가진 1년 치 연가를 모두 냈다. 전화를 받은 주임은 감추지도 않고 신경질을 부렸지만 내게도 선택의 여지가 없었다. 사장의 불도저 정신을 실천한 것이라는 조소 어린 생각을 하면서였다.

저녁 무렵 출발해서 강릉 시내에서 하루를 자고 다음 날 아침 일찍 홍은리로 접어들었다. 예상은 했지만 주소지로 향할수록 아내의 영아원이 있던 곳과도 비교할 수 없는 골짜기였다. 강원도다운 높은 산과 언덕이 이어져 있고 차 한 대도 지나가기 버거운 외진 흙길. 도대체 여기 어디에 수많은 사람들이 모여 있다는 것인지 믿기지가 않았다.

"저기! 저기예요!"

이 기자가 소리친 것은 내가 몰고 있는 차가 산 중턱까지 층층이 이어진 논 사이의 길을 간신히 빠져나가고 있을 때였다. 그가 가리키는 곳을 보니 무성한 숲 속에 급하게 다져놓은 듯한 오솔길이 보이고 팻말이 하나 서 있었다. 차를 멈추고 살펴보니 흑판에 분필로 아무렇게나 적어 넣은 'Kokhav'라는 글자뿐이다. 물론 우리에게 그것이면 충분했다.

오솔길은 차가 들어갈 수 없을 만큼 좁았으므로 우리는 차를 놓고 걸어 올랐다. 7월이었다. 숲 속의 길은 축축하고 서늘했지만 나무 그늘이 없을 때는 역시 더웠다. 언덕이라 하기엔 꽤 높은 야산을 한참을 기다시피 올라간 후에야 우리가 목표한 건물을 내려다볼 수 있었다.

야산 밑으로 뻗어간 평평한 분지 안에 5층짜리 건물이 네 동 자리하고 있고, 나머지 대지는 모두 빈 터였다. 건물의 양쪽 날개는 45도쯤 안으로 꺾여 있어 네 개의 건물이 마치 하나처럼 만나게 되어 있었다. 그렇게 원을 그린 건물 안쪽은 집회 장소인 듯 가운데에 연단이 있고 그것을 둘러싸고 층층의 계단 의자가 마련되어 있었다. 오가는 사람은 없었다. 무엇보다도, 누군가가 있다고는 여겨지지 않을 만큼 고요했다. 그곳이 코카브였다.

"왠지 기가 질리는데."

내가 불안한 듯 중얼거리자 이 기자는 고개를 끄덕이면서도 길을 재촉했다.

"일단 들어가봐야죠."

유리문으로 된 출입구는 단단히 잠겨 있었다. 초인종이나 호출을 할 만한 도구도 눈에 띄지 않았다. 소리를 질러 사람을 찾아봤지만 머리 위의 CCTV만 눈을 반짝거리고 있을 뿐이었다.

"기다려보죠. 모르긴 몰라도 우리를 지켜보고 있을 거예요."

바닥에 털썩 주저앉았다.

여기 어딘가 아내가 있긴 한 걸까? 그러나 아무리 둘러보아도 불투명한 유리창은 내부가 전혀 보이지 않는다.

어디선가 이른 여름을 알리듯 매미가 울었다. 어린 시절 일 나가신 어머니를 기다리며 돌담에 앉아 있노라면 꽹과리처럼 지독한 매미 소리가 귓가에 따라다녔다. 그러다 잠이 들면 나를 대청마루에 옮겨놓던 어머니. 어처구니없게도 나는 눈을 감고 그 시절을 떠올리다가 잠시 졸았다. 눈을 뜨면 모든 것이 평화로운 집이었으면, 그렇다면 얼마나 좋을까.

그러나 깨어나보니 이 기자가 걱정스러운 얼굴을 하고 있다.

"그들이 왔어요."

검은 양복바지에 하얀 와이셔츠를 입은 사내 둘이었다.

"무슨 일이시죠?"

상대적으로 나이가 들어 보이는 사내가 말했다.

"그게……."

갑작스러운 상황에 말문이 막혔다. 아내를 찾으러 왔다고 이야기해야 하는 걸까. 아니면 코카브의 열렬한 회원이 되었다고 거짓말을 해야 하는 걸까.

"형수님의 초청장을 받고 왔습니다."

기지를 발휘한 이 기자가 말했다. 우리가 형제이며 아내의 초청장의 단서를 붙잡아 이곳을 찾아왔다고 말이다. 그래도 사내의 얼굴이 싸늘했다. 믿지 않는 듯한 눈치였다.

"그래요? 형수의 이름이 뭐죠?"

이 기자가 나를 돌아보았다. 얼결에 이름을 잊은 모양이었다.

"제 아내 이름은 최은희입니다. 일주일 전에 이곳으로 왔죠. 제게 남긴 표식들을 엮어 이 주소를 알아냈습니다. 그것이 바로 초청장 아닙니까?"

나는 떨리는 마음을 감추며 조용히 말했다. 곁에 있던 사내가 수첩을 꺼내 무언가를 확인해보는 듯하더니 이내 고개를 끄덕였다.

"4T의 베타님이로군요."

4T의 베타? 그러나 둘은 더 이상의 말은 하지 않았다. 유리문 안쪽에 자리한 지문 검색대를 지나 건물 안으로 안내했을 뿐이다. 1층에 이어진 복도 양편으로는 회의실 같은 곳이 이어져 있고, 2층과 외부로 통하는 각각의 계단도 있었다. 지하에도 뭔가가 있는 듯 아래쪽 계단도 눈에 띄었다. 그들은 우리를 복도 끝으로 안내했다. 작은 회의실들을 지나치다 보니 사람들의 나지막한 소리가 웅얼웅얼 들리는 것 같았다. 아마도 그곳에 팀을 나누어 무언가를 하고 있는 모양이다.

"4T 베타님 남편분과 그 동생입니다."

사내가 우리를 소개하자 책상에 앉아 있던 중년의 여성이 반색을 하며 일어났다. 창백한 낯빛 속에서도 홑꺼풀의 눈과 반듯한 콧

날이 단호한 느낌을 주는 얼굴이었다.

"오, 최은희 베타님 남편분이라고요?"

그녀는 내 손을 붙잡으며 반갑게 흔들었다.

"일단 앉으세요."

우리가 소파에 앉자 사내들은 돌아갔다. 힐끗 사무실을 둘러보았다. 테이블과 소파 등 실용적으로 꾸며진 내부는 깔끔했지만 공사가 완료된 지 얼마 되지 않은 듯 이곳저곳 자재들이 쌓여 있었다. 하기는 이만한 건물을 단시간에 지어 올리는 일이 쉽지는 않았을 것이다.

그리고 그것은 코카브의 세력 확장이 급속도로 이루어졌다는 뜻이기도 했다. 혹 다른 사이비 종교처럼 회원들로부터 재산을 강탈하거나 헌납하게 하지는 않았을까, 의구심이 들었다. 그러나 내가 알기로 아내에게는 별다른 재산이 없었다.

"저희 학회에 대해서는 이야기를 좀 들으셨나요?"

그녀가 물었다. 어떻게 대답을 해야 할지 잠시 망설이자 이 기자가 나서며 말했다.

"그럼요. 형수님을 통해 UFO의 실체를 믿게 되었는걸요."

그녀가 살짝 웃는 것처럼 느껴졌다.

"우리는 단지 UFO를 믿기만 하는 학회는 아닙니다. 우리는 UFO를 만들고 움직이는 외계 생명체의 존재를 믿고 그들의 선진 과학을 추구하는 것입니다. 또한 그 선진 과학이란 미래와 시간을 연구하는 것이고, 그를 통해 우리의 본질적인 삶의 의미를 발견하려는 것입니다. 물론 가장 핵심적인 키워드는 시간의 자유로운 소통이고요."

"그것이 시간의 문입니까?"

내가 말하자 그녀는 만족스러운 듯 고개를 끄덕였다.

"네, 역시 베타님의 남편분답군요. 핵심적인 단어를 이해하고 계시니, 이것으로 두 분의 초청이 확실해지는군요. 사실 저희는 새로운 동행자를 맞을 때 꽤 까다로운 조건을 가지고 있습니다. 적어도 가족이거나 당사자의 소개가 아니고서는 신뢰하지 않는 편이거든요."

"과학적 진리를 나누는 데 있어 왜 그리 경계가 심하죠?"

이 기자가 의심스러운 얼굴로 묻자 그녀의 미간이 좁아졌다.

"사람들이란 믿고 싶은 것만 믿으려 하거든요. 일부 사람들은 우리가 추구하는 시간의 소통이 자칫 현실 세계의 질서를 깨뜨릴 수 있다고 두려워하고 있습니다. 특히 외계의 생명체 문제는 예민한 문제라 국제적인 기밀로 다루고 있지요. 나름 우리 학회의 보호를 위한 일이니 이해해주세요."

"그런데 왜 아내를 베타라고 부르는 겁니까?"

그녀는 모르고 있었냐는 듯 의아해하며 설명했다.

"이 학회에서는 편리상 회원들의 직위를 나누고 있습니다. 아내 분께서는 베타라는 직위에 있는 것이지요."

"그럼 알파나 감마도 있는 겁니까?"

이 기자가 이어 묻자 그녀는 고개를 끄덕이면서도 말을 아꼈다.

"첫술에 배부를 수는 없겠지요. 차차 아시게 될 겁니다. 오늘부터 연구 학회에 들어가게 되니까요. 자, 그럼 두 분의 성함은 어떻게 되시죠?"

테이블 밑의 서류를 꺼내 들며 그녀가 물었다.

"한형호입니다."

"이강식입니다."

그러고서 우리는 아차 했다. 형제라고 하질 않았던가.

"성이 다른 형제분이로군요."

당황하는 우리와 달리 그녀는 싱긋 웃었다.

"어차피 베타님이 초대의 선택을 하실 거예요. 베타님이 두 분을 승인하면 두 분은 각자 다른 그룹에 속해 심리 치료를 하시게 됩니다. 사실 살아간다는 것은 상처를 누적하는 것과 다르지 않거든요. 우리 코카브에서는 정신을 최적의 상태로 만들고 그를 통해 에너지를 모으는 것을 병행하고 있으므로 꽤 중요한 일입니다."

"에너지를 모은다고요?"

"조금 전에도 말씀드렸다시피 심리 치료와 함께 이론 수업도 함께하게 되니까 서두르지 마세요. 그 단계가 지난 후에야 대그룹 토의에 참여할 수 있게 되고 그때쯤 베타님을 만나실 수 있을 거예요. 이곳은 과거를 돌아보고 상처를 치유하고 회복하는 곳이기도 하지만, 준비가 될 때까지는 인연으로 엮여 있는 사람들이 서로 만나지 않는 것이 원칙이니까요. 그럼 잠시만 기다리고 계세요."

그녀는 우리를 남겨두고 사무실을 빠져나갔다. 아내에게 가는 모양이었다. 그녀가 걷는 복도, 그리고 어느 회의실 안에서의 아내를 상상해본다. 지척에 아내가 있는 것이다.

"불안해지는데요. 이러다 빠져나가지 못하면 어떻게 하죠?"

이 기자가 초조한 얼굴로 소곤거렸다. 그러나 나는 왠지 용기가 생겼다. 과정이야 복잡하겠지만 결국은 아내를 만날 수 있다질 않는가.

"걱정 마세요. 집사람이 이곳에 있어요. 집사람이 선택한 곳이라면 그리 나쁜 곳은 아닐 겁니다."

그렇게 말하고 나서야 나는 내가 아내를 믿고 있음을, 그리고 그 믿음의 뿌리는 한 번도 흔들린 적이 없음을 깨달았다. 그랬기 때문에 나는 이토록 아내를 찾고 있는 것이다.

9

승인이라는 것이 정확히 무엇을 뜻하는지 알 수 없지만 아내는 우리 두 사람을 승인했다. 나도 그렇지만 이 기자의 존재에 대해 아내가 놀랐을 것도 같은데, 여자는 그런 내색을 하지 않았다. 더불어 자신을 오 알파라고 부르면 된단다. 오, 알파요? 이 기자가 이죽거리듯 말했으나 그녀는 개의치 않았다.

"한형호 델타님은 14T, 이강식 델타님은 16T입니다. 지금은 프로그램 중이므로 정숙히 따라와주세요."

자대 배치라도 받듯 소속을 부여받고 그녀를 뒤쫓으며 나는 아내가 베타라는 것에 묘한 두려움을 느꼈다. 알파, 베타, 감마, 델타로 이루어진 계급임이 분명했다. 아내는 무엇 때문에 베타라는 직위를 차지한 것일까? 그만큼 코카브에 신실하다는 반증이 아닐까?

"교육이 끝나는 데에는 얼마나 걸리죠? 집에는 다녀올 수 있는 건가요?"

기다란 복도를 걸으며 이 기자가 물었다.

"죄송하지만 그것은 안 될 일입니다. 우리에게는 시간이 많지 않은 데다가 세상의 탁한 기운이 섞이면 말짱 도루묵이 되는 경우를 종종 보아왔으니까요."

"그럼 전화는 쓸 수 있나요?"

이 기자가 수신이 되지 않는 휴대폰을 들어 보이며 말했다.

"이곳은 수신 불가 지역이에요. 위성을 쓰는 데이터는 일부 가능하지만, 전화 사용은 힘드실 거예요. 물론 사무실의 유선 전화기 사용은 불가하고요. 자유를 억압하려는 것이 아니라 여러분들의 마인드 컨트롤을 위한 것이니 협조해주시기 바라요."

그녀는 더 이상의 말은 불필요하다는 듯 손을 들어 문을 가리켰다.

"다시 말씀드리지만 지금은 프로그램이 진행 중이니 적응 차원에서 지켜보시다가 내일부터 본격적으로 참여하시면 됩니다."

나는 서둘러 떠나려는 그녀를 붙들고 물었다.

"4T 회의실은 어디죠?"

그녀가 잠시 나를 바라보다 나직이 말했다.

"이 건물이 아니에요. 그리고 행여라도 지레 찾으실 생각은 마세요. 서로에게 큰 해가 되실 거예요."

그녀는 자박자박 다시 저편 복도로 돌아가버렸다. 이 기자가 난처한 듯 말했다.

"이제는 정말로 코카브 회원이로군요."

그의 말이 떨어지기 무섭게 두 개의 문이 열렸다.

"연락받았습니다. 들어오세요."

각자의 문 안에서 목소리가 들려왔다.

우리는 서로를 한 번 바라본 후 각자의 문으로 들어섰다.

회의실 안은 간단명료 그 자체였다. 여섯 평 남짓한 공간 안에 둥그렇게 의자가 둘러져 있고, 소년, 소녀, 노인 등 다양한 연령대의 사람들이 예닐곱 명쯤 앉아 있다. 한쪽 벽면엔 'cosmos'라는 단어 하나가 휘갈겨 있는 하얀 보드가 놓여 있을 뿐이다. 밖에서 전혀 보이지 않던 유리창은 단단히 잠겨 있고, 엷은 블라인드까지 내려져 있었다.

"앉으세요. 첫 수업이 시작된 지 며칠 지나지 않았으니 델타님도 어렵지는 않으실 거예요."

안으로 들어오라고 외치던 얇은 여자 목소리의 주인공이다. 그녀는 검은 투피스를 차려입고 손에는 작은 수첩과 펜을 쥐고 있다. 이런 곳에서 강의를 할 정도라면 상당한 지성이 필요할 것도 같았건만 그녀의 인상은 오히려 순백에 가깝다. 하얗고 주근깨가 가득한 얼굴에 멋으로 쓴 듯한 검은 뿔테가 그런 느낌을 더욱 진하게 했다. 나는 사람들의 호기심 어린 눈길 속에서 빈 의자를 찾아 앉았다. 강사는 다시 보드 앞으로 돌아갔다.

"아시다시피 우리의 진리 탐구는 우주라는 큰 범주 안에서 이루어지고 있습니다. 지구라는 작은 행성 위에 집단을 이루고 살아가는 우리 인간들이지만, 사실상 이 드넓은 우주 안의 작은 티끌과 다름이 없으니까요. 또한 그 우주의 법칙을 결코 거스를 수 없는 것이 우리입니다. 그리고 그 우주의 법칙이란 때론 과학적이고 때론 초물리적인 것이지요. 그것을 완벽히 이해할 수 있는 인간이란 아마도 없을 것입니다. 그렇기 때문에 사람들은 신의 존재를 만들고 숭상하거나 기도하는 행위를 해온 것이지요. 그러나 우리는 과학적인 사실을 추구합니다. 사실이 아니고서는 무의미한 짓이 아닙니까? 우리가 디데이를 기다리는 것 또한 선진 과학을 직접 체험할 수 있는 유일무이한 기회이기 때문입니다. 아마도 그 후에 많은 이들이 우리의 선견지명을 존경하게 되겠지요."

나는 다소 의아하지 않을 수 없었다. 과학 학회라더니 이건 예상보다도 심각한 사상 교육이다. 주변을 둘러보았다. 그러나 단정한 얼굴로 강사에게 집중하는 이들에겐 의구심은 엿보이지 않았다.

"서론이 길었군요. 이는 새로 오신 델타님을 위한 것이었으니 이해해주시고 오늘의 본격적인 이야기로 들어가겠습니다. 형호 델타님을 위해 덧붙여드리자면 우주의 법칙을 모르고서는 우리의 믿음을 규명할 수는 없으므로 우리는 이론 수업과 실기를 병행하며 프로그램을 이어가게 됩니다."

그리고 여자는 뒤로 돌아 '우주의 법칙'이라고 써넣었다.

"우주를 뜻하는 코스모스는 본래 질서를 뜻하는 말이었지요. 이는 혼돈을 뜻하는 카오스에 반대되는 말이기도 합니다. 그러나 우주를 구체적으로 어떻게 인식해왔는가는 시대에 따라 또 과학의 발달에 따라 달라져왔습니다. 아시다시피 지구가 둥근 것을 몰랐던 고대의 사람들은 지구는 평탄하고 그 둘레는 큰 강으로 둘러싸였다고 믿고 있었다지요. 그러나 이제 그런 설화를 믿는 사람은 없습니다. 우리가 현재의 과학 수준을 깨치고 미래로 나아가고 있는 것과 마찬가지 맥락이지요."

나는 아내의 일기 한 대목을 떠올리지 않을 수 없었다.

"오랫동안 다양한 우주관이 제시되어오다가 1920년대 초 에드윈 파월 허블에 의해 우리 은하계 밖에 다른 은하가 존재한다는 사실을 알게 되었습니다. 1929년에는 이러한 외부 은하의 후퇴 속도가 거리에 따라 증가함도 발견되었죠. 이러한 현상적인 발견과 더불어 아인슈타인의 일반 상대성 이론에 의해 현대의 우주관이 확립된 것입니다."

그녀는 다시 'universe'라고 적어 넣었다.

"천문학적인 의미에서 우주를 유니버스라고 부르지요. 우주는 천체와 중력장, 가스, 먼지 등으로 구성되어 있습니다. 그리고 현대 우주과학은 이 우주의 기원을 100억 년 전 대폭발로 보고 있으며, 현재에도 계속해서 팽창하고 있다고 믿고 있는 것입니다. 즉 작은 탁구공 크기의 우주에서 시작되어 차차 농구공 크기의 우주로 진화한 것이지요. 그렇다면 앞으로는 어떻게 될까요. 아니, 우주 밖의 물질은 무엇으로 되어 있을까요. 과연 이것은 풀릴 수 없는 신비일까요?"

깊은 침묵이 가라앉는 만큼 그녀의 얼굴에는 순백의 느낌 대신 홍조의 열정이 들뜨고 있었다.

"이 질문을 던지는 이유는 이 해답을 찾으려는 노력이 실은 안과 밖이라는 현상의 경계를 분명히 하는 우리의 관점 때문이라는 것을 말하고 싶어서입니다."

그녀의 목소리는 단호했고, 신념에 차 있었다.

"현상의 경계를 분명히 하는 것은 시간과 공간을 일정한 기준으로 규정하고 있기 때문입니다. 과거에서 현재로 현재에서 미래로 시간이 흐른다는 것, 혹은 이곳과 저곳이 다르다는 것, 위에서 아래로 떨어지거나 작은 것에서 큰 것으로 자란다는 것. 일일이 열거할 수 없을 만큼 많은 사실들을 우리는 보편적으로 규정해놓고 있다는 뜻입니다. 그러나 이는 우리 지구에서의 규정일 뿐입니다. 우주는 더욱 다양한 현상과 신비를 품고 있습니다. 블랙홀만 보아도 그렇지요. 공간을 휘게 하는 힘이 우주에 존재하며, 이는 곧 시간의 흐름을 휘게 할 수 있다는 것을 뜻하기도 하니까요."

그녀가 말을 그치고, 짧은 숨을 토하며 땀을 닦았다. 그러곤 우리 모두를 한 번 둘러본 후 보드의 글씨들을 지웠다.

"다음 시간에 아인슈타인의 상대성 이론과 특수 상대성 이론을 공부하며 이에 대한 이야기를 더 하도록 하겠습니다. 이제 자리를 정돈해주세요."

나는 막막한 기분으로 앉아 있었다. 대체 무슨 이야기를 들은 것인가? 그러나 나 외의 사람들은 전혀 그렇지 않은 듯했다. 여자의 지시대로 곧바로 일어나 의자를 정리하는 것이었다.

"다시 설명드리자면" 하고 그녀는 내 쪽에 잠시 시선을 두었다. 내 표정이 마음에 걸렸던 모양이다.

"우리의 시간이란 현상적인 것이 아닙니다. 현재에 머무른다고 해서 현재만이 존재하는 것이 아니며 바로 조금 전, 1초 전, 1분 전, 1시간 전의 순간 역시 이 공간에 그대로 머물러 있는 것입니다. 그것은 결코 우리가 느낄 수 없는 미세한 에너지로 이루어져 있으며, 그 에너지는 물리적인 의미의 에너지가 아닌 애당초 존재할 수 없는 무형의 존재라고 볼 수 있을 것입니다. 우리의 머릿속에서 살아 움직이는 기억과 같은 느낌의 것이지요. 무슨 뜻인지 아시겠습니까?"

그녀는 멀리서도 내 눈을 들여다보고 있었다. 다른 이들 역시 마찬가지였다. 난처했다. 그러나 잘 모르는 것이 사실이었다.

"솔직히, 알 것도 같고 모를 것도 같습니다."

그것이 원하는 답이기라도 했다는 듯 빙긋이 웃었다.

"기억이 살아 있다는 것이 낯설게 들리실 겁니다. 하지만 들어보세요. 우리가 눈을 감고 계곡을 떠올려보면 금세 그 차갑고 시원한 계곡물의 감촉이 다리에 와 닿지요. 무성하게 드리운 나무 그늘이나 풀벌레 소리, 날아드는 모기나 진한 흙냄새까지……. 이것은 단지 상상일까요? 아뇨, 현상적인 발현은 아니지만 분명 그 광경 그 풍경이 우리 내면에 살아 있는 것입니다."

그녀는 자신의 이야기에 완전히 도취된 듯 즐거워 보였다. 그러나 나는 그럴 수가 없었다. 사람들의 흡족한 표정 또한 미심쩍었다. 그렇다고 해서 딱히 그녀의 이야기 속에서 맹점을 찾아낸 것은 아니었다. 전체적인 맥락으로 보았을 때 전혀 틀린 이야기도 아니었기 때문이다. 그래도 뭔가 마음이 불편했다. 반박할 부분을 찾고 싶었다.

"그러나 우리는 현상적인 발현까지도 추구하는 학회입니다. 그것에 우주의 힘을 빌리는 것이지요. 단지 우주의 기운을 빌리는 것이 아닙니다. 우리와 같은 수많은 우주 행성들 중 진화한 인류로부터 기술을 빌리는 것입니다. 그 통로를 우리 하델 박사님이 가지고 있으며 우리는 그를 통해 선진 과학을 체험하게 될 것입니다. 시간을 자유자재로 여행할 수 있는 것이지요."

"시간을……."

나는 용기를 내어 다시 입을 열었다. 모두의 시선이 내게로 꽂힌다.

"시간을, 자유롭게 여행하면 무엇이 달라지죠?"

이것은 실은 아내에게 묻고 싶은 말이다. 시간의 문을 찾는다고 치자. 그런다고 해서 무엇이 달라지는가? 아들을 한 번 만나고 돌아온들 그 아들을 되살릴 수 있다는 말인가?

"모든 것이 달라지죠. 우리는 시간의 종속자가 아니라 지배자가 되는 겁니다. 부자가 될 수도 있고 영원히 살 수도 있고 가지고 싶은 것을 가질 수도 있고 원하는 곳에 갈 수도 있습니다. 왜냐하면 우리는 과거와 미래를 오가며 남들이 알지 못하는 비밀들을 얻을 수 있을 테니까요."

지배자라는 단어가 섬뜩하게 느껴졌다. 더욱 섬뜩한 것은 그녀의 말에 하나같이 고개를 주억거리는 주변의 인물들이었다.

"……하지만 누구나 그럴 수 있다면 더 이상 특권이 될 수는 없습니다."

간신히 덧붙인 내 말에 여자는 입꼬리를 올리며 웃었다.

"당연한 말씀입니다. 그렇기 때문에 우리를 선택받은 사람들이라고 하는 것입니다."

　머릿속이 새하애졌다. 종교가 아니되 종교인 사상. 그들이 이를 통해 특권을 꿈꾸는 한 이미 이것은 어긋난 것이었다. 사람들이 박수를 치기 시작했다. 예닐곱밖에 안 되는 사람들의 박수라고는 볼 수 없을 만큼 큰 소리였다. 귀가 따가울 뿐 아니라 그들의 시선이 따가웠으므로 나는 박수를 따라 치지 않을 수 없었다.

10

　한 시간 가량의 명상의 시간이 이어졌다. 베타라 불리는 강사는 다시금 순백의 얼굴로 돌아가 눈을 감고 있었고, 다른 이들 역시 의자를 정리하고 마룻바닥에 그대로 주저앉아 있었다. 정적 속에 눈을 감고 앉은 그들의 얼굴은 처음 보는 것처럼 생경했다. 돌처럼 단단하면서도 바람처럼 부드러운 무언가를 매만지는 듯 섬세한 표정을 하고 있었다. 무엇을 보고 있는 것일까? 나는 조금 전 강의에서 들은 우주에 대한 이야기들을 두서없이 생각하며 혼란스러운 시간을 보낼 수밖에 없었다.

　베타가 먼저 일어나 종소리를 내면서 명상은 끝이 났다. 그러고는 함께 들이쉬고 내쉬는 심호흡과 함께 다시 또 수업이 시작되었다. 나는 사람들과 함께 대열을 정비해 의자에 앉으며 이런 식의 패

턴이 그들의 사상 교육에 매우 효과적일 것이라는 생각을 했다. 자극과 이완의 반복이었다.

새로운 수업이 시작되자 강사는 나에게 자기소개를 시켰다. 마음을 여는 첫번째 과정이라고 했다. 무슨 말로 소개를 해야 할지 확신이 서지 않았다. 직업? 나이? 목적? 계속해서 내가 주저하고 있자 열서넛 정도 된 한 소년이 비꼬듯이 말했다.

"그게 어렵나요? 그냥 자기 이야기 하시면 되는 건데."

길쭉이 자라난 키에 비해 지나치게 마른 소년이었다.

"그러게요, 아무도 잡아먹지 않으니 그렇게 긴장하지 마세요. 호호."

곁에 앉은 여자가 거들자 몇몇이 따라 웃었다.

명상을 할 때까지만 해도 무의식중에 팽팽하던 긴장이 사라졌다. 빙 둘러앉아 편안하게 이야기하는 시간인 모양이었다. 머뭇거리며 자리에서 일어났다.

"저는······."

내가 무슨 말을 하려는 것인지 분명히 인식되지는 않았지만 입술은 달싹거리며 음절을 만들어내고 있었다.

"부모님도 없고, 아들도 없고, 아내도 없는 사람입니다. ······처음부터 없었던 것은 아니었지만 어쩌다 보니····· 모두 사라져버렸네요. 그래서 무언가를 찾기 위해 이곳에 왔는데, 그 무언가를 정확하게 알지는 못하지만 그것을 찾고 또 되돌아갈 수 있기만을 바랍니다."

말이 제법 그럴듯했는지 사람들이 박수를 쳤다.

"그것을 찾고 되돌아갈 수 있는 곳이 바로 이곳이에요. 잘 오셨어요."

강사 역시 활짝 웃으며 말하곤 주변을 정리하듯 천천히 우리를 둘러보았다.

"자, 그럼 오늘은 누구 차례였죠? 6번 델타님 차례이던가요?"

소년이 고개를 흔들며 대꾸했다.

"베타님은 그걸 만날 깜빡깜빡하시더라. 그게 아니라 5번, 라나 누나잖아요."

"라나 누나가 아니라 델타님이라고 부르셔야지요. 5번 델타님이나."

강사가 콧날을 찡그리며 말해도 소년은 개의치 않고 킥킥거렸다.

"베타, 델타는 영 말이 안 떨어져요. 무슨 영양제 이름 같기도 하고."

주변의 몇몇이 웃었다. 본래 깐죽대기를 잘하는 아이인 모양이었다.

"그럼 편안히 이야기해주세요. 다른 분들은 잘해오신 것처럼 마음의 에너지를 모아주시고요."

강사가 불을 끄며 말했다. 아직 한낮이건만 창문으로 새어드는 빛은 희미했으므로 실내는 그늘이 졌다. 조심스레 한 여인이 일어났다. 얼핏 보아도 피부색이 까맣고 눈이 큰 여인이었다. 사람들의 움직임이 그치고 다시금 정적이 찾아왔다. 나는 헛기침이 새어 나

오려는 것을 참으며 그녀에게로 시선을 고정했다.

"제 이름은 라나예요. 열여덟 살에 한국 왔어요."

서투른 한국말과 얼굴에 드리워진 깊은 슬픔. 그녀가 아마도 외국인 신부일 것이란 생각이 들었다.

"하이스쿨 다녔어요. 가난한 집 아니었어요. 그래도 한국이 좋았어요. 꼭 한국에서 살고 싶었어요. 그때 한국 남편 왔어요. 나이 많았지만 제일 착해 보였고, 좋은 직장 다니고 있다 했어요. 부모님 말리는데 고집 부려 결혼했어요. 언니들 모두 말렸는데 한국 와버렸어요."

그리고 그녀는 잠시 말을 멈추고 숨을 들이쉬었다. 그때의 자신의 선택을 수없이 되새겨보아도 후회스럽다는 얼굴이었다.

"남편, 한국 오니 완전히 달랐어요. 좋은 직장 아니었어요. 남의 농장에서 돼지 키우는 일이었어요. 냄새 나고 술 많이 먹었어요. 더 힘든 건 시어머니였어요. 만날 일 시키고 말 못 알아듣는다고 화를 냈어요. 너무 답답했어요. 그래서 남편 기다리는데, 남편 언젠가부터 술을 먹으면 때렸어요. 이유 없어요. 그냥 나만 보면 화가 난다고 했어요. 나 사온 걸 후회한다고도 했어요. 나 물건 아니에요. 처음부터 사랑한 거 아니지만 남편 많이 좋아했는데, 그런 마음 몰라줬어요. 뱃속에 아이 생겼어요. 처음엔 좋아하더니 그래도 때렸어요. 발로 차고 집어 던지고…… 갈 곳 없고 돈도 없었어요. 결국 아이 죽었어요. 피가 계속 흘러서 너무 무서웠어요."

어느새 여자의 얼굴은 눈물로 젖어 있었다. 작은 공간이 탄식의 한숨으로 가득했다. 이상한 일이었다. 어둠 때문일까, 모두의 강한 집중 때문일까. 나까지도 라나의 기억 속에 잠겨 있는 분노가 차오르는 걸 느낄 수 있었다.

"아니, 그런 나쁜 놈이 있나. 그런 놈을 그냥 뒀단 말이야?"

노인 한 분이 가래 낀 목소리를 높였다. 라나가 눈물을 맨손으로 찍어내며 말을 이었다.

"도망쳤어요. 동네 아주머니가 소개해준 식당에서 일하며 숨어 있었어요. 그런데 그 사장이 다른 곳 소개했고 또 다른 곳 소개했어요. ……그곳이 어떤 곳인지도 몰랐어요. 남편한테 붙잡힐까 봐 돈 빨리 벌어 돌아가려고 그랬어요. 그런데 이제 갈 수 없어요. 고향으로 다시 못 가요. 술집에서 일하다 어떻게 가요."

눈물이 다시 흐르는 라나의 얼굴이 붉었다.

"이것이 이렇게 순진해요. 가면 가는 거지, 왜 못 가! 우리가 떳떳하지 못할 게 무어가 있다고. 더 더러운 것들도 떵떵거리며 사는 세상이야!"

곁에 있던 중년의 여자가 나서며 씩씩거렸다.

"내가 이것을 데려왔어요. 저만 답답하고 모진 인생 산 줄 알았더니 여기 더 불쌍한 것이 있지 뭐예요. 내가 손님한테서 이 좋은 기회를 알아듣고 데리고 온 거예요. 나 혼자만 좋은 곳 찾아가면 뭐해요. 불쌍한 것 하나라도 더 데려가야지. 그래도 우리 업소가 지저

분한 곳은 아니었어요. 그저 술이나 더 시키게 하는 정도지. 그러니 오해들 말아요. 라나가 순진한 거야, 맹한 거지."

그러고는 코를 팽 풀었다. 라나와 함께 울었는지 눈이 붉었다. 얼핏 보아도 부자연스러운 얼굴이다. 머리는 과장되게 부풀려 화려한 핀을 꽂았고 찰흙으로 빚은 듯 지나치게 탱탱한 얼굴은 큰 코와 두터운 입술이 조화를 이루지 못하고 있었다. 순박한 라나의 얼굴과 대비되어 그 부조화는 더욱 두드러졌다. 나는 라나에게 연민을 느끼면서도 여자의 얼굴만큼이나 어색한 나의 존재를 선명하게 인식하고 있는 중이었다.

"맞습니다. 라나 양은 집착에서 벗어나야 해요. 누구나 살다 보면 진흙탕을 뒹굴기도 하고 원치 않는 일을 하기도 하며 실수를 범하기도 하는 법이니까요."

내 바로 곁에서 잠잠히 듣고 있던 사내가 말을 보탰다.

"이야기를 마저 들어주세요. 아직 끝나지 않았습니다. 자유로운 의사소통은 괜찮지만 흐름을 방해해선 안 되니까요."

베타가 말하자 모두가 조용해진다.

"많은 시간 지났어요. 돈도 모았어요. 하지만 돌아갈 수 없어 괴로웠어요. 그때 마담 언니가 시간의 문 이야기 해줬어요. 시간, 얼마든지 되돌릴 수 있다고 알려줬어요. 나 어릴 때 별 많이 봤어요. 한국엔 별 없지만 우리 고향 별 많아요. 별 보며 상상 많이 했어요. 이곳에 와서 저, 그 별들 뜻하는 것 생각하게 됐어요. 곧 시간의 문

열릴 거예요. 그럼 시간의 여행 통해 행복해질 수 있어요. 그때까지 열심히 수련하고 기다릴 거예요."

그렇게 말하고 자리에 앉는 그녀의 얼굴에는 슬픔이 조금씩 걷히고 희미하게나마 밝은 빛이 어려 있었다.

"손을 맞잡아주세요."

다들 라나가 남긴 침울한 감상에 잠겨 잠잠한데, 베타가 나서며 말했다.

"과거는 현재를 위한 하나의 계단이에요. 잊어야 하는 대상도 집착해야 할 대상도 아니란 것이지요. 우리가 시간의 문을 찾고 여행을 하며 많은 것들을 뒤바꿀 수 있겠지만, 그럼에도 불구하고 알아야 할 것은 그 어떤 시간도 우리에게 있어 소중하지 않은 시간은 없으며, 설사 그것이 상처라 해도 그 상처를 치유하는 과정을 통해 우리 영혼이 성장을 이룰 수 있다는 것이에요."

"그럼 시간의 문이 열리는 것이 무슨 의미가 있는 것이죠? 결국 현재로 남는다는 것 아닙니까."

곁에 있던 남자가 조용히 되물었다. 베타가 고개를 흔들며 말했다.

"우리는 물론 과거로 돌아가 그 시간에 머무를 수도 있고 현재로 되돌아올 수도 있습니다. 그러나 그 현재는 더 이상 지금의 현재가 아닐 것입니다. 어제의 나와 오늘의 내가 다르듯 일상적인 경험을 포함해 특별한 시간은 우리를 크게 변화시키는 법이니까요. 어찌 생각하면 이곳에서의 모든 과정은 그 시간 여행을 선행하는 것이며, 그 과정을 통해 더 깊숙이 자기 자신에 대해 이해할 수 있도록 돕는 것이에요. 그러지 않고서는 시간의 문도 큰 의미가 없지 않겠어요? 자신에 대해 모르고서는 그 시간들이 어떤 의미인지도 알 수 없을 테니까요."

내가 가진 시간들에 대한 의미를 어떻게 찾을 수 있는 것이냐고 되묻고 싶었다. 그러나 그럴 수가 없었다. 모두들 겸허한 얼굴로 고개를 끄덕이며 손을 맞잡은 것이다.

"우리의 시간은 모두 소중합니다."

베타가 말했다.

"우리의 시간은 모두 소중합니다."

늘 그러해왔던 듯 사람들이 강사의 말을 반복했다.

"시간의 문은 곧 열립니다."

"시간의 문은 곧 열립니다."

따라 할 수도 없고 따라 하지 않을 수도 없는 애매한 시간이 지나고 맞잡은 손이 자유로워지자 딸깍 실내등이 켜졌다.

모두들 자리에서 일어나는데 밝은 빛 아래 드러난 이들의 얼굴은 거리에서 보던 평범한 모습 그대로다. 바로 조금 전까지 강사의 말에 홀려 있던 이들이 아닌 것만 같다. 그들은 나를 지나쳐 회의실을 빠져나갔다.

"델타님은 잠시 기다리세요. 알파님이 오실 겁니다."

텅 빈 곳에 홀로 남자 나의 상황이 더욱 낯설게 느껴졌다. 나는 이곳에서 무엇을 하고 있는가. 라나의 일은 진심으로 안타깝게 생각한다. 그러나 이런 곳에 틀어박혀 서로를 세뇌시키는 일이 어떻게 스스로를 구원할 수 있단 말인가? 더구나 이들이 바라는 선진 과학의 체험이라는 것이 과연 이루어질 수 있다고 믿는 것일까. 나는 SF영화를 좋아하지 않는다. 물론 판타지 소설도 읽지 않았다. 다만 아내를 따라 기독교인이 되고부터는 성경만은 있는 그대로 받아들이려 했지만, 현실적으로 타당하지 않은 부분은 여전히 믿을 수 없었던 것이 사실이다. 그런 내가 이들을 이해할 수 있을지, 답답함마저 일었다.

"형님!"

이 기자가 사무실로 불쑥 들어섰다.

"어찌 된 일이에요?"

"모르겠어요. 이쪽으로 가서 알파를 기다리라더군요."

그의 얼굴이 반나절 만에 해쓱해진 듯 보였다.

"어땠어요?"

그가 고개를 흔들었다.

"생각보다 노골적이고 집요한 시스템인 것 같아요. 일면 저의 마음도 흔들릴 만큼……."

수심이 어린 얼굴이었다. 문득 의문이 들었다.

"어떤 면에서 흔들린다는 거죠?"

그가 어깨를 으쓱했다.

"글쎄요. 그들의 말이 아주 틀리지는 않잖아요. 어쨌든 우리가 지구를 둘러싼 우주의 비밀을 완전히 풀어낸 것은 아니니까요. 혹시 아나요? 진화한 외계 생명체가 우리에게 급진전된 과학을 전해 줄는지……. 아실지 모르겠지만 우리가 가진 과학기술의 많은 부분이 실은 외계로부터 전해진 것이란 말들도 많이 있었죠. 로즈웰 파일 사건과 같이……."

이 기자까지 그렇게 말하자 나의 마음은 더욱 복잡해졌다. 이것은 세계관을 바꿔야 하는 일이다.

"나는 왠지 세뇌당하는 것 같은 기분이 들었는데."

내가 말하자 그가 짧게 웃었다.

"다르지 않겠죠. 하지만 우리가 살아온 모든 과정이 세뇌의 연속 아니던가요? 유교 사상이 지배했을 때 우리의 모든 세계는 유교의 이념으로 재단되었죠. 충효보다 중요한 것은 없었고요. 그 당시의 사람들에게 평등의 이념은 황당한 이야기 그 자체였을 것입니다. 그러나 나름 자유의 시대를 살고 있는 지금까지도 세뇌는 이어지고 있어요. 도덕적, 윤리적, 사회적 성공과 취업, 결혼에 이르기까지 우리도 모르는 사이 무엇이 옳고 그른가에 대해 세뇌당해왔다는 생각 안 드세요? 아주 작게는 다른 것을 틀리다고 종종 지적당하는 것부터 우리의 세계 역시 온전히 옳은 것은 아니라고 생각해요, 전."

나는 항변하듯 말했다.

"그것과는 다르지 않을까요? 그건 사회적 발전을 이루어온 일련의 진보였어요. 이건 진보와는 다른, 또 다른 종류의 세계관이라고요. 무슬림이 옳으냐 기독교가 옳으냐를 따질 수 없듯 이 세계관도 옳고 그름을 따질 수는 없지만, 무슬림에게 기독교의 세계관을 세뇌하거나 기독교인에게 무슬림의 세계관을 세뇌하는 건 문제가 다르잖아요."

"형님, 그렇지 않아요. 생각해보세요. 처음부터 무슬림으로 태어난 사람이 있던가요? 엄마 젖을 물자마자 난 기독교인이라고 생각하는 사람이 있어요? 그 세계관 역시 주변의 환경과 부모와 일련의 과정들에 의해 알게 모르게 세뇌된 것이란 걸 모르겠어요?"

그가 말을 그치고 잠시 내 얼굴을 보았다.

"저도 물론 이들의 사상이나 생각, 과학적 신념이 마냥 옳다고 생각하지는 않아요. 하지만 그들의 말대로 이 드넓은 우주 어딘가엔 분명 또 다른 생명체가 있을 것이고, 그들은 우리보다 먼저 시간으로 통하는 문을 발견했을지 모르지요."

나는 머뭇거리며 그에게 물었다.

"……이 기자에게도 무언가 풀고 싶은 문제가 있는 건가요?"

누군가의 발자국 소리가 들려왔다. 오 알파인 모양이었다. 그는 짐짓 딴청을 하며 웃어 보였다.

"우릴 숙소로 안내하려나 봐요."

11

우리는 각각 다른 방에 안내되었다. 나는 2층 끝의 방이고, 그는 코너를 지나 이어진 다른 복도의 두번째 방이다.

"식사는 6시에 있습니다. 그때까지는 쉬도록 하세요."

그녀는 다시 사라져버렸다. 복도에는 몇몇 사람들이 오고 가고 있었다. 그들은 서로 말을 나누거나 요란한 몸짓을 하지는 않았으므로 불투명한 창 사이로 오후의 햇살이 쏟아지는 풍경은 그지없이 평화롭기만 했다. 이 기자가 손가락으로 가리키는 것을 보니 '절대정숙'이라는 표찰이 걸려 있다. 우리는 눈짓을 주고받은 후 각자의 방으로 들어섰다.

방은 긴 직사각형 모양으로 된 네댓 평 규모에 천장이 꽤 높아서 늘함이 감도는 곳이었다. 양편으로 2층 침대가 두 개 놓여 있고, 옷장과 테이블도 그 뒤쪽으로 각각 자리하고 있다. 창가에 놓인 작은 빨래 건조대에는 속옷과 셔츠 등이 몇 가지 널려 있었다.

"앉으세요, 구경만 하지 마시고요. 별로 볼 것도 없는데."

가방을 내려놓지도 못하고 엉거주춤 서 있는 내가 우습다는 듯 소년이 말했다. 프로그램 중에 만났던 깡마른 아이다. 노인도, 곁에 있던 사내도 침대와 테이블에 흩어져 있었다. 팀원끼리 방을 정하는 모양이었다.

"아저씨 어떻게 왔어요? 누구 소개로? 아까 아무도 없다고 했잖아요."

내가 비어 있는 옷장에 가방을 넣고 있자 소년은 툭툭 말을 내뱉듯 물었다. 열서너 살…… 동현이가 살아 있다면 그 아이 정도 되었을 것이다.

"……집사람이 여기에 있어."

내 말에 소년은 손바닥을 짝 하고 크게 쳤다.

"어쩐지. 여기 아줌마 잡으러 온 거죠? 그죠? 그런 사람들 간혹 와요. 뭐 코카브가 납치를 했다나 감금을 했다나. 다 모르고 하는 소리죠. 하지만 우리는 눈빛만 봐도 알 수 있어요. 눈알이 마구 흔들리거든요, 이경규 아저씨처럼. 그런데 어떡하죠? 여긴 믿음이 없는 사람들은 바로 쫓겨나는데."

조롱이 섞인 아이의 말에 당황한 나는 하마터면 손가락이 옷장에 끼일 뻔했다. 누워서 눈을 감고 있던 노인과 책을 보고 있던 사내가 고개를 들어 내 쪽을 바라보았다. 의구심이 담긴 눈이었다.

"무슨 소리야. 집사람 먼저 보내고 곧 따라온 거야. 네가 나에 대해 뭘 안다고 그러니? 믿음이 깊어도 너보다 한참 깊을 거다."

일부러 노기를 섞어 말했지만 내 말이 실없음을 나 자신이 가장 잘 알고 있었다. 말을 내뱉자마자 비어 있는 2층 침대 위로 기어 올라갔다. 아이에게 곤란한 질문을 받지 않기 위해서였다. 그래도 아이는 사다리를 따라 올라왔다.

"이거부터 읽으세요. 기본으로다가 읽어줘야 하는 책이니까."

아이가 내게 자료집 하나를 던졌다.『우주의 비밀』이라는 제목으로 코카브에서 자체 제작한 모양이었다.

"아형아."

사내가 타이르듯 아이를 불렀다.

"그쯤 해두어라. 그러다 도망가겠구나."

노인의 목소리도 들렸다. 그래도 아이는 나를 놀리는 것이 즐거운 모양이었다.

"도망이오? 여긴 한번 들어왔으면 끝을 보는 곳인데? 아마 지하 고문실로 끌려가 디데이가 지날 때까지 갇혀 있겠지."

그러고는 하하 웃었다. 이곳에서 밉상을 만나게 될 줄은 몰랐다. 나는 고개를 돌려 자는 시늉을 하며 말했다.

"피곤하다. 그만 내려가줘. 네가 준 자료집은 잘 읽어볼 테니."

그제야 녀석은 시시하다는 듯 자리를 떠났다. 그러곤 무엇을 하는지 잠잠하다. 사내도 노인도 고요했다. 복도에서도 아무런 소리가 들리지 않는다. 동굴에 들어앉은 듯 적막했다.

문득 형님 집을 떠나 서울로 올라와 얼마간 지냈던 고시원이 떠올랐다. 대학에 가기 전, 잠시였지만 형님 내외의 후원 없이 내 힘으로 살아내겠다고 고집을 부리던 때가 있었다. 낮에는 아르바이트 하고 밤에는 공부하던 시절. 그때 무슨 책들을 보았던가. 자격증 관련서, 법학 책, 공무원 책, 그러다 종내는 토익이라도 따두자 해서 영어책을 파고들었었다. 늦은 밤 피곤한 몸을 이끌고 책상에 앉아 있노라면 종종 드넓은 세상 속에 나 홀로 서 있는 기분이 들곤 했다. 동시에 과연 이 세계 안에서 가치 있는 존재가 된다는 것은 얼마나 어려운 일인가 두려움이 밀려왔다. 결국 나는 아무것도 안 될 것이다 하는 막연한 불행의 예감이었다.

그런데 정말로 그것이 들어맞아버렸다. 나는 어머니의 아들도, 형님의 동생도, 아내의 남편도, 아들의 아버지도, 사회에 필수적인 존재도 되지 못했다. 그저 그렇게 무기력함 속에 흘러온 것이다. 누군가는 같은 시간을 흘러오면서 이 세계를 바꿀 만한 일을 하기도 하고, 혹은 이 지역을 바꿀 만한 일을 하기도 하고, 그것도 아니라면 가정을 바꿀 만한 일을 하기도 한다. 그것은 아마도 작은 찰나의 빛을 꿰어내는 기술이 필요한 일이었을 것이다. 그러나 나는 그렇지 못했다. 그 깨달음이 폐부를 뚫는 고통으로 밀려왔다. 어쩌면 그런 나로 인해 모든 것이 사라지고 지금의 이 혼란스러운 상황에 서 있는 것이었다. 반대쪽으로 돌아누웠다. 그래도 고통은 여전했다. 낯익은 성경 구절 하나가 떠올랐다.

> 너희는 세상의 소금이니
> 소금이 만일 그 맛을 잃으면 무엇으로 짜게 하리요
> 후에는 아무 쓸 데 없어 다만 밖에 버려져 사람에게 밟힐 뿐이니라
> 너희는 세상의 빛이라 산 위에 있는 동네가 숨겨지지 못할 것

이요

　사람이 등불을 켜서 말 아래에 두지 아니하고 등경 위에 두나니 이러므로 집 안 모든 사람에게 비치느니라

　아내가 좋아하는 구절이었다. 그 구절은 화장실 벽에도 붙어 있고, 아이의 책상에도 붙어 있고, 거실의 작은 액자에도 걸려 있었다. 아무리 교회에 다녀도 결코 성경을 외우지는 않았던 내가 외울 정도였으니 그 구절에 대한 아내의 집착도 대단했다. 그럼에도 싫은 말을 하지 않은 것은 마음 한편에 이끌림이 자리하고 있기 때문이었다. 누군가 나를 완전히 사랑한다는 것. 그리고 내가 이 세계에서 가치 있는 존재로 인정받을 수 있다는 것. 그것만큼 인간을 무너지게 하는 절대성이 있을 것인가. 특히 내게는 그러했다. 그저 무심한 척하며 자라왔던 어린 시절, 부모님이 돌아가시고 형님 내외에 기대며 살아왔던 나날 동안 내게는 남모르는 상념들이 많았던 것이다. 그것을 끌어안으며 다가온 것이 아내였고, 기독교였다. 내게 사랑이라 말하고, 소금이라 말하고, 등불이라 말해준 것이다. 문득 한 번도 느껴보지 못한 뜨거운 슬픔과 스스로에 대한 분노가 밀려왔다. 그 사랑과 신뢰를 나는 누구에게도 되돌려주지 않았던 것이다. 그것은 내게는 종교의 교리를 떠나 한 인간에 대한 이야기였다.

　방 안이 캄캄한 기분이 들었다. 먹먹한 마음 때문이었다. 눈을 감았다. 나의 과오를 돌아보는 일 따위는 수백 번도 할 수 있었다. 그

런데 그것을 수년 만에 처음 하고 있는 것이다. 이곳은 어떤 곳일까, 궁금증이 일었다. 나에게 이런 마음을 갖게 한 이곳은……. 아내도 이런 내 마음과 같았을까.

"아저씨! 이제 저녁 시간이야. 대체 잠만 자면 어쩌자는 거야?"
 소란스러움에 눈을 떠보니 조금 전의 그 녀석이다. 나는 이곳이 어디인가 잠시 멍한 눈으로 보았다. 코카브. 낯선 이름이 머릿속을 스쳐갔다. 어째서 문득 서러운 생각이 들었는지 모르겠다. 바다 위를 떠도는 조각배처럼.
 "빨리빨리. 그러다 밥 못 먹으니까."
 오랫동안 기름을 치지 않은 기계처럼 천천히 일어나는데, 아이가 계속해 반말을 하고 있다는 사실을 깨달았다.
 "어른에게 반말이라니, 듣기 거북하니 주의하는 게 좋겠다."
 나로서는 최대한의 예를 갖춘 말이었다. 그래도 아이는 거침이 없다.
 "아저씨는 이제 막 델타가 된 초짜 회원이고 나는 엄연히 선배인데, 그렇게 말할 것까진 없잖아요. 뭐, 원한다면 존댓말을 꼬박꼬박 써드리지요. 어른들이란 항상 대접받기를 좋아하니까."
 다른 편 2층 침대에 누워 있던 사내가 일어나며 웃었다.
 "아형이 말이 맞구나. 네가 더 선배이니 간혹 반말을 써도 어쩔 수 없겠다."

말리는 시누가 더 밉다더니 딱 그 모양이다. 나는 별다른 말을 할 수도 없어 조용히 사다리를 내려왔다. 벌써 7시였다.

식당은 지하였다. 계단을 내려갈수록 서늘함이 더했다. 그러고 보니 건물 내에 들어온 후 한 번도 더위를 느끼지 못했다. 이곳만의 특별한 비법이 있는 걸까? 아형이 머뭇거리는 나를 거칠게 잡아끌었다.

"신입은 어디서도 표가 난다니까요. 빨리 따라와요."

아이가 이끈 곳은 작은 방이었다. 다른 무리들이 눈에 띄긴 했지만 각각 나뉜 방으로 들어갔으므로 아내를 찾을 수는 없었다. 그나마 이 기자를 만날 수 있는 것이 다행이었다. 16T와 함께 식사조가 묶인 것이다.

식사를 하며 이런저런 이야기를 주고받는 사람들은 즐거워 보였다. 얼핏 들어보아도 코카브 내부의 이야기는 아니었고, 그저 꿈이나 군대 이야기 같은 평범한 주제들이었다.

"이렇게 보니 다들 멀쩡한 사람들인데, 왜 이런 곳에 왔을까?"

내 말에 그도 고개를 끄덕였지만 무언가 생각에 사로잡힌 듯 대꾸는 없었다.

나는 저만치 떨어진 자리에서 조용히 밥을 먹고 있는 라나를 힐끗 보았다. 조금 전 이야기를 듣지 못했다면 영영 몰랐을 한 개인의 역사와 상처. 그것을 이제는 알고 있다는 것이 기묘하게 느껴졌다. 이처럼 우연한 만남 속에 서로의 역사를 알아간다는 것은 얼마나 이상스러운 일인가. 동시에 누구나 골골이 맺힌 상처가 있을 것이란 짐작이 가슴을 저릿하게 했다. 나 역시 겉으로는 그저 멀쩡해 보일 것이다. 속으로 삭이고 삭여 더욱 곪고 썩어버린 이야기들은 모른 채 말이다.

"실은 아까 프로그램 중에 너무 놀랐어요."

이 기자가 낮게 중얼거렸다.

"왜요?"

"어떤 분이 일어나 말하기를, 몰지각한 언론 때문에 남편이 자살했다는 겁니다. 차근히 들어보니 저희 신문에서 몇 해 전에 기획했던 위생 점검 관련 보도더라고요. 남편의 식당이 그 보도에 자세히 소개되었고, 여론의 뭇매를 맞게 된 남편이 압박감을 이기지 못해 죽고 말았답니다. ……그런데 그 취재에는 저도 곧잘 동참하곤 했거든요."

그가 내내 조용했던 이유를 알 것 같았다.

"기자로서 기사화되는 사람들의 입장을 생각하지 않은 것은 아니에요. 하지만 그런 경우에는 당사자의 잘못이 있으므로 설사 신상이 공개된다 해도 책임을 져야 한다고만 생각했었죠. 그런데 그 일이 파급되어 결국 한 사람을 죽음에 몰고 그 가정을 파탄 냈으며 종국엔 그 아내를 이곳에서 만나게 될 줄 누가 알았겠습니까."

그의 얼굴은 어둡고 창백했다. 나는 고개를 끄덕일 뿐 아무런 말을 건네지 못했다. 누구의 잘못이라고 할 수 있을 것인가.

잠시 후 사람들과 함께 식당에서 빠져나왔다. 뒤편에서 뭉그적거리며 일어나는 아형을 보니 식판이 그대로였다. 바싹 마른 이유를 알 것도 같았다. 그러고도 에너지가 넘치는 아이가 내 어깨를 밀치고 지났다.

"휴게실은 5층 꼭대기예요. 이제부터 잠깐은 자유 시간이니까 가셔도 좋아요. 하지만 9시가 점호니까 잊지 말아요. 그 뒤엔 아마도 수색대가 올라갈 테니."

아이의 이가 살짝 나타났다 사라졌다. 적개심을 드러내는 듯하다가도 문득 마음을 허물어트리는 별난 아이였다.

휴게실은 작았지만 사람이 없었으므로 우리 둘이 쉬기에는 충분했다.

"결혼은 했나요?"

나는 건물에서 유일하게 열리는 듯한 작은 창문을 밀며 물었다. 여기 어딘가에 있는 아내가 생각나서였다. 따뜻하고 상쾌한 바람이 한소끔 들어와 휴게실 안을 휘감았다.

"……아, 아니요."

그가 애매한 대답을 하고는 말을 돌린다.

"그나저나 형수님을 빨리 찾아야 할 텐데요."

"기다리는 수밖에 없지요. 다행히 공짜로 먹여주고 재워주는 것 같으니. 설마 우리의 뇌를 개조하거나 하는 무서운 일은 없겠지요."

농이 섞인 내 말에 그는 희미한 미소만 지을 뿐 웃지 않았다. 우울한 눈빛이었다.

"아까 일은 잊어버려요. 어쩔 수 없지요. 돌고 도는 게 인생이니."

"이곳에서 얼마나 있게 될까요?"

내 말에는 대꾸하지 않은 채 그가 말했다.

"쳇바퀴 돌듯 바쁘게 살아온 세월이니 산에 쉬러 왔다 생각하고 있으면 손해는 아니지 않겠어요? 정말로 UFO를 만나 선진 과학을 체험할 기회도 맛보고 우리의 과거로 돌아가거나 원하는 현재를 만들 수 있을지 누가 아나요."

나는 하하 웃었다. 그러나 그는 슬픈 눈으로 쓸쓸히 말했다.

"그러게요. 정말로 그럴 수만 있다면······."

그가 등을 의자에 깊게 파묻고 머리를 기댔다.

"이 기자에게도 되돌리고 싶은 시간이 있나요?"

"형님은요?"

잠시 그의 얼굴을 바라보다 팔짱을 꼈다.

"글쎄요. 아직 생각해보지는 않았지만 언제가 좋을까요. 결혼하기 전 총각 때로 돌아가볼까요?"

나는 마음에도 없는 소리를 하고는 히죽 웃었다. 설사 상상에 지나지 않더라도 내가 원하는 소망은 한 가지뿐이었다. 동현이가 살아 있던 때로 돌아가는 것. 그때 동현이가 우리 곁을 떠나지 않았더라면 우리도 평범한 다른 가정처럼 아침저녁으로 얼굴을 붉히며 싸우고 투정을 부리고 때론 서로를 지긋지긋해하기도 하면서 또 한편 그것이 일상이려니 하며 살고 있었을 것이다. 아내도 그 소망 하나를 찾아 여기까지 왔으리라.

"저는요, 딱 1년만 되돌리고 싶어요."

"1년이요?"

"1년…… 1년 전에는 모든 게 달랐거든요. 지금의 저를 상상할 수 없었던 날들이었어요. 그런데 어느 날 갑자기 그렇게 불행이라는 게 달려들더군요."

"어떤 종류의 것인지 물어봐도 되나요?"

어느새 내려앉은 붉은 석양이 머뭇거리는 그의 얼굴을 감빛으로 물들이고 있었다.

"그녀는 좀 유별났어요."

말은 그러하면서도 눈앞에 그녀가 있기라도 하듯 그의 눈은 빛났다.

"나 아닌 다른 사람들에게 일어나는 일들, 혹은 나 외의 다른 세계의 일들에 대해 얼마나 큰 관심이 있나요. 물론 아예 없지는 않지요. 하지만 그녀는 그런 사명감이 남달랐어요. 저와 같은 기자였던 그녀는 늘 사회부만을 지원했어요. 그도 아니면 정치부인데, 그곳에서도 시한폭탄 같은 발언을 일삼았으니 그저 사회부에 눌러놓은 거지요. 언젠가 재개발 지구 철거 현장에 취재를 나간다고 했어요. 그녀를 사랑하긴 하지만 그런 면에서는 얼마간 질려하던 저였기 때문에 그저 그러려니 했습니다. 그곳에는 이미 치열한 전투가 시작되었는데도 말이에요. 지키려는 자와 빼앗으려는 자. 극단의 경계 속에 마구잡이 식 폭력 또한 자행되었지요. 그리고 취재 중 그런 상황을 맞닥뜨린 그녀는 건장한 사내와 대치하고 있는 한 노인을 구하기 위해 무모하게 뛰어든 겁니다…….”

 그는 말을 그치고 깊은 숨을 내쉬었다. 나 역시 숨을 몰아쉴 수밖에 없었다. 이 기자가 조금 전 언론의 과잉 보도에 희생된 이의 이야기를 접하며 고통을 느꼈듯 나는 그 여기자의 일에 내가 연결되어 있음을 인정하지 않을 수 없었던 것이다. 내가 오랫동안 해온 일이 바로 재개발 사업이었다. 그래도 나는 한 번도 현장을 찾은 적이 없다. 가지 않는 것이 상책이라는 관례를 따른 것이라고는 하지만 실상은 두려웠기 때문이었다. 내가 마주할 현실이라는 진실이.

 “결과적으로 말하자면 한쪽 시력을 잃었어요. 재수 없게도 유리 파편이 튀었죠. 물론 그 일을 책임질 만한 사람은 아무도 없었고요. 결혼을 불과 한 달 앞둔 때였습니다. 실명 후 우울증 비슷한 증상을 겪던 그녀를 위해 휴가를 내어 병원을 지켰어요. 그래도 그녀는 여전히 말이 없었습니다. 제가 어느 날 그래도 한 눈이 보이니 다행이지 않느냐고 위로했더니…… 뭐라고 했는지 짐작하시겠어요?”

 그가 슬픈 눈으로 자조하듯 웃었다.

 “그럼 자기에게 한쪽 눈을 줄 수 있냐고 묻더군요.”

 고개를 숙인 그는 더 이상 말을 잇지 않았다. 나는 안타까운 마음으로 그의 검게 그을린 뒷목을 바라볼 뿐이었다.
 "그러곤 외국으로 훌쩍 떠나버렸어요. 자신이 너무 오만했다고 하더군요. 많은 것을 할 수 있을 줄 알았는데, 실은 할 수 있는 일이 한 가지도 없었다고 했어요. 우리가 타인을 위해 무언가를 하거나 타인을 사랑한다는 것은 착각에 지나지 않는다고도 했고요. 그녀에게서 처음 보는 무서운 절망이었죠."
 미동도 없는 그의 얼굴이 백분처럼 창백했다. 그가 어째서 코카브에 기대 비슷한 감정을 가지고 있는지 그제야 알 것 같았다. 그리고 그 희미한 기대는 아마도 내 의식 저 밑바닥에도 있을 것이었다.
 "……코카브의 이야기가 정말이었으면 좋겠군요. 시간을 역행할 수 있는 신기술 말이에요. 그게 아니라면 차라리 모든 것을 망각시키는 비상(砒霜)이라도 있든지 말예요."
 그는 대답이 없었다. 나는 참으로 그렇게 생각하고 있었다. 수천억의 인생과 시간 속에 어쩜 그리도 상처가 많은 것인지, 그 상처를 통해 우리는 또 무엇을 얻는 것인지, 나는 또 내가 등 돌렸다 생각하는 신에게 묻고 있었다.
 "사실 이곳에 온 것도 그녀 때문이에요. 물론 개인적인 관심과 기대도 있지만 혹시라도 집단에 의해 피해 입는 사람들이 있을까 봐서요."
 그는 피식 웃었다.
 "예전에는 남이야 어떻든 관심도 없었는데…… 그런 사람이 기자라는 직업을 택했다는 것에 그녀는 가끔 맹렬히 분노하곤 했었고요. 하지만 그 일이 지나고 나니 이제는 가끔 참을 수 없는 기분이 들어요. 왜? 라는 질문과 아니다, 라는 외침 같은 거. 그런 걸 과연 정의라고 할 수 있을지는 모르겠지만 어쨌든 기자로서의, 아니 한 인간으로서의 자그마한 양심 같은 게 생긴 모양이에요."

나는 아무런 말을 하지 않고 그저 고개만 끄덕였다. 질문에 대한 한 가지 답만은 확실히 얻었다. 상처라는 것은 분명 인간을 변화시킨다. 좋은 쪽이든 나쁜 쪽이든. 사방 1킬로미터 이내에 코카브 이외의 사람은 전혀 없을 산속에 밤이 깊어지고 있었다.

12

밤새 뒤척이다 늦게야 잠든 나를 깨운 것은 또 아형의 손가락이었다. 깡마른 젓가락 같은 손가락이 내 코를 세게 잡아 비틀어 나는 그만 소리를 지르고 말았다.

"하하하, 완전 엄살쟁이시네요?"

눈물이 찔끔 나게 아픈 코를 붙잡고 어이없어하며 아이를 노려보는데 녀석은 아랑곳하기는커녕 당당하다.

"벌써 6시 20분이에요. 아저씨 때문에 우리 밥 못 먹으면 책임질 거예요?"

침대 밑을 내려다보니 사내와 노인이 문 앞에서 기다리고 있었다. 기상은 6시라고 했었다. 나는 부랴부랴 내려와 노인에게 고개를 숙여 보였다. 사내는 못마땅한 듯 먼저 나섰고, 노인은 미소만 지은 채 내 뒤를 따랐다. 아형은 졸랑졸랑 따라오며 신입이 군기가 빠졌느니 세상이 많이 변했느니 어처구니없는 말만 늘어놓고 있었다.

"너는 밥이라고는 새똥만큼 먹으면서 시끄러운 건 엄청나구나."

내가 핀잔을 주자 아이는 새 모이도 아니고 똥이라니, 하며 투덜거린다. 고삐 풀린 망아지처럼 귀여운 데가 있는 아이였다. 그러나 여전히 식판 앞에서는 시무룩하게 밥알만 세고 있었다.

"사내아이가 그게 뭐야? 밥을 시원하게 먹어야지. 그러면서 과자만 먹으니 건강할 리가 없지."

통통했던 동현이가 생각나 지적하듯 말하자 아이는 신경질적인 얼굴을 하고는 씩씩거린다.

"아저씨가 뭘 알아? 나라고 먹기 싫은 줄 알아?"

그리고 숟가락을 내던지다시피 하고는 식당을 나가버렸다. 내가 어안이 벙벙해져 있으니 노인이 거들듯 말했다.

"이해하게. 사내 녀석이 어울리지 않게 거식증이라더구먼. 먹으면 먹는 대로 토해버리니 녀석도 못할 일이지. 그러니 간혹 과자를 먹고 있어도 말리지 않는 거야. 그것만은 잘 토하질 않거든."

함께 식사하게 된 12T 사람들까지 모두가 조용했다. 다들 알고 있는 모양이었다. 나는 무안함으로 얼굴을 붉히면서도 놀라지 않을 수 없었다. 아무리 말랐다 해도 지나치게 마른 몸이었다. 동그란 두 눈은 퀭하고 툭 불거진 광대뼈. 어째서 녀석은 거식증이란 마음의 병을 얻게 된 것일까. 아이가 빠져나간 문을 한참이나 바라보았다.

전날과 마찬가지로 이론 수업과 명상, UFO 관련 영화 등의 시간이 이어졌다. 언제 만들어진 것인지 알 수 없는 옛날 영화였다. 그러나 매일같이 이러한 영화들만 보여준다면 그 존재를 믿게 하는 세뇌 효과는 톡톡히 볼 수 있을 듯했다.

오후엔 마음을 치료하는 프로그램이 준비되어 있었다. 오늘은 누구일까, 한편으로 기대되고 또 한편으로는 두려운 마음이었다. 누군가의 아픈 이야기를 들으면 들을수록 내 마음에도 짐이 하나씩 늘어나는 기분이었기 때문이다. 누구도 해결해줄 수 없는, 그래서 안타깝고, 유일하게 기댈 대상으로서의 코카브를 더욱 크게 느끼게 하는.

"어제의 이야기에 대해 위로를 좀 해주시겠어요?"

틀어 올렸던 머리를 단발 정도로 늘어뜨린 베타가 조용히 말하자 노인이 손을 번쩍 들었다. 가끔은 전날 이야기를 한 델타에 대해 위로의 시간을 갖는 모양이었다.

"아시다시피 조덕배라는 노인네입니다. 어제 라나 양의 이야기를 듣고 마음이 많이 아팠어요. 그래 밤새 생각을 해보았지요. 강사가 늘 말하는 마음의 에너지도 모아보려고 노력하고요. 그런데 저는 생각하면 할수록 그 남편이 더 불쌍하더군요."

라나의 얼굴이 감귤처럼 주홍빛으로 물들었다.

"라나 양이 뭘 잘못했다는 게 아니라 말이오. 그 남편이란 사람이 얼마나 어리석은가를 생각하니 불쌍하기까지 했다는 것이지요. 먼 나라까지 가서 배우자를 만나게 되었으면 귀히 여기고 사랑해야 마땅한데 아내를 자기 소유라도 되는 듯 호기를 부리고 못된 짓만 일삼았으니 참으로 불쌍하지 뭐요. 그런데 그 남편이 말이오, 꼭 나 같아요. 내 저번에 이야기를 다 했었는데, 한 가지 빠트린 게 있었어요. 그때 이야기한 대로 우리 할멈은 치매로 고생하다 저세상으로 먼저 떠났고, 내가 평생 고맙단 말 한마디 못하고 그렇게 보낸 것이 한스러워 여기까지 오게 되었는데 말이야. 실은 내가 그 할멈한테 죄가 많아요. 젊은 시절 집안에 재물 좀 있다는 핑계로 계집질도 많이 하고 또 그러는 바람에 재산도 다 잃어버리고 할멈이 고생을 많이 했지요. 그런데도 평생 살면서 할멈 손 한번 따뜻하게 잡아준 적이 없었다오. 치매를 앓게 된 뒤에도 자식들이 권하는 대로 요양소에 맡겨두었을 뿐 내 손으로 돌볼 생각은 하지도 못했어. 내가 그렇게 나쁜 남편이었소. 어쩌면 할멈 이야기를 들어보면 나쁜 정도가 아니라 죽일 놈일지 모르지. 그러니 내가 그 남편을 불쌍히 여기지 않을 수가 없어요. 내가 그 어리석은 놈과 다름없으니 말이오.

내가 시간의 문을 찾아 여행을 하고자 하는 이유는 다른 게 아니에요. 젊어지거나 돈을 벌거나 하는 게 아니라…… 다만 할멈의 손 한번 따스하게 잡아주고 싶어요. 그리고 그렇게 떠나보내기 전에 직접 목욕도 시켜주고 밥도 지어주고, 남편 노릇 못한 것을 한 번이라도 해주고 싶어. 그러니 라나 양, 그 남편도 훗날 반드시 후회할 날 있을 테니 다소나마 용서라는 걸 해주는 건 어떻겠소? 내 부탁하리다. 그것이 또 라나 양의 마음에도 도움이 될 것이라 믿어요."

모두가 말이 없는 가운데 라나는 생각이 깊은 눈으로 초점도 없이 허공을 바라보았다. 베타는 불을 끄고 잔잔한 음악을 틀었다. 생각을 정리할 시간을 주는 모양이었다. 사람들의 깊은 한숨이 조용히 가라앉았다. 나의 마음 또한 마찬가지였다. 시간의 역행성뿐 아니라 이곳이 가르치는 것은 존재의 상대성이었다.

"오늘의 델타는 누구죠?"

한참 후 베타가 꺼낸 말에 멋쩍은 얼굴로 손을 든 것은 아형이었다. 나는 팔짱을 끼었다. 대체 녀석이 어떤 사연을 가졌기에 그토록 맹랑한 것인지 알고 싶었던 것이다. 아이가 머리를 긁적이며 일어났다.

"난 열네 살이에요. 뭐…… 편하게 말할 테니 싫은 사람은 귀를 막든지" 하고 녀석은 내 쪽을 보았다. 사람들은 미동도 없이 경청하고 있을 뿐이다.

"으음, 그렇게 진지하게 보시니 말이 잘 안 나오네. 아시겠지만 난 어른들을 싫어하거든요. 어른이라고 으스대기만 하지 도대체 책임감들이 있어야지. 아, 할아버지같이 어르신들은 제외고. 아무튼 이야기를 해보자면 엄마가 도망간 게 네 살인가 됐을 때래요. 물론 기억도 없지요. 그때부터 할머니가 날 키웠으니까. 아빠? 그런 이름 잘 몰라요. 한 번도 불러본 적이 없어서요. 만난 적도 없고. 하긴 할머니도 만날 욕만 했으니 좋은 사람은 아니었던 것 같아요. 그러니 연락도 소식도 없었겠죠. 열 살쯤 됐을 때 할머니가 더 이상 움직일 수 없게 되었어요. 어디가 아팠는지 아직도 잘 모르겠는데, 몸이 엄청나게 부어서 호빵처럼 보였던 게 기억이 나요. 병원에 좀 갈 수 있었으면 좋았을걸. 그러니 학교는 그쯤해서 때려치우고 여기저기 다니면서 먹고살 궁리를 하게 된 거예요. 신문이나 우유 같은 건 유치하니까 지하철 같은 곳 뚫어서 장사를 하기도 했고 업소 같은 데서 심부름을 하기도 했고.

그러다가…… 열세번째 생일날 엄마한테 연락이 왔어요. 멀리도 갔더라고요. 전라남도 어디 바닷가라나. 한번 찾아가긴 해야 하는데, 그때 할머니가 움직이지도 못하고 똥오줌도 그냥 쌀 때라 고민을 많이 했어요. 할머니를 놓고 갈 수도 없고……. 그런데 어느 날인가 진짜 너무너무 엄마한테 가고 싶어진 거예요. 단 하루도 참을 수 없게. 방에서 풍기는 냄새도 싫고, 거리로 떠도는 것도 싫고. 그래서 옆집 아줌마에게 딱 하루만 부탁한다고 했어요. 할머니한테 점심하고 저녁에 딱 두 번만 식사 좀 챙겨달라고. 똥오줌도 부탁하고 싶었는데 그건 차마 못하고, 에라 모르겠다 하루 정도는 괜찮겠지 생각한 거예요. 아줌마가 내켜하지는 않았지만 그래도 나쁜 사람 아니니까 해주겠지 하고 엄마한테 가버렸지요. 될 대로 돼라, 했던 거 같기도 해요. 그리고 어떻게 나흘이나 흘렀는지 지금은 잘 기억이 안 나요. 마침 새 남편이 배를 타고 나갔대서 하루 있을 걸 이틀 있었고, 이틀 있을 걸 나흘 있었던 것밖에. 할머니는…… 그 아줌마가 설마 좀 챙겨주셨겠거니 하고 멍청하게 생각하고 있었던 거죠."

나는 나도 모르게 팔짱을 풀고 아이 쪽으로 얼굴을 기울인 채 그 어두운 눈을 들여다보았다. 아이가 살아온 짧은 생이 때론 수십 년을 산 어른들보다 더 길고 무거울 수도 있다는 것을 처음 알았기 때문이다. 또한 이어질 이야기에 대한 그늘진 예감도.

"……나 때문에 돌아가신 거예요. 그 아줌마는 그날 저녁 어딘가에 놀러 가버렸고, 할머니는 무더운 여름날 숨 막히는 그 방에서 며칠을 굶다가……."

아이는 더 이상 말을 잇지 않고 어둠을 노려보듯 꼿꼿하게 서 있었다. 자책을 곱씹고 있는 괴로운 얼굴이었다. 누군가의 손이 아이 등에 가서 닿았다가 떨어졌다. 가까이에 앉아 있던 소녀였다.

"그 뒤로 밥을 먹을 수가 없어요. 먹기만 하면 토해요. 자꾸 할머니가 생각나서요……. 그러다 우연히 코카브를 알게 됐고요. 업소 형들한테서요. 형들은 웃긴다고 하면서 이야기하고 있었지만 난 이게 사실이란 걸 알 수 있었어요. 항상 UFO는 있을 거라고 생각해왔거든요. 시간의 문은 있어야 해요. 왜냐하면 꼭 그때로 되돌아가야 하거든요. 그리고 되돌아가면 엄마 따위는 찾지 않을 거예요.

코카브 4T의 베타님　167

항상…… 할머니 곁에 있어야지. 그럼 할머니가 오래오래 사실 수 있겠죠?"

아이가 슬쩍 웃는 얼굴을 해 보였지만 따라 웃는 사람은 없었다.

"그런데 여기 오니까 사람들 다 우울한 얘기만 늘어놓고, 별로예요. 나도 그래요. 시간의 문 때문에 UFO를 만나고 싶은 거지만 사실 우주에 나가보는 것도 누구나 꿈꾸는 거잖아요. 다른 행성도 들락거리고, 그야말로 새로운 세계인 거죠. 또 알아요? 우리가 역사에 길이 남을 이름들이 될지. 암스트롱인지 뭔지 그 아저씨처럼 말예요."

하하 웃으며 아이는 자리에 앉았다. 녀석의 너스레에 마지못해 미소를 지었지만 쉴 새 없이 이어지는 재잘거림과 곧잘 던지는 반말의 불손함 뒤에 숨겨두고 있었던 아이의 상처가 어떤 것일지, 동현이의 이야기를 남몰래 엿듣기라도 한 듯 가슴 한편이 뻐근해졌다. 오랫동안 눌려 통하지 않던 피가 이제 막 처음으로 흐른 듯한 기분이다.

"8번 델타인 우리 아형 군이 아주 이야기를 잘 마쳐주었어요. 고마워요."

베타가 예쁜 웃음을 지어 보이며 아형을 보자 의외로 아이의 얼굴이 붉어졌다. 제아무리 그래도 열네 살 사춘기 소년인 것이다.

아형을 위로하던 소녀 역시 그 또래였다. 소녀는 아직 아형의 이야기를 생각하는 듯 고개를 숙이고 슬픈 얼굴을 하고 있다. 어쩌면 그 아이에게도 아형만큼 아픈 사연이 있을 것이다. 이렇게 가시덤불을 구른 듯 상처투성이인 사람들과 있다 보니 저 빠르고 혼란스러운 세상 속에서 아무렇지도 않게 살아가던 시간이 이상하게 느껴진다. 아마도 그들 역시 마음의 서랍 어둑한 곳 어딘가에 상처라는 실뭉치를 숨겨두고 깔깔거리며 웃고 있는 것이겠지.

나만은 그렇지 않다고 생각했었다. 특히 아내를 보며 그것은 나약한 행동이라고 비난해 마지않았다. 그러나 내가 그 까끌까끌한 실뭉치를 참으로 오래도록 숨겨두는 사이 나뿐 아니라 곁의 사람들까지 아프게 하고 있었던 것이다.

"손을 잡아주세요. 눈을 감으시고요."

베타의 목소리가 들렸다.

"우리의 시간은 모두 소중합니다."

"우리의 시간은 모두 소중합니다."

"시간의 문은 곧 열립니다."

"시간의 문은 곧 열립니다."

주문처럼 괴상하게만 느껴지던 그 두 문장이 하루 만에 익숙하게 느껴진다는 것은 이상한 일이었다. 사람이란 아무리 잘난 척을 하며 떠들어봐도 결국엔 환경의 지배를 받고 마는 것일까? 어쩌면 현재의 사회 요소 모든 것이 관습화되어온 일종의 세뇌일지 모른다는 이 기자의 말이 무슨 뜻인지 알 것도 같았다. 그러나 이것을 진실로 규정짓는 것 또한 어리석은 일은 아닐까. 그들은 다시 또 잠잠한 얼굴로 앉아 명상에 들어갔다. 호흡이 쌓여 근육이 되듯 이들의 새로운 세계도 차곡차곡 쌓이고 있었다.

V

나는 때로 네가 되고

눈이 내리는 아침이었다. 오랜만의 눈이라 나는 한참이나 창가에 기대어 있었다. 동현이는 눈이 오는 것을 좋아했다. 그 점은 꼭 나를 빼닮았다. 그밖의 얼굴 생김새나 성격, 버릇은 모두 제 아버지와 같다. 어제 남편은 밤까지 술을 마시고 돌아온 모양이었다. 나는 술국을 끓여 아침상을 차려두었지만 남편은 내게 같이 먹자는 말을 하지 않는다. 가끔 그런 밥상을 뒤집고 싶은 충동을 느낀다. 밥을 짓고 국을 끓이고 반찬을 만들면서는 그토록 정성을 들이다가도 그가 홀로 앉아 그것을 먹는 것을 볼 때면 왜 분노가 치미는지 알 수 없다. 나는 그를 사랑하는 걸까, 증오하는 걸까.
한 가지 분명한 것은, 아이를 보내고 난 후 모든 것을 잃어버린 나이지만 마지막 남은 이 가정의 껍데기만은 도무지 내려놓을 수가 없다는 것이다. 그렇다면 정말로 갈 곳이 없기 때문이다. ······아마도 나는 그저 그가 미운 것이다.

— 아내의 일기 중

13

아내와 동현이의 꿈을 번갈아 꾸었다. 프로그램도 참가하였다. 밥도 꼬박꼬박 먹었다. 그렇게 코카브에서의 사흘이 지났다. 자신을 최 마담이라 불러달라던 중년 여성의 성형 중독 이야기나, 의사였지만 의료 사고 후 오랫동안 방황하고 있다는 사내의 이야기 등 타인의 아픔은 내 가슴 안에도 잔잔한 파문을 일으켰고, 내 안에 똬리를 틀고 있는 불신과 경계심도 둥치를 갉듯 조금씩 무너지고 있었다. 팀원들은 여전히 나를 의구심에 찬 시선으로 보고 있었지만 그들에게 믿음을 의심받는다고 해서 굳이 내가 무언가를 증명할 필요는 없을 것이다.

보다 어려운 문제는 아내를 만날 수 있다는 것에 기대를 걸고 있던 마음에 초조함이 스며들고 있었다는 점이다. 그것은 만나고 싶다, 로 끝날 수 없는 갈등에 대한 두려움이었다. 아내를 만난 후에는? 과연 우리는 어떤 평화를 얻을 수 있을 것인가. 또한 나는 법적인 남편으로서 아내의 안전을 보호하고자 이곳까지 찾아왔는지, 아니면 그녀와의 새로운 미래를 꿈꾸기 위해 찾아왔는지에 대해서도 혼란스러웠다. 무엇보다도 내가 아직 그녀를 이해할 수 없다는 것이 가장 큰 문제였다. 아내의 이야기를 짐작할 수 있다. 아내의 입장이란 것도 대략 알 수 있을 것 같다. 그러나 그럼에도 불구하고 나는 아내의 생을 완전히 이해할 수 없는 것이다. 그러기엔 의문이 너무나 많았다. 무엇이 그녀의 생(生) 전부를 뒤틀고 있는 것일까?

이 기자 역시 그런대로 적응을 잘하고 있는 편이었다. 그들의 움직임이 사이비 종교와는 다르고 특별히 비합리적인 구조가 없다는 이유에서였다. 가끔은 밝은 얼굴로 UFO가 하강한다는 디데이가 언제일지 궁금해하기도 했고 간혹 비판적인 내 의견에 대해서도 "글쎄요. 맹목적으로 보인다는 건 편견이 아닐까요? 적어도 이들은 과학적 진리를 바탕으로 있을 수 있는 일을 기대하는 것이니까요" 하고 항변하기도 하는 것이었다.

여느 날처럼 저녁 시간을 이 기자와 휴게실에서 보내고 터덜터덜 방으로 돌아왔다. 9시가 조금 넘은 시간이었다. 아형이 과자 봉지를 하나 들고 구석에 놓여 있는 작은 텔레비전을 보고 있었다.

"아저씨들 사귀죠? 가짜 형제라면서."

이죽대는 말에 나는 깜짝 놀랐다. 그런 이야기는 대체 어디서 듣는 것일까.

"놀라긴요. 저의 정보력을 모르셨던 모양이군요. 이곳에서 제가 모르는 것은 없어요."

"그래, 기막힌 실력이구나."

나도 똑같이 이죽대며 돌아서자 아형은 "아저씨가 늦으면 우리도 추궁당하니까 시간 좀 맞춰서 들어와요. 괜히 우리까지 의심받기 싫어" 하고는 과자를 와사삭 베어 먹었다.

나는 고개를 절레절레 흔들며 옷장을 뒤적여 속옷을 꺼냈다. 마음이 산란할 때는 샤워만큼 좋은 것도 없었다.

"샤워하시려고요? 아직도 모르셨나 보다. 샤워는 9시까지만 가능한데."

아형이 킥킥거리며 말했다. 아이는 늘 나를 만만히 대하고 있었다. 그래도 크게 화를 내지 못하는 것은 아이가 가진 가슴 아픈 이야기와 함께 묘하게 애교를 부리는 듯한 그 성격 때문이었다.

아이는 정말로 UFO가 자신을 구원해줄 것이라고 믿는 걸까? 만일 그것이 허무하게 끝나버린다면 아이는 어디로 돌아가야 하는 걸까? 늙은 원숭이처럼 사다리를 기어오르며 생각했다.

"잠깐 얘기 좀 합시다."

상념을 깨며 사내의 목소리가 들려왔다. 그의 이름은 박진호라고 했다. 다른 사람들은 모두 그를 닥터 박이라 불렀지만 그는 그것을 싫어했다. 정 부르고 싶으면 박 씨라고 부르라 했다. 의료 사고의 악몽에서 아직 벗어나지 못한 때문이었다. 그래도 그를 박 씨라고 부르는 사람은 없었다. 그가 좋든 싫든 역시 닥터 박일 수밖에 없는 것이다. 나는 뜻밖의 말에 엉거주춤한 자세로 사다리에 매달렸다. 돌아보니 그의 눈빛은 여전히 싸늘하다. 아형이나 노인을 대하는 태도와는 정반대였다. 괜한 억울함이 들어 그가 앉은 테이블에 도전적으로 마주 앉았다.

"무슨 일이시죠?"

"당신······" 하고 그는 잠시 노인을 돌아보았다. 노인이 살랑 고개를 흔들었다. 말의 수위를 조절하는 모양이었다.

"이곳엔 무슨 목적으로 오신 거지요?"

꽤 분명한 목소리였다.

"목적이라니요. 당신과 마찬가지로 저 또한 우주의 진리를 찾고 UFO를 만나고 싶은 것뿐입니다."

나는 힘주어 대답했다. 노인이 힐끗 나를 보았다.

"아니오. 당신은 전혀 마음을 열지 않았어요. 보세요. 늘 이곳이 얼마나 이상하고 우스운지 생각하고 있잖아요."

"무슨 말씀입니까? 사람을 의심하는 게 이 학회의 뜻입니까? 제 믿음이라는 것을 가슴을 열어 까발려야 알 수 있는 건가요?"

강한 부정은 긍정이라고 했다는데, 나도 모르게 강하게 항변을 했다.

"아저씨, 아줌마 찾으러 온 거면 그냥 가세요. 우리를 구경하고 비웃을 자격이 없다고요."

곁에서 아형이까지 거들자 이제는 신경질이 날 지경이었다.

"이보세요들, 제 믿음에 대해 당신들이 왈가불가할 자격은 없어요. 난 알파가 머물기를 허락했고 아내가 승인했고 베타 또한 저를 지적하지 않는데 당신들이 왜 이러는 거죠?"

그러자 잠잠히 있던 노인이 탁한 목소리를 냈다.

"그건 말이네, 우리 팀원의 믿음에 관한 것은 우리 팀 안에서 철저히 검증하고 확인하게 되어 있기 때문이야. 자네가 믿음이 없다면 우리는 자네를 내쫓아야 하고 그렇지 않으면 우리 모두가 이곳에서 쫓겨날 수가 있거든."

그제야 이 사람들의 경계 어린 태도를 이해할 수 있었다. 나를 지켜보고 있었던 것이다. 그러나 설령 그것을 알았다고 해도 더 믿음이 깊은 척 위선을 부릴 수는 없었을 것이다. 이곳에서 계속 머무르는 것이 옳은지 확신이 없으며 그 불확실성은 또한 아내를 만나는 일에 대한 두려움과도 연결되어 있기 때문이었다.

"이곳에서 가장 중요한 것은 마음을 여는 것이에요. 코카브는 아무것도 강요하지 않아요. 어찌 보면 가장 인간적인 곳이죠. 세상의 어떤 곳보다도요."

사내는 나를 보며 달래듯 말했다. 좀 전보다는 부드러워진 표정이었다. 내 얼굴에 어린 나약함을 엿본 것인지도 모른다.

"마음을 연다는 게 제게는 가장 이상한 일처럼 느껴집니다. 물론 코카브의 모든 진리가 사실일 수 있어요. 하지만 혹은 모두가 거짓일 수도 있잖아요."

내가 말하자 "그러니까 아저씨가 믿음이 없다는 거예요" 하고 아형이가 비꼬듯 대꾸한다.

"물론 이해합니다. 저도 처음에는 그랬으니까요. 프로그램 중에도 말했지만 제 인생에 있어 가장 큰 오점인 그 사고 이후 저는 무엇보다도 저 자신을 가장 신뢰할 수가 없었습니다. 가족도 친구도 싫더군요. 그런 제게 코카브의 이야기는 비웃음거리에 지나지 않았습니다. 나약한 인간들의 전형적인 쇼라고 생각했지요. 그런데 어느 날 저도 모르게 마음의 문이 열리는 신기한 경험을 했습니다. 코카브에서 제공하는 우주에 대한 영화를 보면서였어요. 언제 어디서나 볼 수 있었던 평범하고 시시한 영화였습니다. 그런데도 그 순간 저는 우리가 얼마나 작은 존재이며, 그 존재에 사로잡힌 우리의 영혼은 얼마나 작은지 문득 깨달아버린 겁니다. 눈에 보이는 것을 믿는 것은 쉬운 일입니다. 그러나 보이지 않는, 볼 수 없는 것을 믿는 것이야말로 인간의 위대함을 드러내는 일이지요.

우리는 아직 외계의 생명체를 만나거나 UFO를 보지는 못했습니다. 하지만 그에 관한 수많은 정황을 가지고 있습니다. 어디 그뿐인가요. 저는 의사입니다. 의사로서 일을 해오며 끝끝내 풀 수 없는 비밀이 있다면 생명의 근원이었어요. 과연 심장을 뛰게 하는 힘은 무엇인지, 에너지의 비밀은 무엇인지. 그 궁금증과 의사로서의 회의감이 어쩌면 그런 사고를 만들어버린 단초가 되었을지도 모르지요. 물론 이제 저는 과거에 연연해하지는 않습니다. 그 또한 현재를 위한 하나의 이유였겠지요. 그리고 그 비밀을 풀 수 있는 유일한 단서를 가진 이곳이 가져올 모든 변화를 저는 기대합니다. 그것은 우리가 이제까지 살아온 세계가 뒤바뀌는 일이니까요."

사내는 얼굴까지 붉히며 열정적으로 말하고 있었다. 나는 입을 벌리고 그의 이야기를 듣다가 마지막에야 살짝 고개를 끄덕였다. 물론 그의 이야기를 들었다고 해서 '이상하게도' 마음이 열리는 그러한 일은 일어나지 않았지만 아내나 라나, 최 마담이 아니라 닥터 박이었던 이 사내가 하는 말이 조금은 일리가 있다는 생각이 들기도 했다. 이 사내의 믿음이 단지 자신의 불행 때문이 아니라 보다 근원적인 물음이었던 까닭이다. 그러나 역시 나의 이런 흔들림이 그들의 세뇌 탓은 아닐지 의심을 떨칠 수는 없었다.

"어쨌든 어떤 한 가지를 믿게 되면 그것이 세계가 되는 것입니다. 그러니 그 진실은 영영 모르고 마는 것이 아닌가요?"

내 말에 그는 미소를 띠고 답했다.

"아니오. 우리는 확정적인 날짜를 가지고 그 결과를 기다리고 있습니다. 모르십니까? 하델 박사님은 NASA 출신의 천문학 박사이며, 그는 이미 수십 년 전에 발견되었으나 기밀이 되어온 UFO와의 교신법을 알고 있습니다. 그를 통해 그는 약속의 날을 잡아둔 것이지요. 바로 인간과 외계의 공식적인 첫번째 만남입니다. 동시에 시간의 문이 열리는 날이기도 하지요. 사실상 그들은 우리가 상상할 수 없는 미래에서 날아온 이들이기도 하니까요."

아형이 고개를 끄덕이며 그의 말을 경청하고 있었고, 노인 역시 눈을 지그시 감고 있었다. 방 안은 조용했고 파리 한 마리 날아다니지 않았다. 나는 내가 끝이 보이지 않는 골목길을 어슬렁거리며 걷다가 마침내 양 갈래로 나눠진 지점에 왔음을 인정하지 않을 수 없었다. 그럭저럭 살아온 지금까지의 태도로는 아무것도 변할 수 없는 것이다. 그러자 문득 실지렁이처럼 가슴께에서 꿈틀거리는 무언가가 느껴졌다. 그것은 아내의 실종을 시작으로 내게 일어난 소용돌이와 같은 이상한 일들의 결과였고, 내 삶을 뒤흔든 변화의 시초였다. 모와 옺을 가르듯, 이 세계는 종국엔 선택이란 게 필요하다. 그 선택을 원하는 욕망이 꿈틀거리고 있었던 것이다.

"정말 달라질 수 있는 걸까요?"

나는 조용히 물었다. 그들이라고 답을 알 리가 없다고 생각하면서도 왠지 누군가에게 책임을 돌리고 싶은 것이다.

"달라질 수밖에 없지요. 에너지의 시작이 이미 우리 안에 있으니까요."

사내는 말하고 느닷없이 손을 내밀었다. 아형과 노인은 경건한 의식이라도 마주하듯 진지한 얼굴이었다. 나는 어쩌면 이러한 모든 절차가 이들이 신규 델타를 대하는 방식일지 모른다는 생각을 했다. 사람이란 예스를 외치는 무리 속에서 도저히 혼자서 노를 외치기 어려운 법이다. 설사 외쳤다 해도 모두의 외면을 받는다면 이내 슬그머니 예스 카드를 집어 들고 말 것이다. 그러나 어쩔 수 없다. 끊임없는 반문과 경계심에도 불구하고 나의 나약함은 이미 결계에 균열을 드러낸 후였다. 믿을 수 없다면 믿는 척이라도 하자 결심하며, 나는 손을 맞잡았다.

"이제야말로 진정한 델타로군요."

사내가 고른 이를 드러내며 웃었고, 아형도 노인과 함께 고개를 끄덕였다. 철없는 자식이 이제야 정신을 차리고 집으로 돌아온 것 같은 분위기였다. 이제야 하나의 존재로 인정을 받은 듯해 나는 멋쩍으면서도 묘하게 기뻤다. "자, 그렇다면" 하고 주변을 두리번거린 닥터 박이 다시 나를 돌아보았다.

"오늘을 기념해 맥주 한 캔 할까요?"

"맥주요?"

"아저씨들을 위해 짜잔, 내가 사왔지요. 나 같은 능력자도 없다니까. 그런데 이런 맹꽁이 아저씨들을 위해 이래야 하나? 천하의 부아형이."

아형은 침대 쪽에서 검은 봉투 하나를 들고 오며 객쩍은 말을 늘어놓았다. 내가 기막혀하며 고개를 흔들자 닥터 박이 나직하게 말한다.

"그러려니 하세요. 아무도 못 말리는 거 아실 테니."

"뭐야, 결국 꼰대들 둘이 편먹는 거죠? 흥."

아형은 또 끼어들며 씩씩거렸다. 닥터 박이 내게 눈짓하며 웃었다. 내내 싸늘하던 사내가 맞나 싶을 정도로 다정한 태도였다. 뭔가 내 마음에도 차가운 얼음 하나가 녹아드는 기분이었다. 노인은 마치 늙은 아비처럼 꾸벅꾸벅 졸고 있고 아형은 버릇없는 아들처럼 쫑알대고 그는 형님처럼 정답다. 비로소 정식 회원으로서의 인정이었다.

불과 얼마 전의 나였다면 이런 상황을, 특히 나 자신을 견디지 못했을 것이다. 하지만 이제는 어떤 일이든 일어날 수 있다는 생각이 들었다. 사람마다 각각의 이유와 인생이 있다는, 간단하지만 오묘한 진리를 통해서 말이다.

14

밤이 깊어 사방은 다시 고요해졌지만 나는 쉬이 잠을 이루지 못했다. 그간 있었던 일들이 두서없이 떠오르기도 하고 어딘가에 누워 있을 아내가 떠오르기도 했다. 장모님의 얼굴이 떠오른 것도 그때였다. 떠나오기 전 전화를 드렸을 때 그녀는 "은희를 찾거든 꼭 전화를 주게. 꼭이야" 하고 신신당부를 했었다. 물론 나는 아내의 소재를 찾았고 그곳에서 만나기로 약속했다는 거짓말을 했지만, 내 말을 믿지 않는 눈치였다. 지금쯤 안절부절못하며 거실을 오가고 있는 것은 아닐까. 문득 내 마음에도 초조함이 일었다. 사흘간이나 전혀 생각하지 못하고 있던 일이었다. 나란 인간은 어쩌면 이렇게 이기적일까 자책마저 들어 벌떡 일어나 앉았다.

어둠 속에서 반듯하고 견고한 문을 한참 노려보았다. 아형은 분명 개개인에 대한 정보를 파악하고 있었다. 그렇다면 사무실에 오갈 수 있었다는 게 아닐까? 나도 할 수 있다. 두 캔뿐이었지만 맥주의 영향인지 까닭 없는 자신감이 들었다. 12시 24분. 그다지 깊은 시간이 아닐 수도 있지만 이곳에서는 올빼미나 날아다닐 한밤이었.

복도에는 아무도 없다. 간혹 바깥쪽에 불빛이 지나가는 듯했지만 사무실을 찾는 것은 그리 어렵지 않은데다 문도 열려 있었다. 나는 주변을 살피며 미끄러지듯 방 안으로 들어선다. 사무실의 한편은 다른 방들과 달리 꽤나 큰 창이 자리하고 있었고, 그래서인지 마치 숲 속의 밤에 우뚝 서 있는 기분이 들었다.

전화기는 오 알파의 책상 위에 있다. 깊은 바다에서 물고기라도 낚듯 조심히 수화기를 들어 올린다.

— 여보세요…….

역시나 잠을 이루지 못한 듯한 장모님의 목소리가 들려왔다.

"저예요, 장모님."

―아이고, 자네는 왜 이제야 연락을 주나.

장인이 깰까 봐 목소리는 낮추었지만 안타까움은 그대로 전해졌다.

"죄송해요. 그간 정신이 없었어요. ……집사람과는 지금 여행 중이에요. 휴가를 길게 냈거든요. 어머니가 모르는 줄 알고 있어서 집사람 몰래 전화 드리는 거예요. 그러니 그냥 모른 척하세요."

나는 또 어쩔 수 없이 거짓말을 했다.

―그저 집에 돌아오면 좋을걸 무슨 여행인가…….

정말로 믿고 싶은 듯 간절한 목소리였다.

"금방 돌아갈게요. 너무 걱정 마세요."

―그래, 그럼…… 가끔은 연락도 주고.

수화기를 내려놓고 가슴을 쓸어내렸다. 아마도 사흘 내내 잠을 이루지 못했을 것이다. 자식을 배로만 낳는다던가. 가슴으로 낳아 세월로 키워온 장모님의 마음이 스산하게 느껴졌다. 그녀 또한 아내에게 주는 사랑은 아무런 조건이 없는 희생 그 자체의 것이었다. 누가 그녀에게서 어머니라는 이름을 빼앗을 수 있을까.

"들어가서 말씀하세요."

문가에서 오 알파의 목소리가 들린 것은 내가 막 문고리를 잡아 당기려던 찰나였다. 깜짝 놀란 나는 황급히 소파 뒤편으로 몸을 숨겼다.

"알파, 당신도 길을 분명히 하는 게 좋아. 이건 중요한 문제라고."

낯선 남자의 목소리였다.

"위원장님 뜻은 잘 알고 있습니다. 하지만 그렇게 쉬운 일이 아니잖아요. 그리고 무엇보다도 중요한 것은 박사님의 뜻입니다. 우리끼리 왈가불가할 일이 아니라요."

"이것 봐, 자네부터 이런 태도를 가지는 것은 옳지 않아. 우리 학회에 알파라고 하면 딱 둘뿐이네. 전남 쪽을 맡고 있는 최 알파와 오 알파 자네. 실무에서는 수장이라 할 수 있는 자네들마저 박사를 맹신한다면 그건 위험한 일이 아니겠어?"

"맹신이라니요? 말씀이 지나치시군요."

알파의 목소리가 날카로웠다. 그러나 남자는 쉬이 기세를 꺾지 않았다.

"박사가 우리에게 신문물의 세계를 열어줄 것을 의심하는 것은 아니네. 하지만 시간의 여행이 우리 사회에 가져올 혼란도 생각해 봐야지. 그리고 혹 이번 디데이가 불발되었을 때는? 그때는 뒷감당을 어떻게 할 건가?"

"지금 디데이를 의심하시는 건가요?"

앙칼진 알파의 질문에 남자가 한숨을 깊이 쉬었다.

"누구보다도 디데이를 기다리는 사람이 나야. 하지만 나는 코카브가 혹여라도 미신처럼 흘러가서는 안 된다고 생각하네. 우리만의 질서와 믿음이 필요한 만큼 관용과 융통성도 필요하다고. 그리고 생각해봐. 내가 알파를 처음 이곳으로 데리고 올 때도 말했지만,

하델 박사가 훌륭한 것은 그가 천재적인 천문학자이기도 하지만 우주의 에너지를 면밀히 파악하고 있다는 점이었어. 생각해봐. 그는 지금의 코카브 시스템을 만들며 무엇보다도 중시한 것이 사람이었다고. 내면의 에너지를 최대로 이끌어낼 때에만 우주와 잇닿을 수 있으며, 근원적인 신비를 풀어낼 수 있다고 본 거야."

"그 점은 잘 알고 있어요. 그래서 우리 내면에 쌓여 있는 보이지 않는 상처들을 치유하고자 하는 것이 아닙니까."

알파가 다소 누그러진 목소리로 대꾸했다.

"그런 우리에게 중요한 것은 단순한 믿음이 아니라고 생각해. 과거나 미래만큼 중요한 것이 현재라는 공론이 있는 한 현재를 타파해나갈 대안이 필요하다는 거야. 디데이 후에도 우리 사람들의 삶은 계속되는 것이니 말이야."

알파가 내키지 않는 듯 밭은기침을 하면서도 쉬이 대꾸를 하지는 않았다.

"이 점은 박사도 동감하고 있을 거야. 처음 박사가 외계 문명에 눈을 돌리게 된 것은 이 세계의 본질적인 문제를 해결하고 싶어서가 아니었나? 시간의 문을 찾고자 했던 것도 우주에서 시공간의 휘어지는 지점을 알고자 했던 것도 그 때문이었고 말이야. 그러니 디데이 이후의 준비를 우리는 하고 있어야 할 것이야. 그렇지 않으면 더 큰 혼란이 올지 몰라. 알다시피 우리 세력은 급속히 성장했고, 그 숫자가 7만에 이르렀어. 사람이란 존재가 본래 그렇듯 이들에게는 모두 내재된 갈등들이 있고 그것을 프로그램을 통해 외면화하기까지 했는데, 만일 우리의 약속이 조금이라도 어긋난다면······."

"무슨 뜻인지 알겠습니다. 그러니 그쯤해두세요. 박사님이 곧 오시면 다시 상의를 해보도록 해요. 어차피 그때 모두들 모이겠지만요."

알파는 남자의 과격한 표현들이 못내 불쾌한 듯 냉소적인 말투로 중얼거렸다. 디데이 후의 무엇을 준비하고자 하는 것인지 궁금했지만 그들의 대화는 그것으로 끝이었다. 남자는 보다 분명한 태도를 원하는 듯 한두 마디의 말을 덧붙였지만 알파가 더 이상 대꾸하지 않았던 것이다. 그런 그녀가 못마땅한지 남자도 이내 자리에서 일어났다.

"그럼 자넬 믿고 그만 가보겠어."

"네, 저도 어차피 나가야 하니까" 하고 그들은 사무실을 빠져나갔다.

나는 얼마간 자리를 떠나지 못하고 쪼그린 채 생각했다. 그들은 물론 허상을 좇고 있는지도 모른다. 그러나 그 대상이 진실이든 허상이든 인간의 열정이란 무서운 것이다. 그것이 허상이되 허상이 아닐 수 있는 것 또한 그 열정 때문이 아니던가. 그렇게 생각하고 돌아보면 아내는 아내대로 자신의 비현실적인 소망에만 틀어박힌 맹목적 신앙에 매달렸으며, 나는 나대로 결코 끝나지 않는 욕망의 질주를 하고 있었을 뿐이었다. 그것들을 붙들고 있을 때는 그것이 허상인 줄도 몰랐다. 그러나 이곳 또한 눈을 씻고 돌아서면 허상 그 자체이지 않을는지. 나는 나를 비롯해 그 허상에 열정을 쏟는 사람들의 믿음이 두려웠다. 그러므로 위원장과 같은 생각을 가진 이가 있다는 것이 다행스럽기도 했다. 하델 박사가 처음 학회를 만들며 사람의 내면에 주목했다는 점도. 특히 처음엔 이해하지 못했던 급진적인 포교 방식을 얼핏 이해할 수 있을 듯도 싶었다. 그들은 더 많은 인간의 에너지가 필요하였던 것이고, 또한 그것은 순수하게 행복한 에너지라는 점에서 한 개인에게 있어 그리 부정적인 것만은 아니었던 것이다. 그러니 위원장의 말대로 디데이 이후의 일들에 대해 미리 계획을 세워두는 것이 좋을 것이라고, 나는 공감하고 있었다. 다만 그들이 숨겨둔 의도 없이, 조금의 영리 추구도 없이 순전히 타인을 위한 일을 하고 있는가에 대해서는 온전히 믿기가 어려웠다. 이는 아마도 본래의 내가 타인의 상처 따위엔 도무지 관심이 없었기 때문일 것이다.

   아내를 만나 사랑한다고 생각했고 결혼하고자 나름대로 맹렬히 노력했으나, 그러면서도 그녀 자체에 대해서는 큰 관심을 두지 않았다. 동현이 역시 마찬가지였다. 그 작은 입을 오물거리며 하품을 하거나 복숭아 같은 엉덩이를 내밀고 웅가를 할 때마다 깊은 사랑을 느끼기는 하였지만, 그 아이가 자신만의 생각을 가지고 감정을 지니며 하나의 삶을 꾸려가는 동안 나는 그 생의 깊은 곳에 대해 헤아려본 적이 없었다. 아침이면 당연히 학교를 갈 것이고, 공부를 할 것이고, 집에 올 것이고, 숙제를 할 것이다. 부모를 만나면 공경해야 하고 친구들과는 사이좋게 지낼 것이며 언젠가는 대학에 가고 군대에 가고 장가를 가겠지, 라는 막연하고 평범한 본보기에 그 아이를 끼워 맞춰놓고 있었을 뿐이다. 형님이나 돌아가신 부모님에 대해서도 나는 늘 그런 식이었다. 눈앞의 대상이 존재가 되는 게 아니라 존재로의 필요성에 의해 대상을 보았던 것이다. 나는 얼마간 괴로운 마음으로 주저앉아 있었다.

한참 만에야 자리에서 일어나 사무실을 빠져나오며, 문득 누군가 뒤에 있는 듯한 기분이 들어 한번 돌아보았지만 창밖에 흔들리는 나뭇가지들뿐이었다.

다음 날 아침 세면실에 갔던 아형이 호들갑스럽게 되돌아왔다.
"아저씨! 아저씨 가짜 동생이 쫓겨났어요! 여기 없다고요!"
"뭐?"
침대에 멍하니 누워 있던 나는 벌떡 일어나 뛰어내렸다.
"무슨 소리야? 쫓겨나다니?"
아형은 안됐다는 듯 고개를 흔들었고, 뒤편에 있던 닥터 박도 알 만하다는 듯 동정 어린 눈빛을 보냈다.
"그러길래 왜 밤중에 사무실을 들락거려요."
나는 깜짝 놀랐다. 사무실을 다녀온 것은 나였다. 이 기자가 아니었다.

나는 때로 네가 되고   189

"아저씨도 어제 사무실 다녀왔죠? 내가 다 알고 있지. 아저씨 동생도 어제 사무실에 다녀오다가 들켰다고 하던데……. 에휴, 데이트를 왜 그런데서 하는 거냐고요. 답답해, 답답해."

나는 망연히 의자에 주저앉았다.

"그런데 아저씨 정말로 스파이였어요? 동생은 당연히 쫓겨나겠지만 잘못하면 아저씨도 쫓겨나게 돼요."

그러고도 아이는 종알종알 무슨 말인가를 늘어놓았다. 나는 어제 그 사무실에서 돌아 나올 때 무언가 있는 듯한 기분이 들었던 것을 상기했다. 분명 이 기자도 그 자리에 있었던 것이다. 무엇 때문에 나에게까지 숨겼을까? 그리고 나보다 코카브에 기대를 걸고 있는 듯했던 그가 쫓겨난 이유는 무엇인지도 궁금해졌다.

프로그램 시간에 맞춰 1층에 내려가자 마침 오 알파가 기다리고 있었다.

"이강식 씨는 귀가 조치되셨어요."

그에게서는 델타라는 호칭을 박탈한 모양이었다. 나는 고개를 끄덕이기만 했다.

"점호 시간 이후 방에서 나오는 것은 규칙 위반인 데다가 이강식 씨는 사무실에 몰래 잠입하기까지 했지요. 그리고 직업이 신문기자였더군요. 직업에 차별을 두는 것은 아니지만 한밤에 신문사에 전화를 거는 것은 난처한 일입니다. 우리는 무엇보다도 보안을 중시하니까요."

그러면서 그녀는 내 눈을 깊이 들여다보고 있었다. 내가 사무실에 있었던 것도 분명 알고 있는 것이다. 나는 조심히 말했다.

"떳떳하다면 난처한 일도 아니지 않습니까?"

그녀가 고개를 흔들었다.

"그뿐만이 아닙니다. 이강식 씨는 이미 16T로부터 경계자로 지목되었어요. 또한 그가 스파이라는 징후는 이미 수차례 발견되고 있었지요. 신문사에 전화를 건 것도 여러 번이었고요. 우리는 의심을 품거나 조직에 해가 될 수 있는 사람을 안고 가지는 못합니다. 불안이란 바이러스와 같아서 금세 다른 이들에게 전이되는 법이니까요. 한형호 델타님도 명심해두세요. 우리는 어떤 영리를 목적으로 모인 사람들이 아니에요. 자신의 마음으로부터 스스로를 해방시키고 새로운 삶을 추구하게 하는 선의의 단체라고요. 아내분인 최은희 베타님도 그런 의미에서 이곳을 택했고, 델타님도 아내를 찾으려는 목적 외에도 궁극적으로 찾고 싶은 무언가가 있으실 거라고 생각합니다."

"영리를 목적하지 않는다는 것은 무엇으로 확신하죠? 그렇다면 이 조직을 이끄는 이유는 무엇입니까? 단지 사람들의 에너지가 필요해서라면 그 또한 눈에 보이지 않는 영리를 추구하는 것 아닌가요? 그 에너지를 활용하기 위해?"

내가 되묻자 그녀는 짧은 한숨을 내쉬었다.

"믿음이 없는 이들의 전형적인 말만 내뱉으시는군요. 베타님의 남편답지 않습니다. 다른 사람들 앞에서는 말을 삼가세요. 아직도 모르시는 겁니까? 우리는 사람들의 에너지를 필요로 하지만 그것은 누구를 위해서도 아니고 이 세계를 위해서입니다. 그것이 결국 우리 자신을 유익하게 한다 해서 영리 추구로 몰아붙인다면 어떤 영웅도 비난받지 않을 수 없겠군요."

그리고 그녀는 다시 미소를 얼굴에 그리며 말했다.

"부디 보다 자신에게 집중하세요. 혹자들이 말하는 사이비 종교니 음모니 하는 시각에 휩쓸리는 것은 어리석은 짓이에요. 그들은 아직도 진정한 우주의 비밀에 대해 코끼리의 다리를 만지는 정도밖에 안 되는 우매한 자들이니까요. 또한 엉킨 실타래를 풀고 어서 베타님을 만나야 하지 않겠어요?"

내가 머뭇거리는 사이 그녀는 또각또각 구두 굽 소리를 내며 돌아가버렸다. 두 눈이 달린 사람들 사이에 살다 문득 외눈박이 세계에라도 털썩 빠져버린 듯 머릿속이 혼란스러웠다.

터덜터덜 14T 회의실로 향하는데, 아형이가 어디선가 우당탕탕 뛰어왔다.

"아저씨! 아저씨도 쫓겨나는 거예요?"

그 눈빛 속에 뜻밖에도 초조함이 엿보였다.

"그럴 리가…… 내가 왜?"

그제야 아이의 얼굴이 밝아졌다. 내가 떠나게 될까 두려웠던 걸까?

"알파는 아저씨가 스파이라는 걸 아직 모르나 보구나. 내가 가서 일러버릴까 보다."

그러곤 다시 의기양양하게 나를 이끌고 회의실로 가는 것이었다. 아이의 뒷모습은 믿을 수 없을 만큼 앙상하다. 늘 활기가 넘쳐서 미처 깨닫지 못할 때도 있지만 퀭한 눈과 푹 꺼진 볼은 도무지 성장기 소년의 것으로 볼 수가 없다. 문득 나뭇가지 같은 팔과 다리에 백설기처럼 뽀얀 살을 덧입혀주고 싶다는 생각이 들었다. 부영게 살이 오른 통통한 아형이가 된다면 아마 지금보다 더 행복한 아이가 되지 않을까. 동현이가 떠나기 전 하염없이 야위었던 마음을 생각하며, 나는 진정으로 그렇게 바랐다.

그날 오후 프로그램이 끝날 무렵 베타는 우리에게 설문지 한 장을 나누어주었다. 나는 그것을 보고서야 위원장이 말하는 후속 조치라는 것의 진의를 조금은 알아차렸다. 더불어 이 기자가 추방된 이유도.

회원들의 믿음 정도를 테스트하는 항목 사이사이 개인적인 질문을 넣어두었는데, 기본적인 신상에 관한 정보로부터 현금과 부동산 등의 재산 현황까지 파악하는 것이었다. 가장 먼저 반발한 것은 역시 닥터 박이었다.

"베타님, 이상하군요. 이제까지 우리 코카브는 비영리를 추구해

왔습니다. 자발적인 기부 외에는 돈을 전혀 받지 않을 정도였지요. 이제 와서 개인의 재산을 파악하는 저의가 무엇인지 알고 싶군요."

그의 얼굴은 어두웠다. 자신이 믿고 있는 이상의 균열을 원치는 않을 것이었다. 다른 이들의 눈빛 또한 마찬가지였다. 그러나 베타는 당황치 않고 말했다.

"당연한 이야기입니다. 우리는 물론 비영리 단체입니다. 그러나 디데이 이후 가져오게 될 혼란을 미리 준비하는 것은 당연한 것이 아닙니까? 우리의 전체 수가 7만에 육박했습니다. 디데이 이후 10만, 100만이 되는 것은 당연한 수순이고, 이럴 때에 우리가 학회 초기 멤버로서의 입지를 다지고 후에 시간의 문의 독점권을 갖기 위해 준비하는 것은 꼭 필요한 일이 아닌가요."

"그럼, 그 독점권인가를 가지려면 돈을 내야 한단 말이에요?"

최 마담이 높은 톤으로 되물었다.

"돈을 지불한다는 의미로 받아들이시면 곤란해요. 우리의 공동 재산을 만들어 권리를 지키겠다는 것이죠."

베타가 말했다. 나는 지난밤의 이야기를 똑똑히 기억하고 있었다. 이는 분명 위원장의 지시일 것이다. 이것이 후속 조치인 것이다. 조직 와해를 우려한 이탈 방지 및 자산 축적.

아형이 투덜거리며 말했다.

"그럼 저같이 땡전 한 푼 없는 사람은 어쩌라는 거죠?"

"여러분, 우리는 물질적인 지불을 요구하는 것이 아닙니다. 다만 우리가 훗날 공동 재산권을 가져야 함을 말씀드리는 것뿐입니다. 그리고 이것은 그 사전 조사일 뿐이니 걱정하지 마세요. 또한 설사 일정한 기부를 받게 되더라도 그것은 순전히 자신의 한계 안에서 이지 그 선을 넘어서는 일은 없을 겁니다."

베타는 상냥한 얼굴로 말하고 있었다. 나는 문득 아내도 4T에서 그녀와 같은 역할을 할 것이라는 점을 떠올렸다. 그녀도 일종의 리더 그룹에 속해 있는 것이다. 그들은 그들 나름대로 이 학회의 결속을 위해 작은 의문 정도는 함구할 것이다. 그리고 그것이 세계를 위한 일이라고 믿을 것이다. 하얀 돌기가 솟아난 듯 혀끝이 까끌까끌했다. 하기는 그것이 아니라고 할 수도 없다. 다만 어떤 단체이든 꼭 몇몇의 사람들이 문제인 것이다. 자신의 욕망이 우선되는. 나는 이 기자가 전날 어떤 마음으로 신문사에 전화를 걸었을지 짐작이 갔다. 그는 항상 나보다 눈치가 빨랐고 사리 판단이 앞섰으므로 이런 사태를 예상한 것이다. 즉 코카브가 디데이라는 중요한 시점을 앞두고 이제까지와는 전혀 다른 전향이 시작되었다는 뜻이다. 처음에는 한 점의 곰팡이처럼 작은 일이나 곧 전체를 뒤덮을 위기가 될 수 있었다. 회의실에 흐르는 의구심을 베타가 모를 리 없었다. 그녀는 차분하지만 열정적인 목소리로 말했다.

"여러분, 늘 강조해왔지만 우리는 단순한 과학적 집회도 단순한 종교 단체도 아닙니다. 어쩌면 그 모든 것을 뛰어넘는 메시아적 단체가 될 수 있어요. 왜냐하면 우리는 인간의 내면에 주목하고 있고 그것을 치유하고 있으며, 시간의 문이라는 모든 갈등의 근원적인 열쇠를 쥐고 있으니까요."

그리고 간절한 눈으로 우리를 둘러보았다.

"더 많은 사람들을 구원할 수 있는 거예요."

방으로 돌아오면서 아형은 무슨 소린지 모르겠다고 혼잣말처럼 투덜거렸지만 거기에 대해서는 모두가 말을 아꼈다. 마음에 걸리는 부분이 있더라도 드러낼 수 없는 곳이 바로 여기였다. 모두들 그 점만은 분명히 인식하고 있었던 것이다. 설사 아형이라 하더라도 그것은 마찬가지였다. 그랬기에 더 이상은 그에 대해 말을 꺼내지 않았다. 다만 그때부터 교육 시간마다 묘하게 디데이 이후의 일에 대해 논하는 일은 잦았다. 베타 혼자만의 설명이긴 했으나 시간의 여행을 다녀온 후에도 우리 코카브는 하나의 단체로서 계속되어야 하며 포교에 더욱 노력을 기울여야 한다는 내용이었다.

15

세상과 단절된 채 시간은 흘러갔다. 학회에 대한 의구심과 별개로 코카브는 나에게 무엇보다 가까운 존재가 되어가고 있었다. 특히 그 후 자신의 이야기를 하게 된 미래라는 소녀는 수년 전 동생과

숨바꼭질을 하다 세탁기 속으로 숨어든 동생이 질식사하는 바람에 한동안 실어증에 시달렸고 그 후로는 부모가 자신을 미워한다고 믿고 있어 우리를 안타깝게 했다. 우리는 그것은 누구의 잘못도 아니라고 말했지만 스스로가 벗어나지 못하는 한 자책의 멍에란 쉽게 떨쳐낼 수 있는 것이 아니었다.

그리고 피할 수 없이 나의 차례가 되었고, 담담히 이야기를 고백했다. 나 정도면 평범하다고 생각했던 것과는 달리 이야기를 하다 보니 내가 그동안 삶의 진정한 모습을 잃고 있었음을 인정하지 않을 수 없었다. 모든 것이 끝난 후 텅 빈 회의실에 앉아 내가 진짜 바랐던 삶의 모습은 어떤 것이었는지 더듬어보았으나 도무지 추상적인 그림밖에는 떠오르지 않았다.

"14T 델타님들 빨리 와보세요!"

어느 저녁 식사 후 방 안에 모여 두런거리고 있을 때 다른 팀원인 누군가가 와서 우리 방문을 두드렸다.

"여자 세면실에서 14T의 델타와 19T 델타가 싸우고 있다고요."

제일 먼저 튀어나간 것은 아형이었다. 나는 아이를 쫓아 복도를 뛰다시피 따라갔다. 혹시라도 우리말이 서툰 라나가 엮이지는 않았을까 걱정스러운 마음 때문이었다. 사람들이 세면실 앞에 몰려 있었다.

"내가 어쨌다고 그래? 얼굴은 여기저기 뜯어고친 주제에 성질만 살아가지고!"

엊그제 새로 들어온 여자인데 보통 성깔이 아니라고 아형이 옆에서 수군거렸다. 사람들의 머리 사이로 얼굴이 잠깐 보였는데, 화려한 파마머리에 얼굴은 상대적으로 무섭게 마르고 기미가 양 볼을 뒤덮어 괴상한 느낌을 주는 여자였다. 그 맞은편에 서 있는 최 마담은 얼굴이 시뻘개져서 금방이라도 상대를 잡아챌 듯 위협적으로 씨근거리고 있었다.

"네가 방금 우리 미래한테 살인자라고 하질 않았느냐고!"

깜짝 놀라 살펴보니 과연 뒤편에 미래가 새파랗게 질린 얼굴로 서 있다. 라나는 바로 그 곁에서 아이를 끌어안듯 하고 있었다. 아형이가 여자에게로 달려든 것은 그때였다.

"어쩐지! 아줌마가 요 며칠 미래 괴롭힌 거죠? 그래서 미래가 그렇게 힘들어한 거야!"

아형은 공격적으로 얼굴을 들이밀고 있었다. 둘의 키가 엇비슷해 자칫 머리를 부딪칠 것 같았다. 내가 녀석을 잡아 여자에게서 한 걸음 떼어놓았다.

"아줌마는 뭐 좀 다른가? 흥. 내가 다 들었지. 아줌마 보통 아줌마 아니라던데. 뽕도 맞고 약도 팔고, 그러다 감옥 갈 뻔했다면서요? 부잣집 마나님이라면서 왜 그러셨대요?"

아형의 말에 사람들이 웅성웅성 여자를 훑어보았다.

"옳거니, 그래 놓고서 우리를 얕잡아봐? 그래 니년 남편이 판사면 뭐하고 검사면 뭐하니? 니가 그렇게 살았는데. 제 구린 건 생각 안 하고 나랑 라나를 아주 슬금슬금 욕뵈질 않나 미래를 괴롭히질 않나. 너 같은 것은 시간의 문이고 뭐고 열어줘서는 안 되고 코카브 회원으로 받아줘서도 안 돼!"

최 마담이 손가락질을 하며 한바탕 욕을 퍼부었고, 미래는 울상이 되어 아형의 소매 끝을 잡아당기고 있었다. 그러나 여자는 얼굴빛 하나 변하지 않은 채 음산하게 웃을 뿐이었다.

"아주 웃기고 자빠져들 있네. 그래 봤자 여기 모인 것들은 마이너들이야. 알아? 마이너들끼리 모여서 UFO가 오네 안 오네, 그래 UFO가 오면 뭐가 달라질 것 같은가? 어중이떠중이 모아서 집단 최면 하는 거지. 그런 여기보다는 차라리 뽕을 맞든 약을 먹든 하는 게 더 솔직하고 순수하다고. 원, 내가 속아서 여기까지 왔지, 오니 죄 미친 년놈들뿐인데. 그리고 내가 쟤한테 무슨 소릴 했다고 그래? 응? 그냥 궁금해서, 왜 세탁기 속에서 동생을 안 꺼내줬냐고 물어봤을 뿐이지. 제정신이면 꺼냈어야지, 왜 멍때리고 서 있었냐고."

내가 참지 못하고 나서려던 순간 날카로운 외침이 들려왔다. 알파였다.

"그만하세요! 여기가 어떤 곳인지, 이 사람들이 어떤 사람들인지 잘 알지 못하면서 함부로 말씀하시면 곤란합니다."

그녀의 도드라지게 창백해진 얼굴이 낯설게 느껴졌다. 뒤편에 늘어선 검은 양복을 입은 사내들 역시 마찬가지였다.

"알파님! 이 아줌마는 당장 내쫓아야 해요. 뭐 이런 정신 나간 아줌마를 회원으로 받았어요?"

아형이가 한 손으로는 미래를 붙잡고, 다른 한 손으로는 머리를 가리켜 손가락 하나를 빙빙 돌리고 있었다. 여자는 차갑게 웃었다.

"내가 누군 줄 알고…… 너희들 내가 남편한테 전화 한 번 하면 다 감옥행이야. 사이비들 같으니. 얼굴은 선풍기같이 붓고 외국에서 팔려 온 술집 여자에 정신 나간 아이들까지…… 아주 가관도 이런 가관이 없지."

여자의 독설이 끝나기 무섭게 최 마담이 깨진 바가지 하나를 그녀에게로 치켜들었다. 당장이라도 내리칠 듯한 기세였다. 사내들이 달려들어 최 마담을 붙잡았다. 아형과 미래도 저만치 떨어뜨리고, 가슴을 쭉 펴고 할 테면 해보라는 듯한 여자를 위협적으로 둘러쌌다.

"모두 자기 방으로 돌아가주세요. 이수나 씨는 사무실로 따로 오시고요."

하지만 누구도 자리에서 움직이는 이는 없었다. 크고 새하얀 타일이 늘어선 세면실의 오렌지 등불 밑에서 분노만큼이나 깊은 생채기를 붙들고 서로를 노려볼 뿐이었다.

알파가 묵은 먼지처럼 깊은 한숨을 내쉬고는 입을 뗐다.

"우리는 죄인도 아니고 정신 이상자도 아니에요. 우리는 그저 우리 자신의 삶에 솔직하고 싶은 사람일 뿐이며, 상처로 둘러싸인 이 세계의 일부일 뿐이에요. 그것은 누구의 탓도 아니지요. 고의로 상처를 만들려는 자는 없으니까요. 어쩌면 세상의 근원적인 문제는 바로 거기에 있는 게 아닙니까? 이 세계는 이해할 수 없는 불합리한 일들로 가득하니까요. 모든 것을 다 가졌다 해서 행복을 보장하지 않으며 모든 것을 내려놓았다고 해도 평화를 얻는다고 보장할 수는 없어요. 코카브는 그 어둠 속에 새로운 길 하나를 제시한 거예요. 과학이라는 진실과 외계 문명이라는 이름이죠. 이수나 씨 당신은 믿지 않지만 언젠가 모든 과학이 한 단계 진보했을 때 그를 통해 새로운 구원을 받을 수 있을걸요."

여자는 입꼬리를 한쪽으로 말아 올렸다.

"우습군요. 어쩌다 친구한테 꾀여서 여기에 오게 됐지만 어처구니가 없을 뿐이에요. 아니 대체 시간의 문과 인간의 행복이 무슨 관계란 거죠? 시간을 되돌린다 해서 그래, 가족보다는 돈과 환락밖에 몰랐던 늙은 내 아버지의 인생을 바꿀 수 있나요? 아니면 명예밖에 모르는 저 냉정한 남편을 개조할 수 있나요? 그것도 아니면 꿈도 이상도 없이 뭐가 인생인지도 모르는 나를 사람답게 만들 수 있나요? 도대체 무엇을 바꿀 수 있다는 건지 난 알 수가 없군요. 당신들 말대로 모든 것을 가졌다 해서 행복한 건 아니죠. 그러니 당신들이 시간의 문을 독점하려는 것도 결국 무의미한 짓이라고요."

알파가 고개를 흔들었다.

"시간의 문을 찾는다는 것은 물질적인 향유를 위한 것이 아닙니다. 그리고 당신 말대로 모든 것을 되돌릴 수 있는 만능 열쇠는 아니지요. 다만 우리는 과거에 사는 존재가 아니고 현재와 미래를 살고 살아가야 할 존재들임을 전제했을 때 그 과거의 해결점이 우리의 미래를 바꿀 수 있다는 것을 믿는 것이에요. 우주의 에너지는 전체적으로는 하나의 실타래처럼 촘촘히 엮여 있어요. 우리 역시 마찬가지이지요. 작은 나비의 날갯짓이 태풍을 불러올 수 있다는 가정처럼 과거의 여행을 통해 우리는 많은 것을 바꾸어나갈 수 있어요. 누구의 힘도 아닌 바로 자기 자신의 힘으로."

알파가 잠시 숨을 몰아쉰 후 다시 말을 이었다.

"코카브는 그것을 돕는 곳이에요. 그러나 물론 개인의 의지와 믿음이 없다면 어쩔 수 없는 것이겠죠. 자, 말해봐요. 당신은 스스로 행복해질 수 있나요? 아니, 이 세계가 상처 받은 연약한 한 개인이 스스로 행복해질 수 있을 만한 공기나 자양분을 제공해주던가요?"

여자는 매섭게 치켜뜬 눈을 내리지 않으면서도 쉬 대답을 하지 못했다.

"다른 분들에게도 묻겠어요. 이곳에 온 것이 다른 이에게 상처를 만들기 위해서인가요? 또 다른 악순환을 만들기 위해? 시간의 문은 물론 누구에게나 열려 있는 것이고 누구에게나 자격이 있어요. 다만 그에 대한 의지는 순수하게 개인의 몫이겠지요. 그러니 떠나는 사람을 우리는 붙잡지 않아요……."

알파는 말을 마치며 손을 휘휘 저었다. 사내들이 모두를 해산시

키기 위해 분주히 움직였다. 여자가 그들과 함께 사무실 쪽으로 끌려가다시피 한 것을 보고 난 뒤에야 나는 최 마담과 미래, 아형을 데리고 세면실을 빠져나왔다.

"놓으세요. 저 아줌마한테 할 말이 더 있단 말예요."

"나도 할 말이 더 있어. 저런 쌍것을……."

나는 그들을 붙든 채 처음으로 엄격한 얼굴을 했다.

"알파의 말 못 들었나요? 우리가 여기에 모인 게 서로에게 상처를 주기 위해서인가요? 그래요?"

그래도 둘은 분이 가시지 않은 얼굴이었다.

"제가 여기 와서 느낀 건 누구 하나 빠짐없이, 참 퍽도 공평히 모두 자신만의 상처가 있다는 것이었어요. 그 상처가 어떤 방식으로 쌓이고 표출되는가는 각자의 성향에 따른 문제겠지만 상처 받지 않고 행복해지고 싶은 것은 모두가 같단 말입니다. 그러니 제발 이러지 마요. 나중에 세계 속에 섞여 한 점의 인간으로 똑같이 상처를 주고받을 날도 있게 되겠지만, 코카브를 선택했다고 그렇게 자신한다면, 시간의 문을 찾아 행복해지고 말겠다고 다짐했다면, 여기서만은 그러지 말자고요."

여자들을 방에 데려다주고 돌아오며 아형에게 나는 또 말했다.

"난 말이야, 이제껏 살아오면서 의도하지 않게 누군가에게 상처를 주었단 것이 못내 안타까워. 그것이 상처란 것을 알았다면, 아니 그 상처가 얼마나 오래 갈지 알았더라면 좀 더 내 자신을 돌아보았겠지. 아형이는 같은 실수를 하지 않았으면 해. 그 대상이 누구일지라도 말이야."

나는 고개를 돌리지 않고 앞만 보며 말하고 있었으나 아형이가 내 옆얼굴을 천천히 들여다보고 있음을 느낄 수 있었다. 아이는 끝내 아무 말도 하지 않았다.

미래가 우리 방에 찾아온 것은 그날 밤이었다. 내내 기운 없이 누워 있던 아형이가 뛰어나가 소녀를 반겼고, 어르신과 닥터 박은 저녁 때 사건을 전해 들었기 때문에 걱정스러운 눈빛을 했다.

"저······."

"뭐? 뭐든 말해봐."

아형이 호들갑을 떨며 미래를 의자에 앉혔다. 그러나 아이는 뜻밖에도 나를 보고 있었다.

"아저씨······ 이거."

아이의 손에 들린 것은 편지였다.

"이게 뭐야? 이걸 왜 아저씨 주는 건데?"

아형은 괜스레 가자미눈을 하고 나를 노려보았다.

"미래야, 이게 뭐니? 날 주는 거니?"

나는 미래에게 가까이 다가가 최대한 다정한 목소리로 물었다. 마음이 불편하면 말을 하지 못하는 아이였다.

"동현이 아빠시죠?"

나는 깜짝 놀라 아이의 얼굴을 빤히 보았다. 이 아이가 어떻게 동현이를 안단 말인가?

"……초등학교 때 동현이랑 같은 반이었어요. 이곳에 와서 동현이네 엄마를 만났는데, 저를 알아보시더라고요. 그리고 아주머니가 아저씨를 가리키며 동현이 아빠라고 알려주셨어요."

"동현이 엄마가" 하고서 나는 잠깐 말을 끊었다. 동현이 엄마라는 지칭은 언제나 나를 힘들게 한다.

"아주머니가 나를 봤단 말이니?"

미래가 고개를 끄덕였다. 팀원들의 동정 어린 눈빛이 쏟아지는 듯했다. 나를 봤는데도 그냥 지나쳐 간 것이다. 이곳의 원칙이라고는 하지만 나를 냉랭히 대하는 태도임이 분명했다.

"그랬구나, 나를 봤구나."

모래라도 씹은 듯 입안이 텁텁했다.

"그런데요, 이걸……."

아이는 다시 편지를 내밀며 말했다.

"아까 저를 찾아오셔서 이 편지를 아저씨에게 전해달라고 하셨어요. 그래서 직접 드리지 않으시냐고 했더니 아직은 때가 아니라고만……. 하지만 얼굴을 보니 아저씨를 만나고 싶어 하시는 것은 분명했어요."

나는 편지를 건네받으며 무릎을 살짝 굽혀 아이의 머리를 쓰다듬었다. 아마 아이는 나를 위로하고 싶었을 것이다.

"고마워, 이렇게 전해줘서."

아이가 얼굴을 붉혔다.

"뭐야, 그런 거면 나를 시키지, 뭘 직접 아저씨를 만나고그래."

아형이가 우리 둘 사이를 가로지르며 소란스럽게 말했다. 덕분에 억지로라도 웃을 수 있으니 고맙다면 고마운 일이었다.

"참…… 우리 동현이랑은 친했니?"

아이가 고개를 끄덕였다.

"동현이네 집에도 자주 갔었는걸요."

"우리 집에?"

동현이의 친구들을 한 번도 본 적이 없다. 늘 이른 출근과 밤늦은 퇴근, 주말은 대부분 낮잠을 자거나 직장 동호회에서 등산을 갔다. 동현이가 어릴 때는 꽤 여행을 다니기도 했는데, 어느 때인가부터 그렇게 되었다.

"동현이…… 학교생활은 어땠니? 아주머니 말로는 조금 외로웠다고 하는데."

우리 집에도 놀러 왔을 정도라면 꽤 친했을 것이다. 나는 그것이 아내의 무서운 상상은 그저 억측일 뿐이란 것을 입증해준다고 확신했다.

"실은 동현이가 좀 눈물이 많아서요."

"눈물이 많아?"

어릴 때밖엔 우는 걸 본 적이 없다.

"우리 반 애들이 많이 짓궂었어요. 동현이처럼 여린 아이를 괴롭히는 걸 좋아하고. 또 동현이는 학교에 부모님이 한 번도 오지 않았잖아요. 학교에는 엄마들 모임과 함께하는 아이들 무리가 있는데, 그중 하나가 유난히 동현이를 싫어했어요. 가뜩이나 풀 죽어 있던 동현이는 자주 울었죠. 놀이 때마다 동현이를 따돌렸거든요. 저라도 놀아주고 싶었는데…… 저도 나중엔 그 아이들 눈치가 보여서…….”

미래는 금방이라도 눈물이 떨어질 듯한 붉은 눈으로 나를 올려다보았다.

잠시였지만 쩡하고 뭔가가 머릿속을 가르고 지나간 것 같았다. 아내의 추측이 맞았던 것이다. 그런 동현이의 상황을 나는 전혀 몰랐다. 심지어 지금까지도. 우리는 왜 한 번도 묻지 않았을까. 힘들지는 않으냐고, 혹 어려운 일은 없느냐고.

아이는 그 오토바이를 피하지 않은 것이다.

"아저씨, 정말 죄송해요. 저라도 동현일 지켜줬어야 했는데……. 왜 자꾸 제 주위엔 이런 일들만 일어날까요. 제가…… 나쁜 애인 것 같아요.”

아이는 훌쩍이고 있었다. 침묵이 자신을 질책하는 듯 느껴졌던 모양이다.

"……괜찮아, 미래야. 네 잘못이 아니야. 아빠인 내 잘못이지.”

뒤편에 앉아 있던 닥터 박이 안타까운 목소리로 말했다.

"형호 씨 잘못도 아니에요. 그건 그냥…… 운이 나빴던 거예요."
나는 고개를 흔들었다.

"운이 나빴다고요? 아뇨. 그런 게 아니에요. 모든 것은 필연적인 과정과 시간에 의해 최종적인 결론이 도출되는 거예요. 저희 부부는 말이죠, 아니 저는 말이죠, 휴가 한번 쓰지 않았어요. 상사의 눈치를 살피고 승진 순번을 따지고 연봉 인상을 신경 쓰는 사이 늘 휴가철은 지나가고 말았거든요. 아이의 학교 한번 찾아가는 것도 왜 그리 힘든지, 한밤에도 상사의 부름에는 달려나가는 주제에 아이에게는 학교생활이 어떤지 제대로 물어본 적도 없어요. 하지 못한 게 아니라 하지 않은 거예요. 운이 나쁜 게 아니라 그렇게 만들어버린 거라고요. 그런데도 제가 잘못한 게 없나요?"

양 볼이 뜨겁다고 생각했다. 열이 오르는 것처럼 머리도 뜨거워졌다. 울고 있었던 것이다.

"아들이 죽은 후 나는 생각했어요. 산 사람은 살아야 한다고. 다른 것도 아니고 사고로 죽었으니 어찌할 수가 없다고. 마음 한편엔 신이 그렇게 만들어버렸으니 나도 모르겠다고 오기를 부리는 마음도 있었어요. 그렇게 4년을 지내면서 나 외의 누구에게도 관심을 두지 않았고 오직 제 숨만 쉬어나가는 것에 골몰했던 거예요. 제가 뭘 한 거죠? 어떻게 살고 있던 거죠?"

불에 달군 꼬챙이로라도 찌르는 듯 가슴에 통증이 어렸다. 모두의 비극적인 침묵 때문에 더욱 그랬다. 그때 아형이가 갑자기 내 손을 잡았다.

"아저씨…… 그래도 동현이는 아저씨가 아빠라서 행복했을 거예요. 저는 아빠라는 게 뭔지 잘 모르지만, 그래도 그것만은 확실히 알 수 있어요."

아이의 눈은 믿을 수 없이 맑았다. 나는 아이의 손을 한 번 되잡아준 후 방을 나왔다. 어두운 복도는 낮의 소동을 모른 채 고요했다. 혼자라는 것이 섬찟해 얼마간 찾지 않았던 휴게소로 향했다. 바보 같은 말들을 쏟아냈다는 생각에 부끄러웠던 것이다. 그리고 그 말 속에 숨어 있는 나의 실상이 참담하게 느껴졌다. 그나마 얼굴의 열기가 식혀진 것은 아형의 단순하지만 명료한 위로 덕분이었다. 동현이는 정말 내 아들인 것이 행복했을까. 차라리 미래에게서 동현의 일에 대해 듣지 못한 편이 나았을지 모른다. 아내의 추측이 망상일 뿐이라고 치부하고 마음 한구석에 구겨놓을 수 있었을 테니. 하지만 이제는 그럴 수 없다. 아마도 나는 끊임없이 동현이의 고통을 상기하게 될 것이다.

작은 조명등 사이로 날벌레들이 분주히 나는 것을 내내 바라보았다. 바람도 매미 소리도 없는 밤이었기 때문에 그 바스락거리는 소리가 몇 배로 증폭되어 들렸다. 얼마나 시간이 흘렀을까. 이제는 편지를 읽을 수밖에 없다, 하고 생각했다. 이곳, 강릉의 한 산골짜기에 들어와 코카브 회원이 되기까지의 모든 과정이 그러했듯 피할 수만은 없는 것이다. 그러나 막상 편지를 펼쳐보자 그것은 아내의 필체가 아니었다. 사라졌던 미란의 편지였던 것이다.

은희야, 그래, 유일하게 친구라 부를 수 있을, 내 친구 은희야. 오랫동안 널 보지 못했구나…….

너는 아마도 그때 내게 퍼부은 말 때문에 나를 피하는 것이라고 생각하지만 나는 네게 변명의 여지조차 없음이 안타까워.

너도 알고 있지? 나는 그날 그저 동현이를 보고 싶었고, 그래서 아이스크림을 몇 개 사주었을 뿐이야. 결과적으로는 아이가 사고를 당했고, 그것이 내 탓이 아니라고는 못하겠지만…… 난 한 번도 네 행복을 탐하지 않았다는 것을 믿어줘.

언젠가 너와 함께 종로 거리를 거닐 때 불쑥 손을 내밀던 할아버지 기억하니?

꾀죄죄한 행색에 고약한 냄새까지 풍겼지만 지금 생각해보니 그 할아버지 기막히게 내 운명을 알아맞힌 것 같아.

"평생 그림자로 살겠네. 그러다 어둠에게 집어삼켜져버릴지도 몰라. 조심해."

내색하지는 않았지만 나는 얼마나 놀라고 무서웠던지.

그래, 한 번쯤은 나도 상상해본 적이 있어. 어두운 산길에서 만났던 다정한 중년의 부부가 네가 아닌 나를 입양했다면 우리의 운명이 달라졌을까? 하고.

그때 그 부부에게 길을 가르쳐주었던 것은 나였어. 하지만 너는 너를 나로 착각하는 것에 대해 아무런 설명도 하지 않았지. 그때 얼마나 내가 손을 들고 싶었는지 너는 모를 거야.

당신들이 찾는 그 아이는 나예요. 나라고요. 나를 데려가세요…….

하지만 그들은 너의 부모가 되었고, 이야기는 비밀로 남았지.

……그래도 솔직히 말하건대, 행복한 너를 보는 것이 좋았어. 우리는 행복해지지 못할 것이라고 말하던 내 예상을 빗나갈 수 있었으니까. 하지만 노인의 말대로 그 시선이 그림자와 같은 것이 아니라고는 말할 수 없을 것 같아. 내 생이 고통스러울수록 너에 대한 집착도 더해졌으니까. 그토록 다정하고 현명한 그를 만난 후에도 말이야.

그는 늘 내게는 우울증 기질이나 신경쇠약이 있다고 말해왔지. 너도 알다시피 그는 꽤 인정받는 의사이니 그의 말이 맞을 거야.

하지만 내 깊은 슬픔은 약물로는 치료될 수 없는 것인 듯해. 종국엔 너의 행복까지도 비탄에 잠기게 하고 만 나 자신을 용서할 수 없으니까.

오늘 나는 처음으로 내 운명을 선택하고자 해. 한 번쯤은 그래도 되겠지?

조금은 울어주길 바라지만 계속해 울지는 마. 네가 그러면 싫을 것 같아. 왜냐하면 네가 울면 나도 꼭 울고 말았으니까.

그런데 말이야, 헨젤과 그레텔은…… 그 뒤로 줄곧 행복했을까? 끔찍했던 그 기억을 잊을 수 있었을까? 난 가끔 궁금해져.
 바람이 불고 있어. 큰비가 올 것 같아.
 은희야, 안녕…….

— 미란

 수천 마리쯤 되는 개미들이 머릿속에 굴을 파놓은 듯했다. 이쪽에는 개미 알, 저쪽에는 애벌레, 그쪽에는 먹이들이 모여 있는 식이었다. 그러나 그 모든 굴은 종국에는 하나로 연결되어 입구도 출구도 같았다. 아내의 뒤틀려버린 영혼의 기착점을 찾아냈던 것이다. 그녀의 머릿속도 아마 지금의 나와 같지 않았을까……. 두부처럼 말랑한 뇌 속을 줄기차게 관통하는 한 가닥의 집착. 그것은 아마도 친구의 운명을 가로챘다는 죄책감과 그만큼 맹렬히 원하는 평화로운 가정이라는 이상향이었던 것이다. 그런 그녀였기에 기억을 잃은 척했을 것이며, 그럼에도 불구하고 미란이란 친구를 놓지 못했을 것이며, 그랬기 때문에 동현이란 존재가 갖는 의미는 삶 그 자체였을 것이며, 그 후에도 아내라는 제 역할에만은 충실했던 것이다.
 무중력 상태의 달 위를 걷듯 세계의 중심이 흩어졌다. 나는 물론 아내의 남편으로서 지난 14년을 살아왔다. 그러나 실상은 타인 이외 아무도 아니었다. 그것은 아내의 의도였을까, 나의 배척이었을까. 모든 것이 혼란스러웠다. 다만 한 가지 분명한 사실은, 생물학적 나이에 관계없이 영혼의 나이테가 있다면 아내의 나이테는 여섯 살, 그 불행했던 보육원에 멈춰 있었다는 것이다. 내가 나만을 아는 제멋대로의 열여덟 소년으로 멈추어 있듯이. 그리고 아내는 이 편지 한 통으로 내게 그 모든 진실을 전한 것이다. 어쩌면 그녀로서는 처음이자 마지막으로 안간힘을 다해 짜낸 용기일 것이었다. 그 사실을 누구보다도 내 자신이 가장 잘 알고 있었다. 나를 향한 목소리였기 때문이다.

밤이 새도록 휴게소의 낡은 소파에 몸을 기대고 누워 있었다. 차라리 아침이 밝지 않기를 바랐다. 그러나 나는 눈을 꼬박 뜬 채로 태양이 다시 떠오르는 것을 지켜보아야 했다. 태양은 너무 적나라한 빛을 가지고 있어 간혹 가슴 깊은 곳을 다치게 된다. 그래도 눈을 감을 수는 없었다. 눈을 감는다면 모든 것이 꼭 그대로 끝나버릴 것 같아서.

"여기 있었군. 아형이 말이 맞았어."

꿈결처럼 나직한 목소리가 들렸다. 어르신이었다.

"······어르신이 어떻게."

일어서려는 나를 그가 다정한 손길로 눌러 앉혔다.

"자네가 돌아오지 않아 우리도 밤을 샜다네."

하얀 수염이 까칠한 얼굴은 피곤해 보였다.

"저는······."

"알고 있네. 말하지 않아도······."

그리고 노인은 선량한 눈으로 미소 지었다. 환상처럼 이제 막 눈부시게 떠오른 햇살이 그와 나 사이에 투명한 웅덩이를 만들고 있었다. 나는 그저 눈을 끔뻑거렸다. 울고 싶지는 않았다.

"나도 이 세계에 대해서는 잘 모르지만 적어도 완벽한 부모는 없어. 누군들 완벽한 사람이 있던가. 완벽한 사람이 없으니 완벽한 부모도 없지. 완벽한 부부란 건 더 있을 수 없다고 생각해. 서로 조금씩 완벽해지기 위해 노력하지만 혀가 팔꿈치에 닿을 수 없듯 서로가 서로를 완전히 이해한다는 것은 불가능한 거야. 단지 서로 익숙해질 수는 있어도 말이야. 그렇게 한 고비 넘기고 나면 또 다른 고비가 나타나고, 꼭 두더지 게임처럼 불쑥불쑥 나타나는 인생의 문제들 속을 헤쳐 가는 게 인생살이가 아닌가 하네. 그런 과정에서 자네 아들이 먼저 떠난 것은 참으로 가슴이 아프지만 어쩌겠나. 자네 말대로 산 사람은 살아가는 것이 의무이고 그 몫이야. 그렇지 않으면 죽은 사람도 억울하지 않겠나? 이제 그만 아들을 놓아주게.

사실 나는 UFO를 대단히 기대하며 여기에 온 것은 아니야. 물론 시간의 문이 열려 모든 것을 되돌릴 수 있다면 행복하겠지만 지금은 그저 여기에 모여 서로 주거니 받거니 하며 보듬는 것도 감사하다네. 사실상 그런 과정을 통해 실제로 할멈을 만났다고 생각할 때도 있어. 라나의 이야기가 곧 할멈이고 자네가 곧 아들이고……. 이제 자네도 마음을 좀 풀어놓고 스스로를 용서했으면 하네. 다 실수투성이인 채로 살다가 또 어느 순간 떠나는 거지. 미워하고 사랑하고. 인생 뭐 별게 있겠나. 서로들 그렇게 살고 그렇게 이해해주는 거지."

그의 목소리는 마치 색깔을 가지고 있는 듯했다. 잔잔한 안개처럼 짙푸른 빛깔. 그 목소리가 햇살을 가르며 아침을 만들고 있었다. 아내를 만난다면 꼭 그의 말대로, 다 괜찮아, 괜찮고 말고, 하며 손잡아 줄 수 있을 듯한 묘한 평화로움. 그러나 내게 그 평화를 가질 자격이 있는지 여전히 자신이 없었다.

"이제 곧 여행을 떠나게 될 거야. 시간의 문과는 별개로 우리가 직접 떠나는 과거로의 여행이지. 준비해두는 게 좋을 거야."

그가 바짝 마른 고구마처럼 물기 없는 손으로 지그시 어깨를 토닥이며 말하고 있었다.

VI

이유 같은 걸 따질 이유는 없는 일

행복이라는 건 무얼까. 안개처럼 뿌옇고 연기처럼 덧없는 것? 동현은 내 세계의 중심이었다. 무엇으로도 충족될 수 없던 목마른 행복을 채워줄 수 있는 유일한 단서. 그러나 끝내 마녀는 그레텔을 뒤쫓아 왔고, 다시금 혼자가 되었던 것이다.

산다는 것은 물론 행복하기 위한 것만은 아니다. 그러므로 나 역시 행복하지 않은 채로도 여전히 살아갈 수 있었다. 그러나 중심을 잃어버린 세계란 균형을 잡기가 여간 어렵지 않다. 무엇을 해도 맛이 없고 즐겁지 않고 재미있지 않으며 심지어 평화로움마저 의심스러울 뿐이다. 도무지 다시 시작할 수가 없는 것이다.

그의 말대로…….

한 세계를 버리고, 새로운 세계를 만나야 한다.

별들의 노래. 코카브.

— 아내의 일기 중

16

그날로부터 보이지 않게 많은 것이 변했다. 나는 말수는 다소 줄었지만 그만큼 혼란의 상념도 줄었고, 미래는 종종 밝은 얼굴로 방을 찾았다. 최 마담과 라나는 가끔 우리를 위해 노래를 불러주기도 했고, 닥터 박은 의료 팀의 일원으로 진료를 봐주는 일도 있었다. 그렇게 코카브에서의 2주가 흘렀다. 2주가 아니라 2년처럼 느껴지는 긴 시간이었다. 왜 그렇게 하루가 길고 깊었는지 알 수 없다. 회사의 일도, 아내의 일도, 심지어 동현의 일마저 까마득한 세계의 일처럼 느껴지는 때가 있었다. 낯선 세계가 주는 기묘한 자아의 함몰이었다.

그리고 마침내 우리 14T의 여행이 시작되었다.

그것은 아웃트라인이 잡혀 있지 않은 무계획 여행이었고, 팀원 각 개인별로 코카브의 감마들과 함께 떠나는 것이었다.

"어, 정말 우리만 떠나는 거예요?"

여행의 첫날 아침 텅 빈 광장에서 기다리고 있는 일곱 대의 차를 바라보며 아형이 두리번거렸다.

"각 팀별로 다른 날짜, 다른 시간에 출발한다잖아."

닥터 박이 말했다.

"왠지 기분이 이상하네."

최 마담이 중얼거릴 때 알파가 저만치에서 걸어 나왔다.

"드디어 여러분들에게 가장 중요한 여행을 떠나시는군요."

그녀의 얼굴은 해쓱했다. 다가올 디데이를 위해 준비하는 것이 많다고 했다.

"조심히들 다녀오세요."

여전히 텅 빈 듯 고요하고 거대한 코카브 건물을 떠나는데, 단 한 명 알파의 배웅만을 받는다는 것이 이상했지만 그것이 또한 코카브다운 일이었다. 우리는 각자에게 짧은 인사를 건네고 차에 올랐다. 처음 보는 남자와 여자 감마가 나를 기다리고 있었다.

"어디로 갈까요?"

운전대를 잡고 있는 남자가 물었다.

"어디로 가냐니요?"

"델타님의 기억을 더듬으셔서 꼭 가봐야 할 곳을 생각하셔야 해요."

여자도 거들었다. 30대 초반 가량의 이들이었다.

"너무 고민하지 마시고요. 그저 생각나는 곳, 아무 곳이나 말씀하세요. 꼭 한 번 가보고 싶었던 곳이나 의미 있는 곳. 혹은 오래전 살았던 동네 같은 곳도 괜찮겠죠."

어디를 가야 할까, 나는 잠시 생각에 잠겼다. 그러는 사이 다른 차들은 하나둘씩 떠나고 있었다. 아형은 어디로 떠났을까?

"아들이 다니던 학교에 가보고 싶어요. 은화초등학교라고. 여기선 꽤 멀지만…… 가능할까요?"

불쑥 그곳에 가보고 싶어진다. 실은 한 번도 가보지 않았다. 초등학교 입학식 날마저도 나는 사무실에 있었다.

"좋아요. 멀고 가깝고는 상관없으니 앞으로 생각나는 곳은 얼마든지 말씀하세요."

여자는 웃으며 말했다. 긴 생머리를 하나로 묶은 모습이 싱그러웠다.

차는 부드럽게 나아가 벌써 코카브 건물을 빠져나가고 있었다. 우리가 올라왔던 언덕길은 뒷문이었던 모양이다. 쇠로 된 커다란 철문이 반대쪽에 자리 잡고 있었다. 아내는 이 여행에서 어디를 찾았을까. 보육원을 갔었던 행적을 빼고는 짐작이 되지 않았다.

"두 분은 여기서 일하시는 분들인가요?"

내가 묻자 여자가 밝은 얼굴로 돌아보며 대꾸했다.

"아니요. 우리도 델타님과 똑같이 UFO를 기다리는 회원이자 수행자예요. 저희는 이미 프로그램과 여행을 마치고 코카브를 위해 봉사 중이지요."

"그럼 프로그램이 끝나면 다들 그렇게 머무는 것인가요?"

"대부분 그렇죠. 디데이가 얼마 남지 않기도 했고요."

나는 아내도 누군가와 동행을 하지 않았을까, 막연히 생각하며 다시 한 번 코카브를 돌아보았다. 멀어지는 건물의 이마가 햇살에 비쳐 반짝하고 빛났다.

강원도는 꽤나 먼 거리였고, 우리는 오후가 되어서야 학교에 도착할 수 있었다. 그사이 몇 번 머무른 휴게소에서 나는 그들의 이름이 광욱, 나영이라는 것과 둘 다 부드럽고 차분한 성격을 가지고 있음을 알게 되었다. 보험 회사와 대학원에 다닌다는 둘은 감마다운 친화력과 직업적인 사교술을 지니고 있었는데, 덕분에 여행하는 데 있어 어색함이 없다는 것은 특히 내게 다행스러운 일이었다.

"다 왔습니다."

광욱이 말하며 차를 세웠다.

방학을 한 학교는 이미 텅 비어 있다. 차에서 내려 고요한 운동장을 한참 바라보았다. 그곳 어딘가에서 아들이 뛰어다니고 혹은 싸우거나 웃거나 울거나 했을 것이다. 가슴이 아려왔다. 천천히 걸어

학교 건물로 다가갔다. 둘은 말없이 내 뒤를 따를 뿐이었으므로 아마도 내 이야기를 알고 있을 것이란 생각이 들었다.

"여기가 아들이 다니던 학교예요. 처음 와보네요."

나는 애써 웃으며 말했지만 둘은 무겁게 고개를 끄덕일 뿐이다.

건물의 양편 문은 잠겨 있었다. 조금 더 둘러보니 다행히 본관의 뒷문이 열려 있다. 당직 교사를 위해 열어둔 모양이었다.

4학년 교실은 3층이었다. 우리는 죽은 갈치처럼 차갑고 딱딱한 잿빛 계단을 말없이 올랐다. 아들이 죽은 후 짐을 가지러 가야 한다고 아내가 말했지만 나는 거절했었다. 나로선 그것이 괴로울 것 같아 그랬던 것이었으나 아내는 아마도 내 몫의 두려움과 슬픔까지 함께 짊어지고 이 길을 걸어야 했을 것이다. 발걸음이 더욱 무거워졌다.

아들의 교실, 4학년 3반 앞에서 우리는 멈춰 섰다. 무려 4년이나 지난 흔적이다. 이곳에 아들의 무언가가 남아 있을 리 없다고 생각하면서도 어쩐지 가슴이 뛰었다. 만약 혼자였다면 설명할 수 없는 기분에 이내 도망쳐버렸을지도 모른다. 광욱이 문을 밀었다.

교실로 들어서자 한여름 밀폐된 성당처럼 고요하고 서늘하다. 나는 천천히 걸어 교실 뒤편 사물함들을 살펴본 후 아이들이 그려 걸어놓은 그림들도 하나씩 보았다. 동현이의 것이 있을 리 없는 줄 알면서도 그 모든 것이 동현이가 그린 듯 애틋하게 느껴졌다.

"4학년이면 꽤 큰 애들같이 느껴지는데, 책상이랑 의자 봐요. 참 조그마해요."

나영이 책상에 걸터앉으며 말했다. 즐거운 얼굴이었다. 나는 문득 궁금해졌다. 그들에게는 이 공간이 어떤 의미가 될까?

"두 분이 지루하시겠네요. 남의 추억 같은 거, 재미없잖아요."

내 말에 그녀는 야무지게 고개를 흔들었다.

"아니요. 생각보다 좋아요. 저도 저랑 같이 떠났던 감마나 베타들에게 그런 생각했었거든요. 내 추억이 아니면 남의 추억이야 참 의미 없는 것일 텐데, 하고요. 그런데 그게 아니더라고요. 전에도 한 번 감마로서 동행을 했는데, 다른 사람의 인생 속에 들어가보는 것이 제 인생도 한 번 더 돌아보게 한달까요. 그 사람에 대한 이해도 더해주고요. 그래서 지금도 그래요. 한 번도 만난 적 없고, 저의 추억도 아니지만…… 이곳에서 저 역시 동현이를 느낄 수 있거든요."

광욱 역시 공감한다는 듯 고개를 끄덕였다.

나는 비로소 그들의 존재로부터 자유로워져 편안한 마음으로 책상을 하나하나 쓸어보았다. 아이들의 수많은 손길로 길들여진 책상들이 유난히 따뜻하게 느껴졌다. 그러다 손끝에 걸리는 깊은 낙서에 고개를 숙여 본다. 아이들이 늘 그렇듯 여기저기 파이고 볼펜이나 크레파스로 잔뜩 더러워진 책상이었다. 나는 손에 걸렸던 흔적을 더듬어보았다.

파워레인저 파워 짱

꽤 오래전 샤프펜슬 끝으로 새겨 넣은 듯 희미했지만 '짱'이란 글씨만큼은 두껍고 깊이 새겨져 있어 선명했다. 나는 한참 그것을 바라보았다. 아들이 어린 시절 파워레인저를 유독 좋아했을 뿐 아니라 기분이 좋을 때면 '파워 짱'이란 말을 자주 했었기 때문이다. 문득 시야를 가리고 있던 안개가 스러지고 아이의 목소리가 가깝게 느껴졌다.

이렇게 덥고 맑은 날이었던가. 아이는 내게 장난감 칼을 휘두르며 신이 났다. 덤벼라, 덤벼 외치며 뛰다가는 곧 주저앉아 웃고 다시 또 뛰고, 샘솟는 에너지가 팽팽하게 아이를 당기며 자꾸만 움직이게 만들고 있었다. 그러다 어디엔가 걸려 넘어진 아이가 곧 와앙 하고 울음을 터트린다. 방금까지만 해도 아빠 괴물을 향해 호기롭게 덤벼들던 사내아이는 사라지고 이내 아이처럼 엄마에게 매달려 울고 마는 것이다. 누가 그랬어, 엄마의 자못 진지한 질문에 아이는 거실 모퉁이 한편을 가리키고 엄마는 아이를 위해 거실 바닥을 혼내는 우스꽝스러움을 마다하지 않는다. 바람이 불어오고 선반 위의 물고기들이 빼끔거리는 평화로운 오후였다. 내가 아이에게 다가가 말한다. 동현이는 뭐라고 했지? 동현이 파워는? 아이가 울음을 그치고 눈물이 번진 눈을 반짝이며 대답한다. 파워 짱. 그렇지, 우리 아들은 파워 짱이지. 아빠는 방귀 짱, 엄마는 요리 짱. 언제 울

이유 같은 걸 따질 이유는 없는 일 225

었냐는 듯 와하하 아이가 웃는다. 맑은 물에 떨어뜨린 물감 한 방울이 퍼지듯 아이의 웃음소리가 집 안 전체로 퍼져나갔다.

"왜요, 뭔가 있나요?"

나영의 질문이 현실의 감각을 되살렸다. 지금 여기엔 아이가 없다. 그 웃음소리도.

"이것 보고 계셨구나. 아들이 쓴 거예요?"

광욱이 말하자 나영이 그를 재빨리 쿡 찔렀다. 그럴 리 없지 않냐는 반문이 담긴 행동이었다. 나는 가만히 글씨를 쓸며 말했다.

"아니요. 정말 그랬는지도 몰라요."

그렇다. 이것은 어쩌면 동현이가 어느 수업 시간 혹은 쉬는 시간에 샤프펜슬 끝을 세워가며 새겼을지도 모른다. 또 아니라면 어떤가. 나는 이것을 새겼을 아이의 작은 손짓을 생각하며 내 것이 아니지만 내 것과 같은 아이의 흔적을 가슴에 담았다.

"동현이 사물함은 어디였을까요?"

나영은 분위기를 바꾸려는 듯 사물함을 하나씩 열었다.

"설마 모래사장에서 바늘 찾기 하시려고요?"

광욱이 불가능하다는 듯 고개를 흔들었다. 나도 역시 마찬가지였다. 4년이면 사물함을 몇 번이고 뒤집고도 남았다.

"또 모르죠. 난 찾아볼 테야. 아저씨들은 할 일들 하세요."

나영은 입을 삐죽거리면서도 사물함을 계속해 열었다. 하는 수 없이 우리도 곁에서 사물함을 하나씩 살폈다. 방학을 맞은 아이들은 사물함 속 짐을 모두 꺼내 갔고 간혹 쓰다 버린 칫솔이나 수첩, 연필 같은 것들이 뒹굴고 있었다.

"뭔가 있을 리 없잖아요⋯⋯."

한참이나 쪼그리고 있던 광욱이 일어서며 말했을 때 나영이 눈을 빛내며 무언가를 들어 보였다.

"이것 봐요."

"뭘 찾았어요?"

나영이 들고 있던 것은 반 토막 난 지우개였다. 어디에 잠들어 먼지를 뒤집어쓰고 있었는지 온통 새카맣고 더러워진 것이었다. 나는 그것을 받아 들었다. 한 번도 하얀 적이 없었던 검은 강아지처럼 아무것도 눈에 띄지 않았다.

"잘 보세요. 여기, 여기."

나영이 가리킨 곳을 살펴보니 과연 무언가 있다. 손가락으로 먼지와 묵은 때를 살살 밀어냈다.

동현이꺼.

분명 그렇게 씌어 있었다. 차르르 하고 영사기가 돌아가듯 다시 한 번 현재의 시공간이 흩어졌다. 동현이가 쓰다 잃어버린 지우개 반 토막이 사물함 어딘가를 헤매다가 이제야 비로소 내게 왔다. 바다에 띄운 호리병 속의 편지가 4년 만에 내게로 온 것이다. 묘한 기분이었다. 좋은 것 같기도 했고 아픈 것 같기도 했다. 쓰기도 하고 달콤하기도 한 초콜릿과 같았다.

"여행이라는 게 결국 증거품 수집인 셈이군요."

내가 농을 섞어 말하자 둘은 싱긋 웃었다.

반 토막짜리 더러운 지우개를 한 손에 쥔 채 다시 책상에 걸터앉았다. 창 너머 운동장엔 한여름의 햇살이 순백으로 빛날 만큼 뜨겁게 내리쬐고 있다. 동현이도 저 운동장을 신나게 뛰고 들어와 이 교실에서 땀을 닦고 엄마가 싸준 얼음물을 마셨을 것이다. 나는 마치 아이가 눈앞에라도 있는 듯한 기분이 들었다.

"이래서 이 여행을 시간의 문을 위한 선행 연습이라고 하는군요."

둘은 무슨 뜻이냐는 듯 고개를 돌렸다.

"UFO를 통해 우리가 체험하게 된다는 그 시간 여행 말이에요. 결국 이처럼 우리의 과거와 대면하는 일일 테니까요."

"그땐 아마 동현이가 진짜로 우리 앞에 있을 테죠?"

나영이 고개를 끄덕이며 대꾸했고, 광욱은 생각에 잠겨 먼 곳을 보고 있었다. 텅 빈 학교의 고요함이 우리를 자꾸만 침잠시켰다.

교실을 벗어나 복도를 걸어오다 한쪽 귀퉁이에 마련된 '자랑스러운 우리의 얼굴들'이란 게시판 앞에서 약속이라도 한 듯 멈춰 섰다. 오를 때는 미처 보지 못했던 것이다. 수년간에 걸쳐 찍은 듯한 아이들의 여러 사진들이 몽타주 형식으로 배열되어 한쪽 벽면을 채우고 있었다. 운동회의 사진인지 김밥을 먹는 아이, 뛰다가 넘어진 아이, 고래고래 소리를 지르는 아이 등 다양한 아이들의 모습이었다. 나는 습관처럼 동현의 모습을 찾았지만 쉽게 눈에 띄진 않았다.

"여기, 반별로 찍은 것도 있네요. 4년 전 것도 있어요."

광욱이 말하며 게시판 앞 한쪽을 가리켰다. 과연 최근 몇 년간의 각 학년별 사진 또한 자리하고 있었다. 과거의 누구라도 볼 수 있게 이렇게 거대한 게시판을 만든 것은 매우 좋은 생각일 것이었다. 그러나 그 단체 사진에서마저 아들의 얼굴을 찾지 못한 나는 더욱 낙담스러웠다.

너무 수줍어 사진을 피했을까······. 매년 김밥 두어 줄 사서 얼렁뚱땅 넘겼던 체육대회였다. 몇천 원의 용돈을 주고, 다만 그것으로 족하다고 생각했던 어리석음. 오후에라도 와서 사진이나 담뿍 찍어주었으면 좋았건만. 나는 스스로를 질책하며 혀를 찼다.

"여기 있어요!"

광욱이 말하며 손가락으로 한 점을 찍는다. 그 손가락 끝에는 파편처럼 흩어진 무작위의 사진들이 있었다. 몇몇의 아이들이 놀고 있는 모습이었다. 그 속에 통통한 양 볼이 쏙 파이게 웃고 있는 아이가 있었다. 작고 흐릿했지만 분명 동현이었다.

"동현이라는 걸 어떻게 알았죠?"

내가 놀라며 돌아보자 광욱과 나영이 동시에 웃었다.

"모르셨어요? 붕어빵처럼 아주 닮았는데……."

광욱이 핸드폰을 꺼내 아이의 얼굴을 카메라로 찍어 넣었다.

"델타님 핸드폰으로 보내드릴게요."

나는 고개를 끄덕이며 그가 찍은 사진을 바라보았다. 까만 콩처럼 작은 아이의 얼굴이지만 활짝 웃는 그 모습만으로도 내 가슴에 핀 각질 같은 것을 걷어낸 기분이었다.

"당신들은 참 친절하군요. 생각해보면 코카브 역시 그래요. 내게는 자격이 없는데, 다들 베풀어주는 것만 같아서요."

나영이 돌아보지 않은 채 조용히 말했다.

"자격은 필요 없어요. 그냥 받으시면 되는 거예요. 앞으로, 우리도 누군가에게 되돌려주면 되는 거니까요. 그리고 무엇보다도 어떤 일에 있어서 이유 같은 걸 따질 이유는 없더라고요. 저도 아무것도 모르는 철부지 여자아이이지만 여기 와서 깨달은 것이, 어떤 일이든 그저 그렇게 된 것일 뿐 꼭 분명한 이유가 있는 것은 아니더라고요. 이유를 따져본댔자 누군가를 미워할 뿐이겠지요. 물론 이렇게 말하는 저도 코카브의 감마가 아닐 땐 그게 잘 안 되지만요."

앞서 걷는 그녀에게서 기분 좋은 향기가 흩어졌다. 꼭 여인들에게서만 나는 샴푸 냄새다. 아내의 것과 비슷한…….

"고마워요."

반쪽짜리 지우개와 작은 사진 하나뿐이지만 든든한 마음으로 말하며 씩씩하게 걸어나갔다.

"이제 어디로 갈 건가요?"

광욱이 차창을 내리며 물었다. 더운 바람이 몰아쳤다.

"이번엔 아내를 만나러 가봐야겠지요."

나는 차 깊숙이 몸을 기대며 말했다. 둘이 의아한 듯 뒤를 돌아보았다.

17

"정말 여기가 맞아요?"

둘은 몇 번이고 내게 확인을 했다.

"무슨 죄들 졌어요? 왜 관공서를 무서워해요."

나는 망설임 없이 내리며 말했다.

"무서운 게 아니라 궁금해서 그렇죠. 여긴 동 주민센터잖아요."

"여기가 바로 제게 뜻깊은 곳이에요."

바로 아내와 처음 만났던 곳이다. 나는 공익 요원으로, 아내는 공무원으로 아침마다 출근하던 곳. 나는 그때의 아침처럼 듬성듬성 놓인 대리석 돌조각들을 발끝으로 짚어가며 입구까지 갔다. 언제나처럼 민원인들로 북적거리고 있는 사무실이었다. 나는 잠시 망설이다 사무실 대신 두 사람을 이끌고 건물 뒤편의 작은 창고로 갔다. 예전처럼 창고 열쇠는 우측 창틀 아래에 놓여 있었다.

"여기가 어디예요?"

나영이 따라오며 물었다. 나는 손가락 하나를 세우고 작게 속삭였다.

"보시다시피 창고예요."

퀴퀴한 냄새로 가득한 창고에 들어서자 여기저기 제법 낯익은 물건들이 눈에 띄었다. 한쪽 귀퉁이에 서 있는 낡은 철제 책장은 내가 있었을 때 구입해서 직접 나르기도 했던 것이다. 오랜 세월을 입증하듯 구석구석 녹슬고 나사가 빠져나와 있었다.

"여기가 왜요?"

광욱이 잡동사니가 가득 찬 창고를 둘러보며 물었다.

"데이트 장소였어요. 여기가……."

"아내분과요?"

나영이 기대감이 담긴 목소리로 물었다.

"가끔 아내가 이곳에서 뭘 찾을 게 있으면 제가 졸졸 따라 들어왔거든요."

"어머, 델타님에게 그런 면도 있으세요?" 하고 그녀는 웃었다.

"네, 저에게도 그런 때가 있었네요……."

무엇 하나 내세울 게 없던 나였다. 공익 판정 역시 건강상의 이유였으므로 체력마저 골골대던 볼품없는 사내. 아내는 나의 어떤 점이 좋았을까? 속으로만 의문을 품는 나와 달리 아내는 늘 내게 당당히 물었다. 내가 왜 좋은 거야? 하고. 그냥, 이라고 하면 서운한 얼굴로 칫, 그런 게 무슨 이유가 될 수 있어? 하고 투덜거리기도 했다. 그러곤 이내 또 물어왔다. 만약에 내가 말이야, 죽을병에 걸려 일 년밖에 못 산다면 그래도 자긴 날 사랑해줄 거야? 하고. 당연한 거 아냐? 하고 대꾸하면 흡족한 듯 빙긋 웃고 또다시 묻는다. 그럼 만약에 말이야……. 그녀가 생각해내는 만약이라는 상황은 참으로 다양했다. 만약에 대머리가 된다면, 만약에 뚱뚱해진다면, 만약에 아이를 못 낳는다면, 만약에 백수가 된다면 등등. 그러나 그 다양한 질문 속에 '만약 내가 입양아이고, 그것이 실은 친구의 운명을 빼앗은 것이라면'은 없었다.

실은 그것을 묻고 싶었던 것이리라. 나는 어쨌든 그녀가 말하는 모든 '만약'에 대해 늘 기쁜 대답을 해주었다. 그것이 내 역할이었다. 그러면 그녀는 조금은 안심한 얼굴로 몸을 기대거나 바람을 맞으며 웃었다. 그것이 그녀였다. 희미한 불안을 가지고 있으면서도 어린아이처럼 천진하고 또 그런 반면에 깊고 성숙한 무언가를 가지고 있는.

그런 그녀의 모든 것이 좋았다. 긴 머리칼에서 나는 샴푸 향기도, 목덜미에서 풍기는 은은한 살 냄새도. 아내가 종이를 집어 올리기 위해 손가락을 펴는 모습도, 민원에게 혼쭐이 나 훌쩍이는 모습도. 웃을 때 덧니가 보이는 것도, 치킨을 먹을 때면 껍질을 반쯤 떼고서 살코기를 발라 먹는 모습도. 무엇보다도 나를 볼 때마다 싱그러워지는 그녀의 눈빛이 너무나 좋았다. 그것은 마치 내 온몸에 흡수되어 뼈가 되고 살이 만들어지는 영양분이나 햇빛과 같았다. 그녀가 없으면 단 하루도 살 수 없을 거라고, 멍청하게 앉아 생각해보는 때가 있을 만큼 내게 아내는 크고 깊은 존재였다. 정말 그랬었다.

"그런데 그때는 몰랐어요. 그 여자가 어떤 속옷을 입는지, 어떤 생각을 하는지, 어떤 일에 웃고 어떤 일에 우는지, 얼마나 아픈지 왜 슬픈지에 대해 관심조차 없게 될 날이 오리라고는. 그런데 정말 그런 나날들이 오더군요. 오래 걸리지도 않았어요. 여름이 가고 가을이 오듯 아주 금방이었죠. 어쩌면 우리가 그토록 냉랭했던 것은, 불행해졌던 것은, 아들의 죽음 때문만은 아닐 거예요. 지금 여기의 소중함을 몰랐던 어리석음 때문이었죠……. 이렇게 될 바에야 그 사랑은 애당초 시작되지 말았어야 했겠죠? 아무런 의미도 없는 것이겠죠?"

나는 자조적으로 말하며 고개를 흔들었다.

"그런 생각 마세요. 중요한 건 여기 이곳에 두 사람의 기억이 남아 있다는 거잖아요. 잠시 그 시간을 잊었었다 해도 이렇게 결국엔 찾으러 오셨잖아요. 다시 잃어버리지만 않으면 돼요. 봐요, 사람들은 곧잘 추억을 잃어버리거든요."

광욱이 말하며 내게 무언가를 내밀었다. 땅 바닥에 떨어져 있던 누군가의 핸드폰 줄이다. 작고 낡은 곰 인형이 달려 있는 것이었다. 곰의 작은 등에 'SY♡HS'라는 이니셜이 꼼꼼히 새겨져 있었다.

"델타님 것이 아니라면 누군가도 이곳을 데이트 장소로 쓴 것이군요."

　나영이 미소 지으며 말했다. 나는 그것을 한참 바라보았다. 누군가도 이곳에 자신의 추억을 떨어뜨리고 간 것일까? 그 사람도 곧 이것을 찾으러 올까? 나처럼 축축하고 어두운 후회와 그리움을 가지고. 여름날 아찔하도록 생생한 이끼 내음이 창고 귀퉁이에서 진하게 풍겨나고 있었다.

　우리는 인근의 한 갈비탕집으로 식사를 하러 갔다. 모든 일체의 비용은 두 사람이 부담하고 있었다.
　"코카브의 운영은 후원금으로 충당하고 있다고 들었습니다. 하지만 저와 같은 사람 하나하나의 비용까지 모두 대려면 힘에 부치지 않나요?"
　나는 짭짜름한 국물이 배인 고기를 삼키며 염치없이 물었다. 어쨌든 그들의 후원금 중엔 아내의 돈도 얼마쯤은 있을 것이란 조금의 배짱은 있었지만.
　"저희 회원이 7만 정도 된다는 건 알고 계시죠?"
　나영이 말하며 깍두기를 옮겨 담았다.
　"우리 코카브 학회에 들어오는 분들은 각자의 사연도 있고 어려움도 있지만 경제적 상황이 괜찮은 분들도 많아요. 호기심에서 시간의 문을 기다리는 타입의 사람들이지요. 그분들이 굉장한 금액의 기부금을 내고 있는 걸로 알아요. 직접적으로 코카브의 프로그램에는 참여하지 않되 특권은 누리는 것이 그 조건이지요."

그녀는 밥을 덜어 넣은 국물을 떠먹으며 계속해 말했다.

"간혹 그런 기부에 대해 불쾌한 시선을 보내는 사람들도 있지만 그건 그들 나름의 노력이라고 생각하면 될 것 같아요. 어쨌든 그들도 어떤 식으로든 시간의 문을 향유하고자 열망하는 것뿐이니까요."

"하델 박사님을 직접 만나본 적 있나요?"

나는 계속해 물었다. 이번엔 광욱이 대꾸했다.

"박사님은 얼마 전 입국해 전국을 순회하고 계시다고 들었어요. 그래도 디데이 전엔 저희 총회로 오신다고 했으니 그때 뵐 수 있겠지요."

그러면서 그는 하델에 대해 짤막하게 이야기를 들려주었다. 그는 어릴 때 누나와 함께 스웨덴으로 입양된 교포라고 했다. 그와 함께 스웨덴으로 향했던 누나는 장시간의 비행 중 고열의 뇌수막염이 발병하였는데, 도착해 병원으로 갔을 때는 이미 뇌 손상이 상당했다고 한다. 그때가 일곱 살, 네 살이었다. 누이는 평생 지적장애인이 되어 살아야 했다. 나는 하델 박사가 외계와의 교신에 집착한 이유에 대해 짐작할 수 있을 듯했다. 시간의 문을 찾고자 한 이유역시. 그 역시 과거의 치유를 통해 현재를 재창조하고 싶은 것이다. 꼭 우리와 같이.

나는 가만히 생각했다. 우주에는 수많은 행성이 있고, 우리가 알 수 없는 생명체 역시 수없이 많을 텐데 그 모든 세계에 일어나는 일들은 왜 이다지도 아프고 치명적일까. 99.9의 행복과 0.1의 불행이 함께 온다면 그것은 행복한 것일까, 불행한 것일까.

식당을 나서며, 나는 내키지는 않지만 꼭 하고 싶던 질문을 던졌다.

"만약 코카브가 이런 진심 어린 바람들을 저버리고 소수의 독단이나 이기주의로 흐른다면 어떻게 할 건가요? 또 이 모든 것이 속임수라면?"

나영은 흔들림 없는 꼿꼿한 목소리로 대답했다.

"우리가 스스로를 치유하고 있는 이 순간이 어떻게 속임수가 될 수 있죠? 또 그런 우리들이 어떻게 독단이나 이기주의로 흐를 수 있겠어요?"

참으로 그런지도 모르겠다고 생각하며 나는 고개를 끄덕였다. 비도 없이 지독히 푸르고 더운 하루가 다홍빛으로 저물고 있었다.

우리는 하룻밤을 모텔에서 묵기로 했다. 내가 다음으로 선택한 곳이 가평이었기 때문이다. 그곳의 요양원에 아내의 친모님이 계신다. 그 주소가 적힌 종이를 나는 아직 가지고 있었다. 한 인생의 출발점을 종교적인 이유에서가 아니라 생물학적 근거에서 찾는다면 이 모든 일의 시작은 그 친모에게 있다는 생각에서였다. 물론 복잡한 인간사와 광활한 세계를 그처럼 생물학적인 이유만으로 재단할 수는 없겠지만 말이다.

그 밤 광욱이 씻으러 샤워실에 들어간 사이 휴대폰의 전원을 눌러보았다. 코카브에 들어선 첫날 꺼두었으므로 다행히 배터리는 남아 있는 상태였다.

―〈연합신문〉의 이강식입니다.

이 기자의 목소리가 들리자 광욱이나 나영과는 다른 종류의 반가움이 솟았다.

"저예요. 한형호."

― 형님!

그의 목소리가 높아졌다.

"이 기자, 어떻게 된 거예요. 그날 대체 무슨 일이 있었던 거죠?"

― 죄송해요. 일이 그렇게 됐어요. 형님은요? 프로그램이 모두 끝났나요? 아니면 혹시 추방되신 건가요……?

"허 참, 제가 이 기자처럼 허술한 사람인가요. 전 아직 코카브예요. 잠깐 전화한 거예요."

그가 다행스러운 듯 웃었다.

― 네, 저보다는 나으시네요. 사실 형님께 말씀을 드리지는 않았지만, 회사에 계속 보고를 해오고 있었어요. 물론 저 개인적으로는 코카브에 빠져들고 있었지만 일은 일이니까요. 혹여 있을지 모르는 사태를 대비한 거죠.

"그래서 그날 밤 급진적인 전향에 대해 듣고 흥분했던 건가요?"

― 그런 셈이죠. 저는 그 위원장에 대한 다른 소문도 듣고 있었거

든요. 그가 하델 박사와 별개로 이 조직을 이끌려 한다는 이야기도 있었고, 스스로 교주화할지도 모른다는 이야기도 들었었고. 그래서 경계하고 있었던 차에 그런 이야기를 늘어놓으니……. 그래, 그 뒤로 어떻게 진행되고 있나요? 그렇지 않아도 형님 전화만 기다리고 있었어요.

"이 기자가 뭘 우려했는지 알겠더군요. 전적이라고는 할 수 없지만 위험스러운 움직임은 느끼고 있었어요. 그게 잘못된 것이라고 반박할 만한 확신은 없지만 만약 위원장이 그런 뜻을 가지고 있었다면 그건 막아야지요."

— 네, 그럼 계속해 연락을 주세요. 저도 나름대로 지켜보고 있으니까요.

전화를 끊고 돌아서는데 샤워를 마치고 나온 광욱이 자꾸만 힐끗거렸다.

"알파님 말씀이 맞기도 한 것 같네요."

"알파님요?"

그가 내키지 않는 얼굴로 말했다.

"델타님은 믿음이 약한 자라고 잘 지켜보라고 하셨거든요."

나는 대수롭지 않게 웃었다.

"믿음이 약한 자라니, 종교 집단 같은 말투네요."

그는 이불을 한 채 내려 바닥에 펼치며 말했다.

"저는 누가 뭐래도 코카브를 믿어요. 그건 저 드넓은 우주에 반드시 외계 생명체와 UFO가 존재할 것이라는 확고한 믿음과 같아요. 왜냐하면 코카브는 무엇보다도 사람과 우주의 힘을 아끼고 있으니까요."

그것만은 확실히 하고 싶다는 투였다. 나는 연장자의 특권으로 침대에 누우며 낮게 말했다.

"만약 누군가 그 의도를 곡해한다면?"

"어떤 집단이든 새로운 세력의 지배가 들어오면 조금은 흔들리게 되겠죠. 박사님의 초창기 이론을 변형시켜 온 것처럼. 하지만 본질은 변하지 않아요."

나는 그것도 그런가 하고 멍하니 천장을 바라보았다. 나의 의구심도 이 기자의 의심도 세간의 눈초리도 분명 이성적이고 타당한 것이지만, 이들의 믿음이 그저 어리석다고만은 할 수가 없었다. 또한 이미 그 믿음의 언저리에 나 자신이 있는지도 몰랐다. 이미 내 세계 안에는 코카브, 하델, 시간의 문이라는 단어가 아내나 동현이만큼이나 크게 자리하고 있었던 것이다.

"이곳에 오면 모두들 달라지나요?"

"무슨 뜻이죠?"

그가 누운 채로 대꾸했다.

"그동안 나는 개인적 일 말고는 다른 것엔 별로 관심이 없었어요. 짐작하겠지만 코카브에 온 것도 아내를 찾기 위해서였을 뿐 시간의 문은 믿지도 않았죠. 그런데 단 며칠 만에 제 모든 세계가 움직이고 있어요. 모든 것이 뒤죽박죽인 거예요. 그것이 좋기도 하고 싫기도 하지만 어쨌든 변화라는 것만은 확실한 사실이에요."

"저도 마찬가지인걸요."

뜻밖의 대답이 돌아왔다.

"대학을 졸업하자마자 보험 회사에 들어갔어요. 취업난도 원체 심각하고 영업이라면 아무래도 실적제니까 보수도 괜찮을 것 같았죠. 그런데 일을 하면 할수록 머릿속에 들어차는 건 돈 계산뿐이었어요. 지하철역에서 수없이 오가는 사람들을 보면 두당 보험료 얼마, 사망 시 지급되는 돈은 얼마…… 이런 식이었거든요. 고객 중 누군가 사망 소식을 알려 오면 죽음을 슬퍼하기보다는 보험금부터 계산해야 했고요.

그렇게 5년을 지내고 나니 그냥 모든 게 끔찍해지더군요. 일에 대해서만이 아니라 제가 살아가는 모든 것이 말예요. 그런데 말이죠. 그런 와중에도 저 자신의 사망 보험금을 계산하고 있는 거예요. 매일 악몽을 꿨죠. 반복해 죽고 또 죽는 꿈이었어요. 그러다 코카브를 알게 된 거예요."

"지금은 그런 꿈을 안 꾸나요?"

"전혀 안 꾸지는 않지만 상당히 줄어들었어요. 이건 꿈이지, 하고 떨치고 일어날 수도 있게 되었고요. 동행자들과 여행을 다녀온 후에는 더욱 좋아져서 이제는 아주 가끔이라고 할 수 있을 거예요."

나는 이것이 코카브의 힘일까, 하고 생각했다. 인간은 누구나 상처와 갈등을 짊어질 수밖에 없는 것이 숙명이지만 그것을 극복하는 것은 저마다의 역량인 것이다. 그 역량을 키우고 자극하는 곳이 코카브였다. 그것이 코카브가 한편 허무맹랑하면서도 지극히 사실적인 이유였다.

18

하룻밤 사이 더욱 친밀해진 기분으로 광욱과 사이좋게 모텔을 나와 기다리자니 나풀나풀한 하얀 원피스를 차려입은 나영이 내려왔다.
"옷이 이것밖에 없어서……."
부끄러운 듯 말하는 그녀는 즐거워 보였다. 여행의 내용은 무겁지만 마음을 나눌 수 있는 사람들이 있다는 것은 좋은 일이다. 혼자서 대면하기 어려운 상황에서는 더더욱 그렇다. 나는 요양소 앞에 섰을 때 그 애매한 기분을 가늠하기 어려웠다. 그러나 그러한 모든 번거로운 절차를 광욱과 나영이 대신해준 것이다. 둘은 이윤화라는 이름을 적고 면회신청서에 한형호라는 이름까지 써넣어주었다. 잠시의 기다림이 지나고, 한 여직원이 사무적인 얼굴로 나와 말했다.
"잘 아시겠지만 할머니는 정신지체가 있으신 데다 지금 치매 초기 증세로 의사소통이 잘 안 되세요. 자극적인 말이나 행동은 삼가시구요."

"네, 잘 알겠습니다."

나는 둘을 1층에 남겨둔 채 혼자서 면회실로 향했다.

반지하에 자리한 그곳은 널찍하고 시원했다. 한편엔 큼직한 테이블이 연달아 놓여 있고 낡은 소파들이 주변을 빙 둘러 자리하고 있었다. 어르신들과 행사를 할 때도 쓰는 곳인 모양이었다. 나는 중앙에 육각형 모양으로 배치된 한 테이블에 앉아 아내의 친모님을 기다렸다. 장모님과의 만남도 어색해하는 내가 과연 친모님을 만나 무슨 이야기를 할 수 있을지 머릿속이 백지 같았다. 그래도 그녀를 만나야 한다는 당위만큼은 흔들리지 않았다.

이윽고 멀리에서 발자국 소리가 들렸고 교도소의 철창문이 열리기라도 하는 듯 굉장한 소음을 내며 면회실과 병동의 문이 열렸다. 노란 조끼를 입은 한 중년의 여자가 노인을 부축하고 들어왔다. 노인은 지팡이를 짚고 있었는데, 그것은 시각장애인들이 사용하는 하얀색의 것이었다. 예상치 못한 일이었기 때문에 나는 깜짝 놀랐다.

"여기요, 좀."

간병인인 듯한 여자는 거동이 불편한 노인을 부축해 오느라 힘이 들었는지 짜증 섞인 목소리로 멍해 있는 나를 일깨웠다. 이제 모셔 가라는 뜻일 게다. 나는 서둘러 다가갔고, 그녀는 내게 노인의 팔을 건네주고 손을 떼었다.

"면회는 최대 30분까지예요. 할머니는 소변이 잦으신 편이라. 백내장 때문에 눈이 안 보이세요. 귀도 좀 어둡고요. 이따가 저기 있는 벨 누르시면 모시러 올게요."

그러곤 고함치듯 말한다.

"할머니한테 면회두 있구 횡재 만났네. 나 이따가 올게요."

그녀는 면회실을 떠나는 것이 좋은 듯 조금 전의 짜증을 지우고 밝은 얼굴로 면회실을 나간다. 나는 난생처음 만나는 아내의 어머니 팔을 붙잡고 40여 평은 될 법한 넓은 지하실 한가운데 우뚝 서 있었다. 어려운 숙제를 받은 기분이었다. 그녀는 줄곧 말이 없었고, 가끔 그래…… 그렇지…… 같은 단어를 중얼거린다.

"안녕하세요. 전……."

마땅히 나를 무어라 설명해야 할지 떠오르지 않았다. 딸의 존재는 알고 있을까. 딸의 남편이란 설명이 무색하진 않을까. 나는 여러 가지 상념에 잡혀 그녀의 얼굴만 보고 있었다. 그녀의 얼굴은 아내의 쌍꺼풀 없는 반달눈이 좀 기운 듯한 인상을 주었다. 아내는 눈썹이 짙고 반달눈이 또렷해 단정하고 야무지게 보이는 반면 그녀는 눈썹의 느낌은 없이 반달눈만 기울어 있어 너그러워 보이면서도 한편 무언가를 한없이 그리는 듯한 인상이었다. 또 그 눈매 사이로 보이는 눈동자는 초점이 없이 흐려 눈물이 맺힌 듯 보인다. 콧날은 오똑한 아내와 달리 소담하게 자리하였고, 꼭 다문 입매는 작지만 도톰한 아내와 달리 작은 리본처럼 얇은 연분홍빛이었다. 얼굴만 놓고 본다면 오히려 장모님보다 확실히 더 닮았다고 말할 수는 없었다.

"우리 딸…… 우리 딸이 보냈지? 그치? 언젠가 올 것 같았어. 꼭 올 것 같았어. 그래, 그렇지. 우리 꽃지가 날 찾을 줄 알았어."

그녀가 입을 열자 거짓말처럼 아내와 똑같은 목소리가 흘러나왔다. 음성의 질감과 느낌이 닮는다는 것을 처음 알았다. 나는 그 음성을 신기하게 들었다. 그러면서 너무 오랜만에 듣는 아내의 목소리가 반가웠다.

"네…… 따님이 보냈어요."

어쩐지 아내의 남편이라고 떳떳하게 밝힐 수가 없었다.

"우리 꽃지는? 우리 꽃지는 안 와? 우리 꽃지는 말이야, 참 예쁘고 고왔는데…… 눈이 반짝반짝 별처럼 예뻤는데."

아내의 아명이 꽃지인 줄은 몰랐지만 어쩐지 아내와 잘 어울린다는 생각이 들었다.

"네, 잘 있어요. 지금 몸이 안 좋아서 나중에 온대요."

"그래, 그렇지. 꼭 오겠지. 나중에 오겠지. 그렇지?"

"네……."

나는 고개를 끄덕이며 대꾸했다. 그래도 그녀의 얼굴엔 지울 수 없는 실망이 역력했다.

"우리 꽃지, 내가 키울 수 있었는데, 원장님은 내가 못 키운댔어. 시설에 남으려면 보내야 한댔어. 그래서 우리 꽃지 보낸 거야. 우리 꽃지한테 꼭 좀 전해줘. 나 만날 꽃지 생각만 하면서 살았어."

장모님보다 나이가 얼마 더 많지 않을 것 같은데도 그녀는 할미꽃처럼 시들어가는 얼굴로 말했다. 그리움이 사무쳐 그녀를 더 늙어지게 했을지도 모른다.

"집사람도…… 아니, 꽃지도 어머니를 보고 싶어 해요."

나는 거짓말을 한다. 그녀에게 위로의 말을 하고 싶었다. 가족에게 버려져 시설에 들어와 자식을 또 버려야 하는 운명이란 어떤 것일까. 나는 그녀의 손을 꼭 잡았다. 장모님이라고 불러보고 싶었지만 그것까지는 내 몫이 아닌 것 같았다.

"이거. 이것 좀 우리 꽃지한테 전해주겠소?"

그녀가 아까부터 꼭 쥐고 있던 손수건 하나를 내밀었다. 받아보니 손수건으로 싼 작은 상자였다. 손수건은 고운 색을 모두 잃고 하얗게 빛이 바래 낡았다. 나는 그것을 열어 상자를 펼쳐보았다. 평범한 빈 사탕 상자였다. 그 속에서 달그락거리는 소리가 났다.

"조심해야 해. 부서지면 안 돼."

그녀는 소리를 듣고 조바심이 나는 듯 허공에 손을 휘저었다. 나는 그녀를 안심시키려 조용히 상자를 열어 속에 든 것을 손바닥 위에 내려 본다. 달각, 조그만 봉지에 든 것이 떨어졌다. 아주 작은 건어물 덩어리 같은 것이었다. 짧지만 굵고, 굵지만 아주 굵지는 않은 어떤 줄. 줄은 돌돌 말린 모양이었고 검붉은 변색 속에서도 푸르고 붉은빛이 엿보였다. 좀 더 구체적으로 말하자면 생물책에서나 보던 대동맥 같은 것이 미라처럼 말라서 굳어진 듯한 느낌이었다.

"우리 꽃지 배꼽이야. 배꼽이 떨어져서 어찌나 시원했던지."

그녀는 엷게 웃었다. 그러고 보니 그것은 신생아의 배꼽에서 떨어지는 탯줄의 일부였다. 동현이 어릴 때 아내가 플라스틱에 매달린 그것을 보여주었던 기억이 어렴풋이 났다. 내가 가지 못해 의료진 중 누군가 잘라주었을 아내와 동현이 사이의 길고 단단했던 탯줄. 그처럼 이것은 친모님과 아내의 사이를 연결해주던, 아내에게 피와 영양을 전해주던, 생명과 사랑의 줄이었던 것이다. 어깨에서 스르르 긴장이 풀려나갔다.

그녀는 아내의 어머니다. 아내는 그녀의 딸이다. 어머니와 자식의 관계란 얼마나 오묘하고 깊은 것인가. 아내를 잃어버리고 나서 아내의 탯줄까지 보게 될 줄은 짐작하지 못했지만 나는 그것을 소중하게 다시 감싸 상자에 넣고 또 손수건으로 묶었다. 사랑이란 상대의 모든 역사를 알고 싶어 하는 것이라던 아내의 말을 이제야 나도 조금은 실천하고 있는지도 몰랐다. 적어도 그녀 태초의 역사를 알게 된 것이다.

"그 사람에게 잘 전할게요."

그녀는 기쁜 듯 고개를 크게 끄덕이고 조그만 입술을 벌려 잇몸을 드러내 웃었다. 이빨이 몇 개 남아 있지 않았다.

그녀를 다시 간병인의 손에 인계하고 보낼 때에 차마 발걸음이 떨어지지 않았다. 그녀 역시 몇 번이고 보이지 않는 시선을 들어 나를 더듬고 있었다. 내가 누구인지 짐작했을지도 모른다. 그래도 끝내 내게 무언가를 묻지는 않았다. 마치 다 알고 있으니까……라는 느낌이었다.

면회실을 빠져나와 마침내 혼자 남았을 때에야 나는 깊은 숨을 내쉬었다. 가슴이 먹먹해 좀처럼 시원해지지는 않았다.
"괜찮으세요?"
광욱이 다가와 물었다. 고개를 끄덕여 보였다.
"이상한 일이에요. 내가 아는 아내는 어디에도 없었지만, 또한 가장 가까이에 있는 것 같아요. 친모님을 만나고 있던 그 순간에도 마치 내가 아내 대신 바라보고 있는 듯했거든요. 하지만 이 모든 과정을 끝내고 정말로 아내를 만난다면 무슨 말을 해야 할까요? 어쩌면 아무런 말도 못할지도 모르겠어요."
"때론 말로 설명할 수 없는 진심이 더 클 수도 있잖아요."
광욱이 위로하듯 말했다. 혼자였다.
"나영 씨는요?"
내가 찾자 그도 주위를 둘러보았다.
"저기 있네요. 조금 전 전화를 받으러 갔어요."
나영이 저만치 떨어진 벤치에 앉아 누군가와 통화를 하고 있었다. 무어라 외치는 소리가 어렴풋이 들릴 만큼 격앙된 모습이었다.
"무슨 일이 있는 것 같아요."

광욱이 걱정스러운 얼굴로 말했다. 우리는 잠시 그녀를 기다리기로 했다. 조금 전까지만 해도 햇살이 쨍쨍하던 하늘에 어느새 잿빛 구름이 드리워졌고, 살랑살랑 기분 좋게 불어오던 바람도 눅눅하게 바뀌어 있었다.

"비가 올 것 같아요."

"네……."

나는 하늘을 말없이 올려다보았다. 마주 보이는 낡고 낮은 건물 안에 있을 쓸쓸한 아내의 친모님을 생각해보기도 했다. 우리가 돌아오기를 기다리고 있을 장모님도. 문득 장모님이 하던 말이 떠올랐다.

— 때마침 인근에 살던 보호소 아이가 길을 알려주었지. 그게 은희였어. 어두워서 얼굴은 잘 기억나지 않았지만 우리만의 사연이 있었으니 곧 찾아낼 수 있었고, 여러모로 인연이라 생각하고 입양을 했던 거야.

길을 알려준 아이는 미란이었다. 장모님이 다시 보호소를 찾았을 때에 아내는 그 아이가 자신이 아니라고 항변하지 않았다는 이유로 서로의 운명이 뒤바뀌었다고 생각해왔다. 그러나 나는 궁금해졌다. 정말로 아내가 길을 가르쳐준 아이였기 때문에 선택한 것일까?

완벽한 한 타인의 존재를 내 가족으로, 그것도 내 자식으로 받아들일 때의 마음이란 그저 우연은 아닐 것이다. 운명처럼 깊고 뜨거운 그 무언가가 있지 않고서는 단순히 자식 한 명을 키워볼까 하고서 물건 고르듯 선택을 하지는 않았을 것이란 뜻이다. 그렇다면 장모님은 정말로 어떤 이유에서 아내를 딸로서 맞아들였을까.

상념을 깨뜨린 것은 나영의 울음소리였다. 바람에 해초처럼 휘날린 그녀의 머리칼 사이로 울고 있는 그녀의 모습이 보였다. 놀란 것은 나만이 아니었다. 광욱은 이미 저만치 그녀에게로 달려가고 있었다.

"무슨 일 있어요? 왜 그래요?"

이미 한참 울었던 듯 얼굴의 화장이 뒤범벅이 된 그녀가 고개를 들었다.

"어떡하죠? 이제 와서 왜…….."

"말을 해보세요. 대체 무슨 일이에요."

그래도 그녀는 두려운 듯 파랗게 질린 얼굴로 눈물만 흘리는 것이었다.

그녀가 울음을 그친 것은 광욱이 가져온 차가운 물을 몇 번이나 마시고 난 뒤였다.

"괜찮아요?"

고개를 희미하게 끄덕였다. 그녀는 감마였다. 늘 성숙하고 밝은 태도로 코카브의 회원임을 자랑스러워하던 그녀가 무엇 때문에 이처럼 혼란스러워하는지 이해할 수 없었다.

"제가 너무 우습죠……."

나영이 지친 목소리로 말했다.

"우스운 게 아니라 놀랍고 안타까운 거예요."

내가 정정하며 말했다.

"미안해요. 저는 아직 멀었나 봐요. 이러면서 무슨 감마인 척을 했는지."

"그렇지 않으니 무슨 일인지 말해봐요."

광욱도 곁에 앉으며 말했다.

"저는 지금 원주로 가야 해요. 디데이 때까지는 꼭 총회로 돌아갈게요."

그녀는 정말로 가방을 챙겨 들고 자리에서 일어났다. 그러나 그 걸음이 위태롭게 흔들렸으므로 우리는 다시금 그녀를 붙들었다.

"같이 가요. 무슨 일인지 모르지만 지금 바로 출발할게요."

그녀는 우리가 이끄는 대로 순순히 차에 올라타고도 반쯤은 넋이 나간 사람처럼 초조하게 중얼거렸다.

"저 혼자 가야 하는데…… 같이 갈 수 없어요. 델타님의 여행 중이신데 그럴 수는 없어요. 빨리 가야 하는데……."

그사이 어두워진 하늘에선 반짝하고 번개가 지나갔다. 곧이어 천둥소리가 울려왔다. 그녀의 얼굴이 더욱 초조해졌다.

"그러지 말고 나영 씨, 말해봐요. 대체 무슨 일이에요?"

그녀의 얼굴이 새파랬다.

"다 끝난 줄 알았는데…… 끝날 수 없나 봐요. 아마 그럴 수 없을 거예요."

그러고도 그녀는 한참이나 몸을 떨거나 눈을 감기도 하고 기도하듯 숨을 몰아쉬기도 했다. 빗방울이 떨어지기 시작해 도로의 시야가 흐릿했다.

"좋은 사람이라고 생각했어요. 네, 사랑이란 감정은 분명 아니었지만…… 그이는 누구보다 빛나는 존재였죠. 저는 대학을 막 졸업하고 취업을 위해 애쓰던 중이었어요. 그때 클럽에서 그를 만났죠. 그는 내게 새로운 세계를 열어줄 것처럼 보였어요. 취업난이나 짓궂은 상사나 골치 아픈 미래를 걱정하지 않아도 될 것처럼 그가 가진 세계는 부유했고 따뜻했으며 모든 것이 가지런했죠. 그는 내가 생각할 틈을 주지 않고 명품 옷가지나 가방 등을 안겨주었고, 잠시였지만 신데렐라가 된 듯 착각했던 것 같아요. 모든 것이 거짓인 줄 모르고……."

굵어지는 빗줄기를 바라보며 그녀는 바스락거리는 가을 나무처럼 쓸쓸히 이야기하고 있었다.

"그의 말들이 거짓이었다는 것을 탓하지는 않아요. 그저 보이는 것들에 홀려버린 저 자신이 어리석은 것이죠. 그렇다 해도 평범한 가정에서 자라난 제가 조직폭력배의 아내로 살아간다는 것은 상상할 수 없는 일이었어요. 아니, 어쩌면 그의 실상을 받아들인다는 것이 어려웠는지도 몰라요. 그가 실은 재벌 아들이 아니었고, 미국의 명문대를 나오지도 않았고, 내게 선물한 모든 것들이 사실은 어두운 뒷골목에 기반을 둔 재산이었다는 것을."

코카브에서의 시간처럼 타인의 고통스러운 과거는 늘 우리에게 깊은 통증을 준다. 우리의 한숨이 깊어졌다.

"내가 벗어나려 할수록 그는 무섭게 집착해왔어요. 놓아주지 않았죠. 뱃속에, 그의 아이를…… 가지고 있었거든요."

나는 그제야 나영이 동현의 학교에서 그처럼 즐거워했던 이유를 알았다. 그녀 역시 한 아이의 엄마였던 것이다.

"하지만 그럴수록 저는 그가 너무 끔찍했어요. 사람의 마음이란 저울 같아서, 한쪽으로 기울면 한도 없이 기울어버리는 거예요. 그에 대한 실망과 어우러져 나에 대한 집착마저도 증오스러워져버리고 나니 어쩔 줄 모르겠더군요. 뱃속의 아이에 대한 무한한 애정과 정반대로 말예요."

차는 빠르게 고속도로를 달리고 있었지만 이제는 폭우가 되어버린 빗속에서 어두운 골방에라도 둘러앉은 듯한 기분이었다.

"그가 택한 방법은 강압이었죠. 뭐든지 시간이 해결해줄 거라고 했어요."

"강압이오?"

운전하고 있던 광욱이 되물었다.

"말 그대로 감금 생활을 하게 된 거예요. 저는 납치라고 길길이 날뛰었지만 그의 고집을 꺾을 수는 없었어요. 무엇보다도 그에게는 그를 돕는 조직의 후배들이 무척 많았으니까요."

그녀는 고통스러운 듯 잠시 그쳤다가 다시 말을 이었다.

"하지만 첫 출발이 저의 잘못이었다 하더라도 그에게 일방적인 인생의 선택권은 없다고 생각했어요. 만삭이던 어느 밤 그들이 잠든 사이 몰래 집을 빠져나왔지요. 그리고 아이를 낳자마자…… 아이를 오빠 부부에게 맡기고 필리핀으로 떠나버린 거예요. 지긋지긋한 과거로부터의 도망이었지요. 3년이 지난 후 돌아와보니 폭풍우가 지나간 들판처럼 모든 것이 잠잠하더군요. 그도 더 이상 날 찾지 않았고, 아이는 오빠의 아이로 예쁘게 자라고 있었고요. 가슴은 아팠지만 그래도 그게 아이에겐 더 나을 거라고 생각하고 고모로서 지켜볼 수 있음을 감사했어요. 그렇게 모든 게 끝났다고 생각했는데…… 시간의 문을 통해 그 과거마저도 바로잡을 수 있다고 생각했는데…… 저보다 그가 빨랐던 거예요."

"빠르다니요?"

그녀가 낭패스러운 얼굴로 입술을 깨물었다.

"아이가 있는 오빠의 집으로 찾아가겠대요. 주소도 다 알아냈다고, 그 아이가 분명 자기 아이가 맞을 거라고. 저는 필요 없으니 상관치 말라더군요. 지금 그가 원주로 가고 있대요. 민정이에게로…… 아무것도 모르는 아이에게로."

굵은 눈물이 그녀의 볼을 타고 천천히 흘렀다.

"모든 잘못은 저에게 있어요. 저의 이기심과 욕심이 불러온 불행이라는 걸 모르지 않아요. 그치만…… 그 죗값을 어린아이가 받아선 안 되잖아요. 제가 받아야 하잖아요."

빗소리가 커서 울음소리가 크게 느껴지지 않는 것이 다행스럽다는 듯 그녀는 내 쪽으로 몸을 기대고 한참을 흐느꼈다.

그처럼 많은 시간이 흐르고 코카브에서의 프로그램 과정과 여행까지 두루 지나온 그녀 안에 여전히 고통이 자리하고 있음은 내겐 오히려 신성하게 느껴졌다. 인간의 내면이란 어떤 의식적인 행위로 움직일 수 있는 것만은 아닌 것이다. 또한 결국엔 그 갈등과 직면해 해결해야 하는 것도 인간이 가진 의지라는 것도. 나는 낮지만 분명한 목소리로 말했다.

"걱정 마세요. 우리가 도와줄게요. 아이에게 아무 일도 생기지 않도록."

그녀의 울음이 조금은 잦아들었다.

19

원주에 도착할 무렵엔 비도 차차 개어 하늘이 조금씩 맑아졌다.
"저기 봐요."
이젠 완전히 눈물을 그치고 원래의 모습으로 돌아온 나영이 파란 대문 집을 가리켰다. 하얀 담장이 둘러진 평범한 양옥집이었다.

넓지는 않지만 아담한 화단이 있고, 자그마한 개집이나 평상이 하나 있을 법한 집이었다. 마음이 급한 듯 나영이 서둘러 차에서 내렸다. 그때 그녀의 발에 밟힌 물웅덩이에서 흙탕물이 찰박하고 튀었다. 그것이 공교롭게도 나영의 하얀 원피스에 눈에 띄게 짙은 얼룩을 만들고 말았으므로 우리는 잠시 서로를 불길한 눈으로 바라보았다.

그러나 이내 그녀는 결연한 얼굴로 손으로 툭툭 치고 대문으로 똑바로 걸어나갔다. 조금 전 흐느끼던 나영이 아닌 듯해 보였다. 그녀가 거짓처럼 말간 얼굴로 대문의 문고리를 탕탕 내리치자 곧 인기척이 들려왔다.

"누구세요."

일곱 살짜리 작은 여자아이였다. 동그랗고 작은 하얀 얼굴에 점을 찍은 듯 검은 눈을 반짝이는 꼬마 아이.

"고모?"

그 아이가 바로 민정이었다.

"민정아."

그녀는 고모치고는 격한 몸짓으로 아이를 끌어안았고, 아이는 이내 몸을 빼려고 몸을 뒤척였다.

"고모오……."

자주 있었던 일인 듯 아이는 익숙하면서도 짜증스러운 얼굴을 하고 있었다. 그제야 나영도 주위를 살피며 아이를 놓아주었다.

"엄마는?"

"마트에 잠깐."

나영이 나를 돌아보았다.

"어떻게 하죠? 일단 아이를 데리고 다른 곳으로 가야겠죠?"

제 고모의 말에 질색하는 듯 아이가 인상을 찌푸렸다.

"아니, 나 지금 케로로 보고 있어. 엄마가 집에서 기다리랬다구. 고모는 또 어디 멀리 가려구 그러지?"

"아니, 아니야. 이번엔 안 그럴게. 정말이야."

당차고 명랑하던 나영이 아니었다. 여느 엄마들처럼 다정하면서도 일면 지나치게 애타하는 모습이었다.

그때 바르릉 하고 요란하게 떨리는 자동차 소리가 들려왔다. 집 근처였다. 내가 둘을 떠밀었다.

"광욱 씨, 나영 씨와 아이를 데리고 어서 들어가요."

"어쩌시려고요."

광욱이 내키지 않는 얼굴로 물으면서도 불안한 듯 서둘러 집 안으로 향했다.

곧 대문 앞에 굵은 목소리들이 두런거리는 것이 느껴졌다.

쾅쾅.

"실례합니다."

나는 잠시 망설였다.

쾅쾅쾅.

"아무도 없나요?"

그들은 조직 폭력배의 일원이라고 했었다. 내가 무엇을 할 수 있을까, 잠시 생각했다. 회사에서마저 한 번도 감수하지 않은 위험이었다. 그때 어디선가 고모, 가느다랗게 민정의 목소리가 들리는 듯했다. 쉿, 조용히 해, 라는 나영의 목소리도. 고모, 왜 그래? 아이는 천진하게 묻고 있다. 둥둥 떠 있던 발이 땅에 닿듯 왠지 모를 용기가 솟았다.

"누구세요."

나는 대문을 빼꼼 열고 고개를 내밀었다. 사내들은 모두 셋으로 폴로 티셔츠나 얌전한 와이셔츠 같은 것을 입고 있어 폭력배들로는 보이지 않았다.

"집주인이신가요?"

셔츠 밑으로 굵은 팔뚝이 드러난 사내가 물었다.

"네, 그렇습니다만."

다른 사내가 성급히 문을 잡아 젖혔다.

"일단 들어가서 얘기합시다."

"무슨 일인데 그러십니까?"

내 질문을 묵살한 채 그들은 기세등등하게 마당으로 들어섰다. 가장 뒤편에 있던 훤칠한 키의 호남형 남자가 매서운 눈으로 주위를 둘러보았다. 그가 민정의 아빠일 것이란 짐작이 들었다. 평범해

보이는 인상 속에서도 그 간절한 눈빛만은 숨겨지지 않았던 것이다.

"김민정 어디 있습니까."

그는 내가 아이를 숨기기라도 한 듯 씨근거리며 말하고 있었다. 나는 태연한 표정을 가장하고 화내듯 말했다.

"그게 누구죠? 전 이사 온 지 얼마 되지 않았습니다."

그의 얼굴에 당혹스러움과 의문이 스쳐갔다.

"이사요? 그럼 여기에 살던 사람들은요?"

"그거야 제가 모를 일이지요."

"그럴 리가 없어요. 전입신고 되어 있는 걸 제가 확인했다고요."

그의 뒤편에서 다른 사내가 항변하듯 말했다.

"그분들이 전입신고 문제는 아직 처리를 못하셨나 보군요. 저 역시 아직 이주 신고를 못했으니. 어쨌든 이제 그만들 나가주세요. 집 안에 몸이 안 좋은 노모님이 계십니다."

사내는 여전히 미련을 버리지 못한 채 집 안을 훑어보았다. 대단히 실망한 눈치였다. 그에게 희미한 연민이 드는 건 왜였을까.

"어쨌든 저희 집에 오신 손님들이시니 물이라도 한 잔씩 들고 가세요."

나는 무심한 얼굴로 말하고 집 안으로 성큼성큼 들어가 음료수를 가지고 도로 나왔다. 나영과 광욱은 기막히다는 표정이었지만 그저 내쫓기만 해서는 다시 찾아올 사람들이 틀림없었다. 그들은 마당 한편의 평상에 앉아 이야기를 나누고 있었다. 어디로 가서 찾아야 할 것인지 낙심한 모습들이었다.

"누굴 찾으시나 보군요."

음료수를 건네며 말하자 상대편에서도 예의 바른 태도가 돌아왔다.

"네, 조카를 찾고 있어요."

곁에 있는 이의 대답이었다.

"쓸데없는 소리 하지 말고 있어."

딸을 찾지 못한 사내는 못내 아쉬운 얼굴이다.

"아이가 여기에 살았던 모양이죠?"

내가 말하자 사내는 고개를 겨우 끄덕였다.

"여기에 살고 있다고 했는데, 분명 그랬는데, 어느새 이사를 가 버렸네요. 또 어디에서 찾아야 할지……."

슬픔이 짙은 눈이었다. 내가 아내를 찾아 헤맬 때 꼭 저런 눈이 아니었을까.

"잃어버린 것을 찾는다는 것이 쉽지 않지요."

나는 중얼거리며 그가 바라보는 하늘 언저리를 더듬어본다. 그도 실은 애타는 마음으로 딸을 찾아 헤맸을 것이다.

"네, 쉽지 않네요. 방법을 몰랐던 것뿐인데."

그가 음료수를 단숨에 삼켰다.

"살다 보면 때론 누군가에게 지울 수 없는 얼룩을 남기기도 하지요."

나는 나영의 하얀 치마에 번지던 흙탕물의 얼룩을 떠올렸다. 지워지지 않는 상처로 남은 그녀 마음속 얼룩과 함께. 그가 물기 어린 목소리로 물었다.

"……되돌리기엔 너무 늦었겠죠?"

머뭇거리는 마음으로 그의 옆얼굴을 훔쳐보았다. 사실은 이곳에 아이가 있다는 것을 알고 있는 사람처럼 진지하고 또렷한 눈매였다. 그래도 어딘가 불균형한 상실감을 숨길 수는 없었다. 오랫동안 가슴에 맺힌 응어리가 그의 인상을 그렇게 만들었으리라. 나는 나영의 상황을 충분히 연민하는 동시에 이 사내를 동정했다. 누군들 반드시 선하고 누군들 반드시 악할 수 있을까. 모든 상처는 상대적인 것인지 모른다.

"……그만 가봐야겠네요. 음료수 감사했습니다."

한참 하늘을 바라보던 그가 이젠 됐다는 듯 바짓자락을 털며 일어났다.

"저 말이죠."

내가 부르자 다시금 본래의 매서운 눈빛으로 돌아온 그가 나를 돌아보았다.

"잃어버린 것을 되찾는 가장 좋은 방법은 기다리는 거라고 생각해요."

"기다린다고요?"

문득 형용할 수 없는 분노와 원망과 그리움의 빛이 그의 얼굴을 뒤덮었다.

"날 버리고 도망간 여자를? 그리고 그 여자가 어딘가에 버린 내 자식을 그저 기다리라는 건가요?"

"이유가 있었겠지요."

내 단호한 말에 그가 무너지듯 낭패스러운 눈으로 나를 응시했다.

"실수였어요……. 그저 그것이 우리를 위한 일이라고 생각했기 때문에."

"얼룩이 지워지기 위해선 오랜 노력과 시간이 필요해요. 한참 물에 담가야 하고, 세제나 용해제를 넣어야 하고, 햇볕을 받아 화학작용을 해야 하고…… 그래도 지워지지 않아 몇 번이고 다시 빨아야 하고……. 그러다가 어느 날 문득 그 얼룩이 본래의 무늬이기라도 했던 것처럼 자연스럽게 받아들여지는 순간이 올 때까지 기다릴 수밖에 없어요. 그것이 할 수 있는 전부일 때가 있다고요."

나는 차분히 말했다. 그것은 나에게 하는 말과 같았다.

"물론 그때가 되어서도 영영 되찾을 수 없는 것이 더 많겠지요. 하지만 어쩔 수 없잖아요. 그것은 그것대로 그렇게 흐르게 두는 수밖에."

그가 창백한 얼굴로 내 말을 듣고 있었다. 그가 곧 나인 것처럼 내 마음도 사르륵 아려왔다. 그러고도 그는 차마 떠날 수 없다는 듯 몇 번이고 집을 둘러보았다. 이 마당, 이 집이 그에게는 민정의 흔적일 것이었다.

"……감사했습니다."

그는 동생들과 함께 꼿꼿한 걸음으로 앞장서 나갔다. 뒤를 돌아보지는 않겠다는 듯 고집이 엿보이는 등이었다.

"고마워요, 정말 고마워."

나영은 새하얀 얼굴로 일어날 기운도 없는 듯 무릎을 꿇은 채로 말했다. 민정이는 곁에 잠들어 있다. 아무런 걱정도 근심도 없이 깨끗하게 맑은 얼굴이었다.

"전 정말 조마조마해서…… 어떻게 델타님 말을 듣고 그냥 가죠?"

광욱이 가슴을 쓸며 말했다.

"글쎄요, 코카브가 내게도 무슨 재주를 하나 준 모양이에요."

나영이 어쩔 수 없다는 듯 간신히 웃어 보였다.

"이제 안 오겠죠?"

광욱이 민정을 바라보며 불안한 듯 물었다.

"……안 올 거예요. 그 사람 뒷모습이 말하고 있었거든요. 후회하면서 안타깝고 쓸쓸하면서 아픈, 그런 마음."

그는 아마 얼마간 스스로의 마음을 뒤돌아보며 힘겨운 시간을 보낼 것이다. 그리고 얼룩의 흔적이 옅어지고 당연한 무늬로 받아들여지기를 기다리겠지. 꼭 나처럼.

"고마워요, 델타님."

꽉 잠긴 목소리였다. 어쩌면 그녀가 울고 있는지도 모른다고 생각했다. 그녀 역시 자신의 얼룩만 생각하느라 그녀가 또한 누군가에게는 한 점의 얼룩일 것이란 생각을 못했을 것이다. 그러나 그것이 또한 사람이었다.

나는 처음으로 아내와 나 자신에게 조금은 너그러운 시선을 보냈다. 어쩌면 우리 역시 그저 서투르고 어리석은 철부지 아이였던 것이다.

우리는 그 밤을 원주에서 보냈다. 나영의 작은 천사, 민정과 함께.

아이는 마구 뛰어다니는가 하면 토라져 심술을 부리고, 우는가 하면 곧 웃음을 터트려댔다. 왠지 모를 에너지가 그 아이로부터 퍼져 나와 우리 모두에게 전해지는 기분이었다. 아무것도 계산하지 않고 아무것도 두려워하지 않으며 아무것도 아파하지 않는 순수함.

나는 그 아이와 함께 웃으며 또 뒹굴며 장난을 쳤다. 동현을 보낸 후 단 한 번도 아이들에게 다정하지 못했던 내가 오히려 낯설게 느껴졌다. 불완전하기 때문에 오히려 사랑스러운 아이들에게 어찌 냉정할 수 있단 말인가. 또한 나는 그것이 마치 동현과 함께하는 시간처럼 즐거웠음을 고백한다. 그 아이가 실체로서는 아니더라도, 존재로서는 내 마음에 여전히 머물러 있기 때문이었다.

깊은 밤 나는 장모님에게 전화해 못내 궁금한 비밀을 물었다. 이미 까마득한 일이었으나 그녀가 그 대답 하나만큼은 분명히 기억하고 있음이 다행이었다. 언제 돌아오느냐고 채근하는 그녀도, 곧 돌아간다고 말하는 나도, 적당히 거짓을 이해해주면서 우리는 오직 하나, 아내에 대한 새로운 비밀을 가슴에 새겼다.

VII 시간의 문이 곧 열립니다

뜻하지 않은 항로를 만날 때 배는 기울거나 흔들릴 것이다. 그러나 결국 우리가 향하는 그 길은 같은 곳이지 않을까? 곧 시간의 문을 찾아 떠나려 한다. 그 시간의 문을 관통한 나의 미래가 어떤 것일지는 아마 신만이 알고 계시리라. 어쩌면 그 관통한 끝이 마치 뫼비우스의 띠처럼 지금 이 순간과 잇닿아 있을지도 모른다는 생각을 잠시 해보았다. 그 어떤 진실도 지금 이 순간 내가 바라보는 이 새벽빛의 푸름보다 귀하지는 않은 것이다.

― 아내의 일기 중

20

 다음 날 아침 이 기자에게서 비상 메시지를 받았다.
 "코카브의 미래, 기사화 예정"이라고 쓰여 있는 메시지였다. 조간신문을 가져다 읽어보니 과연 「사이비 종교인가 과학의 진보인가, UFO를 쫓는 사람들」이란 제목의 기사가 전면에 공개되어 있다. 프로그램의 과정까지 보도된 것으로 보아 이 기자뿐 아니라 다른 기자들의 정보 또한 만만치 않았던 모양이다. 언론의 공격을 받게 된 코카브는 어떤 식으로든 혼란스러울 것이었다. 우리는 그만 코카브로 돌아가기로 했다. 물론 나영은 두고서였다.
 "왜 저만 이곳에 있으라는 거예요?"

"이제 코카브는 변하게 될 거예요. 모든 세계가 다시 또 흔들릴 거라고요. 나영 씨 자신을 위해서 이곳에 있는 게 좋아요."

나영은 못내 아쉬운 듯한 눈으로 다시 물었다.

"그럼 델타님은 왜 돌아가시는 거예요?"

"전 아내가 그곳에 있잖아요. 그녀와 풀지 못한 과거가 있잖아요."

그녀는 고개를 끄덕이면서도 풀죽은 얼굴로 소파에 몸을 기댔다.

"코카브는 나를 다시 살게 해준 곳인데…… 다시 살 수 있다고 말해준 유일한 곳인데. 내가 가야 하는데……."

"이대로 좋아요. 이곳에서 나영 씨의 자리를 찾아야지요. 민정이가 있잖아요. 그걸로 충분하지 않나요?"

그녀는 힘없이 고개를 끄덕였다. 고모, 하고 민정이 뛰어와 빨려 들 것처럼 깊고 맑은 눈동자로 웃었다. 나영도 어쩔 수 없다는 듯 슬그머니 따라 웃었다.

우리의 차가 골목을 벗어날 때까지도 그녀는 대문 앞에 서 있었다. 이제껏 볼 수 없었던 새로운 빛이 그 얼굴에 어려 어느 때보다도 아름다워 보였다. 물론 코카브가 그녀에게 어떤 의미인지 잘 알고 있다. 그러나 여기에서 계속되는 삶보다 더욱 중요한 것은 없다고, 나는 생각했다. 설령 그것이 시간의 흐름을 뒤바꾸고 세계의 미래를 뒤집을 외계인과의 만남이라도.

코카브로 들어가는 길은 이미 외부 차량으로 꽉 막혀 있었다. 전국의 취재진이 몰려온 모양이었다. 나는 아직 코카브에 남아 있을 아내 때문에 초조했다. 나쁜 일이 벌어지거나 하지는 않을 테지만 궁지에 몰리면 쥐도 고양이를 무는 법이다. 비뚤어진 소수의 지도자들이 나는 걱정이었다. 광욱에게 주차를 맡긴 후 나만 먼저 내려 코카브로 뛰어들었다. 마지막 언덕을 오를 때에 누군가 나를 불렀다. 이 기자였다.

"지금 오신 거예요?"

우리는 반갑게 악수를 나누었다. 얼굴빛이 조금 더 환해진 것도 같았다. 잠시의 코카브 생활이 그에게 조금은 도움이 되었던 것일까?

"어떻게 된 거예요? 사태를 급진전시킬 만한 무슨 일이 있었나요?"

땀을 닦으며 내가 묻자 그도 질린다는 듯 고개를 흔들었다.

"아시다시피 이건 우리 신문사에서 주력하고 있던 기사인데, 다른 신문사에서도 여러모로 애쓰고 있었던 모양이에요. 먼저 특종으로 내버렸으니. 아마도 그 위원장이 다른 세력을 규합하고 반대하는 이들을 정리한다는 소문이 돌았던 것 같아요. 디데이를 앞두고 무엇보다도 권력을 집중시키려는 것이죠. 꽤 규모가 큰 코카브이니 그 운영 자금만 해도 보통이 아닐 게 아닙니까. 또 무엇보다도 디데이가 코앞이니, 사실 여부를 확인하고 싶은 호기심이 있으니까요."

나는 고개를 끄덕이면서도 부지런히 걸었다. 황량한 곳이었던 벌판에는 기자뿐 아니라 다양한 사람들이 모여 북적거리고 있었다.

디데이를 앞두고 모인 코카브 회원들과 UFO의 하강을 목도하고자 찾아온 사람들이었다.

"여기까지. 형님, 나중에 다시 봐요."

이 기자가 코카브의 문 앞에서 말했다. 검은 양복을 입은 사내들이 주변을 둘러싸 한층 경비가 심해진 상태였다.

"그래요, 어쨌든 디데이가 되면 만날 수 있을 테니까."

나는 경비를 선 사내에게 나의 정황과 지문 인식기 확인을 거친 후에야 코카브로 들어설 수 있었다.

건물 안은 여전히 서늘하고 어두웠다. 떠났던 것이 아주 오래된 일인 듯 어르신과 닥터 박, 최 마담과 라나, 그리고 미래와 아형…… 모두의 얼굴이 띄엄띄엄 하나씩 떠올랐다. 언제쯤 돌아올까. 아득한 그들의 목소리와 사소한 몸짓 같은 것들이 깊은 그리움을 자아냈다.

"델타님!"

오 알파였다. 그녀는 복도를 분주히 걸어오다 나를 보고 깜짝 놀란 것 같았다.

"어떻게 된 거죠? 아직 도착할 때가……."

"그렇게 되었어요."

그녀가 잠시 망설이다 손에 들고 있던 신문을 내밀었다.

"이 기사는 두 분의 합작품인가요?"

의외로 부드러운 목소리였다.

"어떤 면에서는 그럴 수도 있겠지요. 코카브를 위한 일이었다고 하면 화내실 건가요?"

그녀가 복잡한 심정을 담은 얼굴로 고개를 흔들었다.

"아니요. 저도 사실 꽤 걱정하고 있던 일이었어요. 차라리 이렇게 공론화되는 게 나을지도 모르죠. 덕분에 지금 서로들 격전 중이니까요."

"격전 중요?"

"하델 박사님이 곧바로 달려오셨고, 다른 운영위원들도 모두 모였지요. 하마터면 은밀히 넘어갈 뻔했던 일이 그 기사로 논쟁이 된 거예요."

그녀는 말하며 복도 창 너머로 희미하게 엿보이는 사람들의 무리를 바라보았다. 어쩐지 쓸쓸한 얼굴이었다. 코카브의 끝을 생각하는 것일까?

"어쩌면 모두 앞에서 진실을 증명할 수 있으니 또한 다행 아닌가요?"

내가 말하자 그녀가 고개를 끄덕였다.

"네, 그렇겠지요. 사실 위원장님의 말에 못 이기는 척하고 따랐던 것은…… UFO가 오지 않았을 때 우리가 해온 그간의 모든 일이 신기루처럼 사라져버릴까 두려웠기 때문이었어요. 서로가 나누었던 이야기, 치유했던 상처들, 때론 반짝하고 빛나던 그 모든 찰나의 순간들 말예요. 그것들은 무엇으로도 훼손되지 않았으면 해요."

"혹시 알파님은 UFO가 오지 않으리라는 것을 알고 있는 게 아닙니까?"

내가 용기 내어 물었다. 그녀는 그저 막막한 얼굴로 창밖의 어딘가를 응시하고 있었다. 그녀에게도 시간이 좀 더 필요한지도 모른다. 간절히 바라고 소망하던 무언가를 내려놓는다는 것은 누구에게나 어려운 일이다. 그녀는 내 질문의 대답 대신 반가운 제안을 했다.

"지금 강당에서 소그룹 강연회가 진행 중입니다. 그곳에 들어가 보셔도 좋습니다. 물론 최은희 베타님도 계시지요."

천장에 매달아둔 주머니가 털썩 떨어지듯 무언가가 가슴 안에서 툭 떨어졌다.

"정말이에요?"

"네, 이제는 만나보셔도 좋을 것 같군요. 델타님 얼굴에 엿보이던 어두운 그 무언가가…… 전혀 다른 빛으로 느껴지거든요."

다른 빛? 매일 거울을 보면서도 한 번도 느끼지 못했던 것이다.

"아마 델타님의 이곳이 달라졌기 때문이겠죠?" 하고 그녀는 슬며시 웃으며 나의 가슴 왼편을 가리켰다.

"네?" 하고 반문하자 그녀는 "UFO는…… 꼭 와요" 하고 다짐하듯 말하고 바쁜 걸음을 옮겼다.

강연회라고는 했지만 토론회와 비슷한 분위기로 흘러가고 있었다. 여기저기에서 손을 들고 의구심을 제기하거나 불만을 토로했다. 고요하고 온화했던 코카브의 분위기가 아니다. 나는 웅성거리는 사람들 틈에서 아내를 찾아보려 했지만 눈에 띄지는 않았다. 한참 만에 내가 찾아낸 것은 오히려 알파의 얼굴이었다. 그녀는 어느샌가 연단 곁의 황금색 의자에 앉아 있었다. 눈이 마주친 그녀가 잠시 웃은 것 같기도 했다. 곧 그녀가 일어나더니 사회자의 자리로 가 장내를 정돈시켰다.

"오늘 공개 발표를 하시는 분이 계십니다. 프로그램의 일환으로 생각하시고 경청해주시기 바랍니다. 그리고 우리가 추구하는 근본적인 이념이 무엇인지에 대해서도 다시 한 번 깨달을 수 있었으면 합니다. 우리는 물론 시간의 문을 찾고자 이곳에 왔습니다. UFO와의 만남이 가져올 획기적인 과학의 진보 역시 기대하고 있지요. 하지만 그것이 다는 아닐 것입니다. 우리는 과거의 회복을 통해 더 나은 미래를 꿈꾸었습니다. 새로운 세상을 만드는 것이지요. 스스로 행복을 찾는 것. 그 밖에 무엇도 필요치 않다고 생각합니다. 시간의 문과 함께하는 그 순간 역시 말입니다. UFO의 하강과 조직의 운영에 대해 말이 많은 것을 알고 있습니다. 하지만 저는 반드시 시간의 문은 열린다고 믿습니다. 그리고 그 열리는 순간의 선택은 순전히 우리의 몫이 되겠지요. 어차피 미래란 우리가 만들어가는 것이니까요."

모두가 잠잠히 그녀의 말을 듣고 있었고 어느샌가 들어온 광욱도 곁에 앉아 고개를 주억거렸다.

"어쨌든 오늘은 공개 발표를 끝으로 강연회를 끝낼 것입니다. 오늘 저녁 하델 박사님을 비롯한 위원들의 결과가 나오면 곧 디데이 일정을 발표하겠습니다."

명료한 설명이었다. 그녀가 단상에서 내려오자 다들 가만히 박수를 쳤다. 그러나 그녀의 말을 되새겨볼 겨를도 없이 내가 마주한 사람은 아내였다. 마른 몸의 하늘하늘한 뒷모습, 짧은 단발, 단정한 눈매. 그녀는 분명 아내였다. 그사이 퀭하게 보였던 눈빛도, 바싹 마른 양 볼도 조금은 생기로 차오른 듯 보였다.

"안녕하세요. 4T의 최은희 베타입니다."

그녀의 목소리는 낮았지만 야무지게 입을 모으는 고른 말투는 오래전 어느 나날들처럼 여전히 듣기에 좋았다. 곁에 있던 광욱이 나의 초조함을 눈치챈 듯 가만히 손을 잡았다 놓았다. 나는 심해에 서라도 끌어올리듯 깊은 숨을 한껏 들이마셨다.

"……생각해보면 참 바보 같은 삶을 살았던 것 같습니다. 분명 내 삶의 주인은 나인데 그렇지 못하고 어린아이처럼 울던 나날들이었던 것 같아요. 겉으로는 내내 웃으면서 말이에요. 물론 그 웃음의 일부는 진실이었겠지요. 하지만 그래야 한다는 당위를 가지고 있는 한 그것은 제 삶의 전부가 되지는 못했습니다. 그러다 아들을 잃었습니다. 무엇과도 바꿀 수 없다고 생각한 존재였고, 사랑했지만 지금 와 생각하면…… 역시 내 멋대로의 사랑을 쏟았던 것이 아닐까 생각합니다. 그저 내가 살아온 인생의 보상으로서 대했던 게 아닐까 하는 것입니다. 그것은 남편에 대해서도 마찬가지였지요. 물론 그를 사랑했지만 그것은 어쩌면 이기적인 방식에서의 사랑이었던 거예요. 내가 이제껏 가져온 모든 것을 치유해줄 대상으로서. 그처럼 아슬아슬한 행복을 꾸리고도 안심했으니, 그저 덮어두었으니 모든 원인은 저에게 있는 것입니다. 아들이 죽고 나자 모든 것이 환멸스러웠어요. 개미구멍만 한 균열에도 댐이 무너질 수 있듯 아들의 상실은 곧 제 모든 삶을 무너뜨리는 핑계가 되었지요. 모든 것을 남편의 탓으로 돌렸습니다. 옳고 그름의 판단은 차후 문제였지요. 무기력함과 원망과 그리움 속에 저의 증오는 오직 한 곳, 남편만을 향하고 있었던 거예요. 무엇보다도…… 그렇게 스스로의 삶을 파괴해야만 뒤틀린 운명에 대해 유일하게 항거할 수 있다고 믿었던 겁니다."

그녀의 말이 창칼처럼 내 가슴을 아프게 찔렀다. 꽃처럼 환하게 웃던 아내의 미소와 부드러운 머리카락, 아찔한 향내가 아득하게 느껴졌다.

"처음 이곳에 올 때 저는 절대적인 비밀의 열쇠가 있으리라 기대했습니다. 그러나 코카브는 그 열쇠 대신 어떤 것도 절대적인 것은 없음을 알려주었습니다. 무엇보다도 제가 사실은 그저 열심히 살아왔을 뿐이라는 것을 깨닫게 해주었어요. 그때그때 그저 살아가기 위해 맹렬히 노력하는 것. 그것이 인간의 가장 숭고한 의지가 아닌가요? 내 힘으로 어찌할 수 없는 것은 어찌할 수 없는 그대로 놓아두고 새로운 것을 찾아나가는 것. 그 힘을 이곳에서 얻었습니다. 무엇보다 소중한 것은, 네, 어쩌면 살아온 삶에 대한 후회와 떠나보낸 아들에 대한 그리움과 자책보다는 여기에 살아 숨 쉬고 있는 소중한 삶을 돌보는 것이라는 것을 말예요. 그것이 오히려 지나온 모든 시간을 더욱 가치 있게 하리라는 것도요."

 조명은 어두웠지만 그 순간 아내는 스포트라이트를 받은 듯 빛나 보였다. 참으로 아내는 그렇게 생각하는 것이다. 이제…… 다시 살아갈 수 있는 것이다. 시간의 문을 통과하든 통과하지 않든.

 그녀가 다시 자리로 돌아갔고 사람들은 큰 박수를 보냈다. 웅성거리던 소란도 알파와 그녀의 이야기로 완전히 그친 것 같았다. 무언가 확신을 얻었다는 듯 가뿐한 얼굴들. 나는 조용히 자리를 빠져나왔다. 광욱이 곧 나를 따라왔다.

 "왜 그냥 가시죠? 아내분 만나셔야지요."

 나는 고개를 가로저었다.

 "왠지 더욱 두렵네요."

 "두렵다고요?"

 나는 아내의 마음에 펼쳐진 낯모를 그림이 두려웠다. 나라는 존재가 끼어들 틈이 있을까.

 "언제는 꽤나 도사님처럼 구시더니."

 광욱이 못마땅한 듯 투덜거렸다.

밤이 깊어지기 전 하나둘씩 팀원들이 돌아오기 시작했다. 이미 운영진으로부터 디데이가 내일이라는 공식 발표가 있은 후였다. 가장 먼저 도착한 것은 역시나 아형이었다. 멀리서부터 시끌시끌하다 했더니 이내 녀석이 방문을 열어젖혔다.

"뭐야, UFO 디데이가 왜 갑자기 그렇게 당겨졌어. 정신없어라."

나도 모르게 히죽 웃으며 아이를 바라보고 있자니, "어, 아저씨 벌써 온 거예요? 와아" 하고 달려와 안기듯이 내 허리춤을 잡았다. 뜻밖의 행동에 놀라면서도 나는 기뻤다.

"그래, 진작 왔다. 네가 보고 싶어서."

녀석이 씩하고 고개를 드는데, 그 미소가 얼핏 동현이처럼 느껴졌다.

"잘 지냈지?"

"네."

여전히 거침없는 태도로 가방을 침대에 던져놓으며 아이는 씩씩하게 대꾸했다. 그사이 얼굴이 더 밝아지고 살도 좀 오른 느낌이었다.

"살이 좀 찐 것 같은데."

헤헤 하고 아형은 웃었다.

"돌아다니다 보니 맨날 배만 고프더라고요."

다행이었다. 정말로 나는 그렇게 생각했다.

곧이어 다른 팀원들도 속속 도착했다. 닥터 박은 피곤한 듯 침대에 드러누워 꼼짝하지 않았고, 어르신은 한결 활기찬 모습으로 여행에 대해 이야기하고 있었다. 최 마담과 라나 역시 개운한 얼굴로 미래와 두런거리며 웃고 있었다.

"아저씨, 학교도 가셨어요?"

미래가 내 소매를 잡아당기며 말했다.

"응, 갔었지."

내가 웃으며 대꾸하자 아이는 갸웃거린다.

"아저씨가 슬퍼할 줄 알았는데……."

"괜찮아. 미래는 이제 말이 좀 늘었구나."

부끄러운 듯 아이가 웃었다.

"동생하구 갔던 놀이동산에도 가보고…… 놀이터도 가보고 그랬어요."

아이의 눈이 그리움으로 촉촉해졌다. 아마 아이도 그저 덮어두기만 했던 기억을 더듬으며, 떠나버린 듯했던 동생의 존재가 사실은 여전히 자신의 곁에 남아 있음을 깨달았던 것이리라.

"미래하고 얘기하려면 나한테 허락을 맡으라고 했잖아요."

아형이 으르렁대며 끼어들었다.

"미안하지만 미래는 너한테는 별 관심이 없는 것 같은걸."

내가 놀리자 모두가 웃었고, 아형은 얄밉다는 듯 내 팔뚝을 꼬집는다. 하나도 아프지 않은 공갈의 몸짓이었다. 나는 천천히 방으로 모여든 팀원들을 둘러보았다. 어르신, 닥터 박, 최 마담, 라나, 미래, 아형……. 가족처럼 따스하게 느껴지는 얼굴들이었다. 문득 마지막이라는 서글픈 단어가 아프게 떠올랐다. 내일이면 모든 것이 끝난다. 어떤 식으로든. 먹구름이 한껏 빠른 속도로 몰려왔다 곧 지나쳐버리듯 가슴이 허전했다.

"아시겠지만……."

모두의 시선이 내게로 향했다.

"내일이 UFO의 하강일로 지정되었습니다. 외계와의 교신법에 대해서는 우리는 잘 모르니 그 이유는 알 수 없고요. 모든 것이 공개되었으니 빨리 확인되는 쪽이 우리에게도 편리하겠지만요."

"만약…… 안 오면 어떻게 하지?"

최 마담이 근심 어린 얼굴로 말했다.

"글쎄요. 어쨌든 미리 마음을 준비해두시는 게 좋을 것 같아요. 어느 쪽이든."

내 말에 아형이 주먹을 불끈 쥐며 당차게 말했다.

"오겠죠. 설마 안 오기야 하겠어요?"

그러자 어르신이 잔잔한 목소리로 타이르듯 말하는 것이다.

"내 생각엔 UFO와 관계없이 이미 새로운 세상이 펼쳐진 거야. 적어도 우리에게는 말이야. 나야 죽을 날이 얼마 안 남은 노인네긴 하지만."

주름이 깊이 팬 얼굴에 미소가 어려 있다.

"그게 무슨 뜻이에요? 그럼 UFO가 안 와도 상관없단 거예요?"

닥터 박이 물었다.

"서로 얼굴을 한번 보라구. 우리 스스로가 달라졌으니 세상이 달라진 거지. 시작은 그거야. 큰 물결이 아니더라도 잔잔한 빗방울 같은 것도 있으니까."

모두들 각자의 상념에 잠겨 복잡한 얼굴로 잠자코 있을 뿐이다.

나는 사람이란 얼마나 작은 존재인가 새삼 생각했다. 당장 내일, 1분 1초 뒤의 일도 조금도 짐작할 수 없는 것이다. 그러나 그것이 나는 어느 때보다도 소중하게 느껴졌다. 시간의 문 따위는 없는 게 좋을지도 모른다.

"그래도…… UFO 왔음 좋겠다."

아형이 중얼거렸다. 나는 아이의 머리를 쓰다듬었다. 따뜻하고 매끄러운 머릿결이었다.

21

마침내 UFO의 디데이가 밝았다.

간단한 아침을 나누어 먹는 사람들의 얼굴은 긴장감이 팽팽했고, 밖에서 밤을 지새운 수많은 이들을 위해 빵 등을 나누어주러 나간 이들도 경직된 얼굴로 돌아왔다. 그동안 있었던 일들을 회고하거나 앞으로 벌어질 일들에 대한 기대와 두려움 속에서 오전을 조용히 보냈다. 코카브 밖의 사람들은 점점 많아지고 있었다. UFO

하강 장소로 지목된 해변에는 더 많은 사람들이 몰려 있다고 했다.

창백한 아침 햇살이 레몬 빛에 가까워졌을 때 우리는 모두 대형 버스나 개인 차, 혹은 걸어서 주문진 해수욕장 쪽으로 이동하기 시작했다. 나는 후발대 쪽에 남아 사람들의 이동을 도왔으므로 텅 빈 코카브의 모습을 볼 수 있었다. 사람의 에너지로 가득 찬 채 고요한 것과 텅 빈 채 고요한 것은 전혀 다르다. 훨씬 가볍고 애잔하다. 나는 낡은 창고처럼 노쇠해져버린 코카브를 한참 바라보았다.

"이 시설은 이제 어떻게 되죠?"

문을 잠그고 있는 알파에게 물었다. 그녀 역시 상념에 젖은 눈으로 코카브를 한 번 둘러본 후 애써 담담히 말했다.

"또 다른 사람들의 소중한 공간이 되겠지요."

"UFO가 오지 않아도요?"

그녀는 더 이상 말이 없었다.

우리는 함께 걸었다. 그녀를 돕는 사내는 몇 남지 않았다.

"왜 마지막까지 남은 거죠?"

그녀가 물었다.

"글쎄요."

어쩌면 이러한 마지막을 견딜 수 없었는지도 모르겠다. 물리적으로는 짧았던 시간이었으나 현상학적으로는 이곳에서의 시간이 내 삶의 전체를 관통하고 있었다. 그런 소중한 의미를 옷가지를 접어 넣듯 짐 가방에 몰아넣고 착착 정리할 수는 없는 것이다.

11시 반경 우리는 바닷가에 도착했다. 관광객들까지 뒤섞여 인산인해가 된 사람들이 기대 반 조롱 반으로 그곳에 모여 있었다.

우리는 서둘러 무리의 앞으로 나아갔다. 사람들의 밀도 높은 집합 때문에 쉽지 않은 일이었다. 한참이나 끙끙대며 앞으로 향하다 문득 둘러보니 나뿐이다. 알파 일행을 찾느라 두리번거리자니 반가운 목소리가 들려왔다.

"아저씨! 아저씨!"

아형이었다. 저만치에 가장 키가 큰 닥터 박의 얼굴이 언뜻 비쳤다. 나는 서둘러 그들에게로 향했다. 그러나 사람들을 횡으로 헤쳐 간다는 것도 쉽지 않은 일이었다. 잠깐 머뭇거리는 사이 어디에선가 시작된 움직임이 이쪽까지 전해졌다. 거대한 사람들의 무리는 한번 움직이기 시작하면 걷잡을 수 없다. 어어어, 하며 나는 밀려나고 말았다. 이젠 아무도 보이지 않는다. 낯선 사람들 속에 섬처럼 외따로 떨어진 것이다.

서글픈 마음으로 돌아보자니 저만치 높은 바위 위에 하얀 머리를 한 노인이 보인다. 사람들의 시선이 모두 그편을 향해 있었다. 그가 바로 하델인 모양이었다. 작고 옹골진 등을 가진 노인이었다. 얼굴은 보이지 않았지만 과학자로서의 신념과 인간으로서의 고뇌가 뒤섞여 있는 느낌이었다. 이 많은 사람들이 그 한 명의 예언을 따라 이곳에 모인 것이다. 상상할 수 없는 무게가 그 어깨를 짓누르는 듯했다.

"5분 남았어!"

어디선가 시간을 알리는 소리가 들렸다. 사람들의 웅성거림이 구름처럼 저편에서 이편으로 흩어지고 이편에서 저편으로 사라졌다. 나 역시 연신 땀을 닦으며 중심을 잡기 위해 안간힘을 쓰고 있었다. 8월의 한낮이었다. 짭조름한 바닷바람과 뒤섞인 더운 모래가 까슬까슬하게 느껴졌다.

문득 바람이라도 불어오듯 어디선가 서늘한 기운이 와 닿는 것을 느꼈다. 오른편이었다. 뭘까 하고 돌아보고 싶었지만 중요한 시간을 목전에 두고 있었다. 잠시라도 시선을 수평선 너머에서 떼고 싶지 않았다. 그러나 결국 알 수 없는 힘이 내 얼굴을 옆으로 돌렸다.

거기에, 아내가 서 있었다.

아내는 나를 보지 못한 듯 정면만을 응시하고 있었다. 간절하면서도 초연한 눈빛이었다. 어떻게 해야 할까 잠시 망설였다. 아내는 이곳에서의 만남을 어떻게 받아들일까. 그때 알파가 가리켰던 가슴의 왼편이 쿵쿵쿵 뛰기 시작했다. 규칙적이고 따뜻한 소리. 알파는 이것을 말했던 것이다. 죽은 듯 고요하던 심장이 힘차게 뛰고 있음을. 마치 첫걸음을 뗀 아이처럼.

나는 다시 수평선을 응시한 채 아내의 손을 잡았다. 마르고 서늘한 손이었다. 흠칫 놀라는 듯했던 손이 천천히 잠잠해졌고, 이내 따뜻하게 나의 손을 그러쥐었다. 나는 귀가 따갑도록 시끄러운 사람들의 웅성거림 속에서 단 한 줄의 실 가락에 목소리를 실어 보내듯 조용히 말했다.

"장모님이 당신을 택했던 것은 말이야, 길 따위를 알려준 것과는 아무런 관련이 없었어. 그저 장모님은 그 보호소에 들어섰을 때 오직 당신밖에 보이지 않았다더군. 그건 누가 억지로 만들 수도 꾸밀 수도 없는 것이었어. 당신이 장모님의 딸이 될 것이라는 운명인 것밖에. 그러니 누가 타인의 운명을 바꾸거나 뒤튼 것은 아니야. 그저 묵묵히 서로 자기 인생을 살 뿐인 거야."

아내의 손이 파르르 떨리는 듯했다. 어떤 의미일까. 천천히 그녀를 돌아보았다. 폭우가 쏟아진 뒤에 청명하게 빛나는 하늘과 검은 등치에 푸름을 품은 나뭇가지처럼 말끔한 얼굴로 그녀는 나를 보고 있었다. 그 두 눈 속에 소용돌이치는 다양한 감정들이 마치 내게로 전해지는 듯했다. 아프면서 다행스럽고, 다행스러우면서 기쁜…….

그리고 그 순간,

우리가 어떤 빛 속에 휩싸여 있다는 것을 느낄 수 있었다.

그녀와 나 외에는 아무도 없었다. 우리는 손을 맞잡고 서로의 얼굴을 들여다보고 있다. 어디선가 아빠, 엄마, 하고 부르며 동현이가 달려왔다. 대여섯 살쯤 되었을까, 작고 귀여운 동현이다. 우리는 아이를 와락 끌어안았다.

아빠, 엄마, 어디 갔었어?

아이가 묻는다.

우린 여기 있었잖아.

아니야, 나 계속 찾았어. 분명 아무도 없었는데.

그러면서 아이는 연신 얼굴을 비볐다. 따뜻하고 매끄러운 볼이 아이의 숨결만큼 말랑말랑했다.

이제 헤어지지 말자. 늘 함께 있는 거야.

아이가 고개를 끄덕이고 환하게 웃었다. 우주의 별을 모두 모은 대도 비할 수 없는 강렬한 빛이다. 오래도록 오래도록 나는 그 빛을 마주하고 싶었다. 그러나 곧 두려움이 깊어졌다. 여기는 어디지?

"시간의 문이 열린 건가?"

내가 중얼거린 순간 탁, 하고 빛이 꺼졌다. 발밑의 까슬까슬한 더운 모래도, 바닷바람도, 뜨거운 햇살의 감각도 다시 되돌아왔다. 현실로 되돌아온 것이다. 나는 아내와 얼굴을 마주하고 있었고, 우리는 여전히 수많은 사람들에게 둘러싸여 있었다.

"사라졌다!"

누군가 외쳤다.

바위 쪽을 바라보니 거북머리처럼 우뚝 서 있던 하델 박사가 없다. 시계를 보니 12시 2분이었다. 조금 전의 그 빛이 환상인지 실제적인 현상인지 가늠이 되지 않아 아내와 나는 서로를 멍하니 바라보았다.

"에이, 뭐야. 사이비였어, 사이비. UFO 좋아하네."

"쯧쯧. 가자, 가."

사람들이 욕을 하거나 중얼거리며 순식간에 무리를 이탈했고, 주위를 둘러싸고 있던 전경과 경찰들이 그 와중에 사고가 일어나지 않도록 사람들의 이동을 천천히 통제했다.

한참이 지나자 바위 근처에 남은 것은 코카브 쪽 사람들뿐이었다. 코카브 사람들도 대부분 이탈해버린 듯 그 수가 많지 않았다.

"어, 아주머니!"

저편 끝에서 미래가 우리를 발견하고 뛰어왔다. 미래도 일행을 잃고 있었던 것 같았다.

"박사님이 어디로 가버리신 거예요? 방금 UFO가 왔다 간 거예요?"

우리가 본 빛이 UFO가 열어준 시간의 문이었는지 우리도 확신할 수 없었다.

"아저씨! 미래야!"

아형이가 닥터 박과 어르신과 함께 다가왔다.

"무슨 일이에요, 도대체? 결국 UFO는 안 온 건가요? 뭔가 번쩍했던 것 같기도 한데, 그게 내가 졸았던 건지. 할머니가 보이긴 했는데."

아내와 내가 서로의 얼굴을 바라보고 웃었다.

"그게 UFO야."

그렇게 말해주는 것이 좋을 것 같았다. 우리 자신에게도.

"에에? 박사는 도망가고 전깃불 한 번 번쩍하는 거 보려고 우리가 여태 기다린 거란 말예요? 이건 가짜야. 이 몸은 우주에 나가야 한다고!"

아형의 절규에 모여 선 우리 모두가 함께 웃었다. 멀리서 알파와 몇몇이 우리 쪽을 보고 미소를 지어 보였다. 모두가 비난하며 이곳을 떠나도 우리가 웃을 수 있는 이유를 우리만이 알고 있었다.

하넬 박사가 어디로 갔는지 알지 못한다. 정말로 그가 UFO를 타고 떠나버렸을지도 모른다. 아니라면 서둘러 어디론가 도망을 쳤을 수도 있다. 하지만 중요한 건 그가 우리에게 말했던 시간의 문이란 바로 우리에게 간직된 기억의 한 문이었다는 것이다. 그래서 우리는 그 바닷가 뜨거운 모래 위에서 즐겁게 웃을 수 있었다.

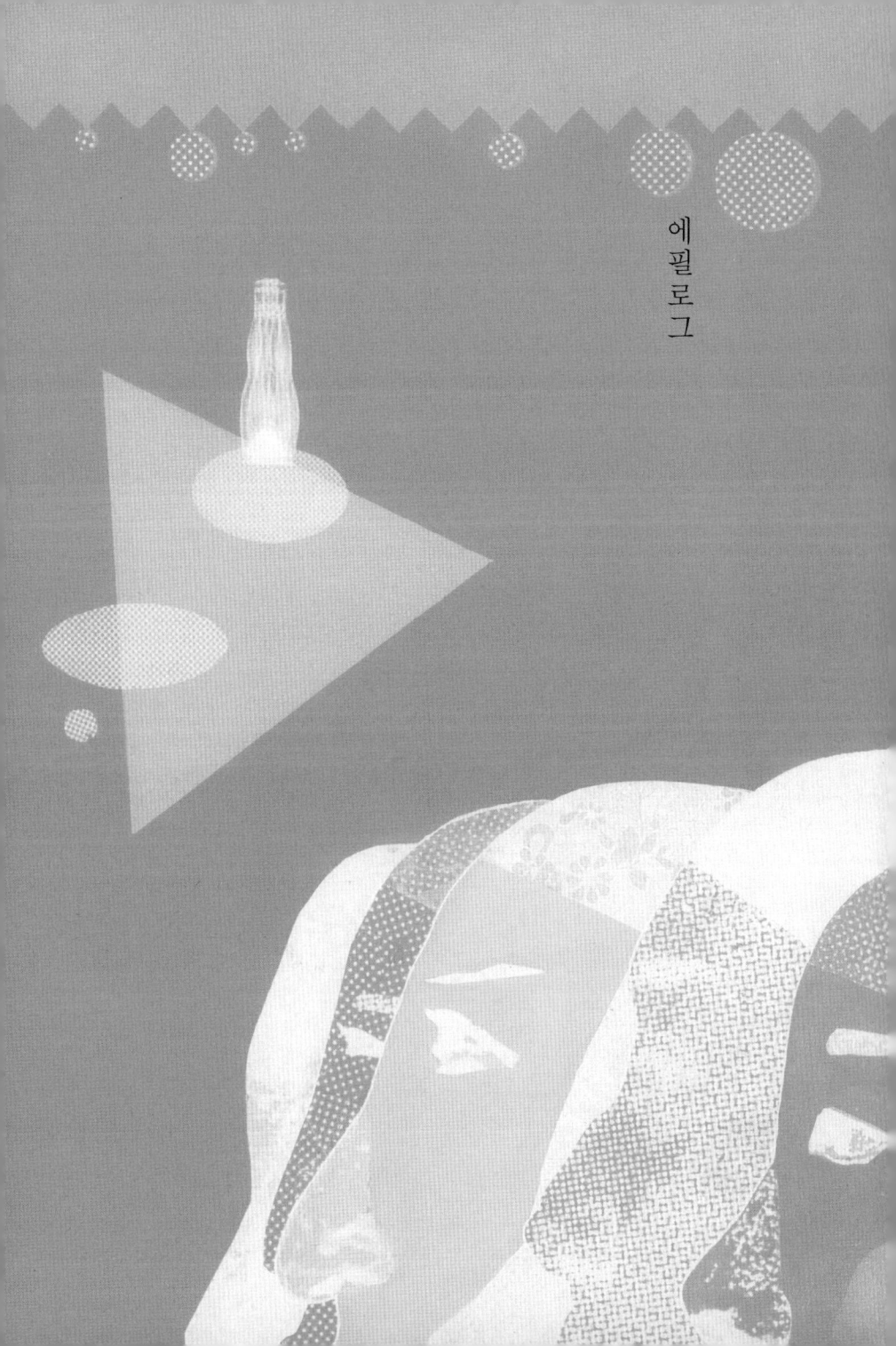
에필로그

생각해보면 거짓말 같은 일들이었다.

「UFO 대소동」이란 제목의 기사로 마무리된 코카브 사건은 얼마의 사람들이 후원금을 돌려달라거나 사기죄로 고소하겠다고 소란이 일기는 했지만 특별한 죄목이 발견되지 않아 시시하게 끝이 나버렸다.

하델 박사는 출국 기록이나 이동의 흔적도 찾을 수 없었고 여전히 행방이 묘연했으니, "혼자만 UFO 타고 떠나버린 거야. 배신자"라고 불퉁거리는 아형의 말이 아예 틀리다고 할 수만도 없었다.

아내와 나는 그날 오후 집으로 돌아왔다. 알파는 코카브에 남겠다고 했다. 몇몇의 사람들과 함께 마음 치료 센터로 개원하여 사람들의 행복을 위해 노력하는 것이 자신의 목표라고 했다. 어쩌면 진작부터 그렇게 생각하고 있었던 것처럼 차분한 얼굴이었다. 광욱 역시 그곳에 남겠다고 한 것은 뜻밖이었지만 그의 선택을 나는 진심으로 존중했다.

어르신과 닥터 박도 집으로 돌아갔고 최 마담과 라나는 이제 자그마한 식당을 차릴 거라고 했다.

"돈, 많이 모아서 베트남 갈 거예요."

라나가 웃으며 손을 흔들었다.

미래는 그동안 애타게 그녀를 찾았던 부모님에게로 돌아갔고, 아형은 뜬금없게도 우리를 따라오겠다고 했다. 자신은 돌아갈 곳이 없다는 것이다. 우리는 난처하기도 하고 그 어머니에게 허락을 구하기도 애매해 망설였지만, 자신이 밥값은 내겠다고 우겨서 어쩔 수 없었다. 우리는 결국 아이 어머니에게 연락을 취했고, 아이를 당분간 우리가 돌보겠다는 허락을 받았다.

"아저씨랑 지내면 재미있단 말예요. 놀려먹는 재미? 호호호."

아이는 그렇게 말하고 히죽히죽 웃었지만 할머니가 돌아가신 그곳으로 가고 싶어 하지 않는다는 것을 느낄 수 있었다. 또 한 가지, 나를 무척 좋아한다는 것도. 아이는 우리 집에 머무는 조건으로 갖가지 생활 습관들을 약속했고, 학교도 다시 가기로 했다. 아내는 아형을 처음 대하면서도 낯설어하지 않고 금세 친해졌고, 아형도 아주머니 아주머니 하며 잘 따랐다.

한 아이의 존재가 주는 평화로움 때문일까?

우리의 마음은 어느 때보다 여유로웠다. 그리고 이상한 나른함에 젖어 이른 저녁부터 졸려했다. 아내는 자신의 방을 아이에게 순순히 내어주고 안방으로 왔다. 그간의 일을 사과한다든지 코카브를 새삼 화제로 놓고 이러쿵저러쿵 논할 마음은 들지 않았다. 그저 아무 일도 없었다는 듯 서로 멍하니 앉아 티브이를 보고 있을 뿐이었다. 그러다 생각이 났다. 꽃지의 탯줄. 나는 가방을 뒤져 그 작은 사탕 상자를 꺼내 들었다.

"그게 뭐야?"

"당신의 최초 역사."

그러자 그녀가 무슨 뜻이냐는 듯 의아해하더니 그 상자를 받아 들었다.

"어머님이 주셨어."

이상하게도 그 단어가 낯설지 않게 느껴졌다. 아내를 낳은, 어머니······.

그녀는 무슨 소리냐는 듯 의아한 얼굴로 그것을 열었고, 곧 그녀의 손바닥 위에 딱딱하게 굳은 미라의 잔해 같은 탯줄이 올려졌다.

"아······."

그녀는 단번에 그것을 알아보았다. 그리고 한참이나 말이 없이 그것을 바라본다.

"여보······."

고개를 든 그녀가 울고 있었다.

"곧 한번 찾아뵙자. 장모님한테도. 많이 걱정하셨으니."

눈물을 닦으며 그녀가 고개를 끄덕였다. 나는 가방에서 동현의 반 토막 난 지우개와 광욱이 보내준 사진도 보여주었다.

"동현이의 학교에서 찾아냈어."

그녀가 그것을 가슴에 껴안고 눈을 한 번 꼭 감았다. 그리고 탯줄과 지우개, 사진을 차례대로 침대 머리맡에 올려놓고 티브이를 껐다. 아내는 생각을 더듬듯 가만히 말했다.

"나는 이제 다르게 살고 싶어."

나는 듣고만 있었다.

"더 이상 내 삶을 당신에게 기대지도 않을 거고, 어린아이처럼 엄마 밉다고 투정부리지도 않을 거고, 미란에게 미안해하지 않을 거고, 무엇보다도…… 내 자신을 가장 사랑해주면서, 그렇게 살고 싶어."

내가 고개를 끄덕였다.

"그리고…… 한순간 한순간 깊이 들이마시고 내쉬면서 뜨겁게 살고 싶어. 정말로 살아 있는 것처럼. 늘 동현이를 행복하게 기억하면서."

나는 아내의 서늘하지만 따뜻한 손을 잡았다. 그리고 생각했다. 내가 그 드넓은 세계의 한 문이 되겠다고. 그 문은 작은 방처럼 결코 한정되거나 비좁지 않으며, 그저 울타리도 벽도 없이 서로의 세계를 잇는 소중한 통로가 될 것이었다.

그리고 나는 거의 한 달여 만에 출근을 했다. 내게 주어진 휴가의 최대치는 물론 가능한 만큼의 모든 연·병가를 모두 썼으리라. 사무실에서 일어날 일들이 걱정스러운 마음이 들지 않는 것은 아니었지만 이제는 그런 것들이 그렇게 두렵지 않다. 현실감을 잃었거나 간덩이가 부었거나 둘 중 하나다.

차에서 내리려는 참에 이 기자로부터 전화가 걸려왔다.

— 형님, 뭐 하세요!

"출근 중이에요."

— 받아주나요? 사무실에서?

"당연하지. 나 같은 인재를."

하하하, 그의 웃음소리가 전화기에 울렸다. 그러곤 뜬금없는 소리다.

— 형님, 저 유학이나 갈까요? 그녀가 있는 곳으로 가려고요. 그저 곁에 있어주기를 간절히 바랐다는 것을 이제야 알았어요.

그래서였을 것이다. 회사에 들어서며 마주치는 사람들에게 큰 소리로 활기차게 인사할 수 있었던 것은. 코카브는 결코 거짓이 아니었다.

"한 과장, 그동안 무슨 일 있었나?"

때마침 출근하던 남 과장이 호기심 어린 얼굴로 물었다.

"없는 동안 하여튼 난리도 그런 난리가 아니었다네."

그래도 나는 빙긋이 웃어 보였다. 그가 고개를 갸웃거렸다.

"저것 좀 봐. 아직도야."

그가 질린다는 얼굴로 밖을 가리켰다. 토지 재감정을 요구하는 시끄러운 소리였다. 아직 문제가 해결되지 않았던 것이다. 나는 엘리베이터 앞에서 방향을 틀었다.

"안 타나?"

그가 물었지만 나는 고개를 흔들고 잔디밭 쪽으로 향했다. 그들의 이야기를 들어볼 셈이었다. 어떻게 하면 서로의 합의점을 찾아낼 수 있을지 진지하게 고민해볼 요량이었다. 설사 불도저 같은 사장에게 호통을 듣고 나 하나 따위의 노력은 아무것도 아니더라도, 적어도 한 인간과 인간 간의 진심은 통하리라. 다시 한 번 가슴이 힘차게 뛰었다.

작가의 말

낡은 책장에는 아버지의 책들이 가득했다. 오래되어 누렇게 바랜 책을 펼치면, 흙냄새 같은 것이 나기도 했다. 할머니와 삼남매, 강아지 한 마리까지 북적이며 살아가는 대가족 속에서도 나는 왠지 외로웠던 것 같다. 어린 여자아이의 희미한 고독을 그 책들이 메워주었다. 지금도 꿈을 꾸면, 그날들은 여전히 내 안에 살아 있다. 교과서 밑에 소설책을 숨기고 밤을 지새우던 날들. 읽는 것이 아까워 자꾸만 뒤 페이지를 뒤척이던 날들. 그러면서 울기도 하고 두근거리기도 했던 날들.

처음 아버지께 소설을 쓰고 싶다고 말씀드렸을 때, 아버지는 걱정하셨다. 이 세상에는 글을 잘 쓰는 사람이 너무 많다는 것이 요지였다. 옳은 말씀이었다. 여타의 현실도 녹록지 않았으며 별반 쓸모 있는 재능을 가지고 있지도 않았다.

……그래도 포기할 수 없는 것은, 소설에 대한 열망과 애착이었다.

"살아 있다는 것은 사랑한다는 것이며, 사랑한다는 것은 사랑을 받는다는 것"이라고, 이 책 속의 아내는 말하고 있다. 나는 아마도 소설에게도 그 말을 하고 싶었던 것 같다.

몸을 지탱하는 단단한 등뼈처럼, 내 인생을 관통해온 것은 너였다고.

다시 소설을 시작할 수 있게 격려해준 나의 사랑하는 남편과, 우리 엄마는 작가라고 말해주는 사랑스러운 아들 윤호, 나를 꼭 빼닮은 귀여운 딸 윤아에게 감사한다.

막막한 길 위에서 따뜻하게 손잡아준 자음과모음 '나는 작가다' 문우들, 처음으로 부족한 제자를 믿어주셨던 서종택 선생님, 스승이자 벗 되어주시는 이병천 선생님과 동기부여, 곁에서 지지해주신 전주시청 직장 선후배, 동료 모두에게 감사드린다. 늘 힘이 되어주는 G, Y와 사랑하는 친구들, 소설 쓰는 며느리 예쁘다 해주시는 아버님 어머님과 가족들에게도 깊이 감사드린다.

돌아보면, 마치 거미줄처럼 촘촘한 인연과 그리움, 실수와 상처, 혹은 애증들이 뒤섞여 오늘의 내가 숨 쉬고 있는 듯하다. 그리고 그 시간들을 토대로 나는 또 소설을 써나가게 될 것이다. 늘 그립고 고맙고 미안하고 아쉬운 모든 것들에 대해, 그렇게 속죄 아닌 속죄를 해야 할 것 같다.

  책의 첫걸음을 인도해준 자음과모음 출판사 강병철 대표님과 임자영 과장님, 허원 님을 비롯한 출판사 식구들, 내게 꼭 필요했던 말씀 들려주신 심진경, 이경재 선생님께 감사하며, 남몰래 모종의 계획을 세우며 즐거워하시는 내 안의 하나님께 영광을 돌린다.
  내게 최고의 스승이신 아버지와 외유내강의 지존이신 어머니, 사랑합니다.
  그리고…… 하늘에 계신 할머니, 보고 싶어요.

  이 소설이 누군가에게 조금이나마 위로가 될 수 있기를 바라며,

가을빛 깊어지는 전주에서,
김소윤

코카브 - 곧 시간의 문이 열립니다

ⓒ 김소윤, 2012

초판 1쇄 인쇄일 | 2012년 11월 30일
초판 1쇄 발행일 | 2012년 12월 14일

지은이 | 김소윤
펴낸이 | 강병철
주 간 | 정은영
책임편집 | 허원
편 집 | 박소이 최민석 임자영 황여정 박영숙
제 작 | 함승형
마케팅 | 장성준 박제연 이승현 최은석 전연교
E-사업부 | 정의범 이새롬 이혜미

펴낸곳 | 자음과모음
출판등록 | 1997년 10월 30일 제313-1997-129호
주 소 | 121-840 서울시 마포구 서교동 396-33
전 화 | 편집부 (02)324-2347, 경영지원부 (02)325-6047
팩 스 | 편집부 (02)324-2348, 경영지원부 (02)2648-1311
이메일 | munhak@jamobook.com
홈페이지 | www.jamo21.net
독자카페 | cafe.naver.com/jamocafe

ISBN 978-89-5707-712-2 (03810)

잘못된 책은 교환해드립니다.
저자와의 협의하에 인지는 붙이지 않습니다.